La demoiselle du Mas du Roule

Corinne Javelaud

La demoiselle du Mas du Roule

ÉDITIONS FRANCE LOISIRS

Toute ressemblance avec des personnes existantes est purement fortuite.

Édition du Club France Loisirs,
avec l'autorisation de City Editions.

Éditions France Loisirs,
123, boulevard de Grenelle, Paris.
www.franceloisirs.com

ISBN : 978-2-298-10459-2

Remerciements à Sara, pour son soutien…
À PYC pour ses formidables archives.

Nous tenons de notre famille aussi bien les idées dont nous vivons que la maladie dont nous mourrons.

Marcel Proust

1

L'odeur suave des tilleuls se répandait par la fenêtre de la chambre largement ouverte, où Méline Leroux, appuyée au garde-corps, guettait l'arrivée du facteur. L'été s'écoulait lentement pour cette jeune fille de dix-sept ans qui réanimait chaque jour les souvenirs partagés avec Adrien avant qu'il ne parte aux Indes.

Elle éprouvait cette nostalgie qui parcourt les cœurs adolescents lorsque l'amour a frappé pour la première fois. Son aimé, nommé à la charge d'administrateur auprès du procureur général à Pondichéry un an auparavant, avait quitté son Périgord vert pour s'embarquer à bord du *New Imperia* à Marseille et effectuer le long voyage vers le comptoir français.

Depuis ce jour, elle vivait suspendue au temps, dans l'attente d'une hypothétique lettre d'Adrien, seule capable de lui rendre son sourire.

Méline connaissait par cœur la dernière missive respirée et relue à maintes reprises, si bien qu'elle imaginait sans peine le décor qu'Adrien lui avait largement décrit depuis le premier étage de sa résidence du palais Raj Niwas qu'il occupait à Pondichéry. Elle l'imaginait entouré d'une armée de serviteurs et de gardes à ceinture et turban dorés, qui, au moindre regard, accouraient avec déférence pour les servir, lui, le gouverneur et son épouse ainsi que les quelques Français en mission.

Adrien parlait de l'air souvent irrespirable, nécessitant la présence d'un indigène pour les éventer avec des plumes de paon. Pourtant, même si Méline n'avait jamais voyagé au-delà des contreforts du Limousin et du Périgord, où l'été on trouvait toujours moyen de se rafraîchir au bord des rivières, elle associait la chaleur des Indes à celle d'une écrasante canicule qui avait sévi trois ans auparavant.

La jeune fille était intriguée, presque hantée par ce petit village côtier bordé par la mer du Bengale décrit par Adrien. Elle imaginait les palais blancs délabrés, cernés de jardins envahis par la jungle, qui s'endormaient sous les effluves d'encens, les habitants asséchés par le soleil meurtrier et livrés aux eaux croupies auxquelles se mêlaient les animaux.

Chacune de ses lettres ressemblait à un conte, une histoire extravagante qui n'en finissait plus d'alimenter l'imagination de l'adolescente. Elle fantasmait beaucoup sur cet amour encore platonique tout en se demandant pourquoi son aimé n'avait pas fait sa demande en mariage avant de partir si loin. Méline se consolait alors en songeant que sa jeunesse et sa fragilité avaient contribué à l'hésitation d'Adrien, au moment où il avait été muté dans ses nouvelles fonctions. Le temps ne pouvait être que salutaire pour tester les sentiments de celui qui avait déjà été lourdement éprouvé par la perte d'une épouse morte en couches avec l'enfant qu'elle portait. Il nécessitait sans doute une période de réflexion avant de s'engager dans une nouvelle vie maritale…

Le cossu mas du Roule de Vayres appartenait aux Leroux depuis plusieurs générations de notaires qui en avaient fait une terre choyée, où reposaient les ambitions de vies entières, traversées de rires et de larmes.

Méline, aveuglée par sa passion pour Adrien, était partagée entre son amour pour la terre des siens et son envie effrénée de suivre son aimé n'importe où. Célia Leroux, sa mère, beaucoup plus proche des aspirations de sa fille que ne l'était son père Henri-Louis, préconisait pourtant sa soumission aux règles assez strictes de l'éducation paternelle, comme le voulaient les mœurs de l'époque, où nul ne se serait avisé de contredire le diktat de la génération précédente.

Les Leroux émettaient quelques bémols sur le fait qu'elle fréquente Adrien. L'un de leurs arguments en ce sens était que l'on ne pouvait prévoir s'il rentrerait sain et sauf des Indes.

Si l'on se fiait aux rumeurs venues d'Orient, beaucoup succombaient au rude climat et à l'insalubrité ambiante. Selon les dires de Célia et de son époux, il aurait été dommage que leur fille sacrifie ses plus belles années à attendre un hypothétique retour de l'être aimé.

D'un autre côté, même si la famille de notaires dont Adrien était issu eût pu peser favorablement dans la balance en faveur du mariage, la réputation du jeune Bélair laissait quelque peu à désirer.

On le disait volage, aventureux, ce qui occasionnait des scrupules à Henri-Louis, qui, pour rien au monde, n'aurait confié sa fille à un homme frivole. Ce seul mot lui hérissait le poil, car il ne voyait que par la droiture et la discipline qui étaient, selon lui, les maîtres mots de la conduite d'un honnête homme.

Méline dévala l'escalier et courut la tête baissée vers le parc en bousculant Louise qui portait à la cuisine deux paniers emplis de cerises. Bien qu'essoufflée par l'effort, la gouvernante haussa les épaules sur le passage de la jeune fille qui ne songeait qu'à la venue du facteur. Immobilisée et le cœur battant devant celui qu'elle guettait tous les jours, elle se vit remettre une enveloppe qui, à sa grande déception, n'augurait rien qui vînt des Indes…

— C'est ton frère ! avisa Célia, une fois qu'elle eut décacheté la missive adressée à la famille Leroux.

Méline se versa une tasse de café et s'assit sur un coin de table en essayant de cacher sa déconvenue.

Sans grand appétit, elle découpa une tranche dans la miche de campagne avant de humer la marmelade de coings confectionnée par Louise. La jeune fille eut un geste d'agacement devant les mouches qui tournoyaient autour du sucrier.

Célia commença la lecture de la lettre à voix haute :

Paris, le 10 juillet 1885

Mes chers parents, ma chère Méline,

J'espère que vous me pardonnerez ce long silence, mais la vie à Paris ne me laisse pas un instant de répit. Ces dernières semaines ont été consacrées à de grandes études que nous avons menées de plein front, les assistants de Louis Pasteur et moi-même.
Jamais je n'aurais imaginé qu'un jour je serais impliqué de si près dans les travaux d'un éminent chercheur, et sachez que toutes ces expériences s'avèrent passionnantes, surtout lorsqu'elles se voient couronnées de succès.
Après ces brillantes études sur les animaux dont je vous avais parlé dans mon précédent courrier, nous avons cette fois-ci franchi une nouvelle étape par le biais d'expériences beaucoup plus spécifiques sur l'homme. Nous avons reçu la visite d'un jeune Alsacien au laboratoire. Il présentait de nombreuses morsures sur le bras. Il a reçu par nos soins des injections de broyat de moelle en guise de traitement, et le résultat semble concluant. Je dis « semble », car le verdict n'est pas encore tombé, mais nous l'attendons avec confiance...
Inutile de vous dire combien Louis et moi sommes fous d'impatience. Si cette hypothèse se confirme, cela signifierait la naissance de la vaccination contre la rage.

— Mais c'est merveilleux ! déclara Célia, enjouée, avant de poursuivre sa lecture.

Je n'ai que peu de temps à consacrer à mes loisirs tant le travail m'occupe et je reste persuadé d'avoir choisi la bonne voie, n'en déplaise à papa, qui a beaucoup de mal à en convenir. Paris est le lieu où tout arrive et, pour exemple, cette anecdote qui s'est déroulée il y a peu : j'ai assisté au départ pour les États-Unis de la fameuse sculpture de Bartholdi, la statue de la Liberté, réalisée pour le centenaire de leur indépendance. Quelles festivités ! Je n'avais encore jamais vu une foule aussi dense pour accompagner ce départ outre-mer… Il faut dire que, n'ayant pour comparaison que l'environnement de notre mas du Roule, je n'ai pas de mal à être impressionné par la foule.
J'espère, mes chers parents, ma chère Méline, que vous vous portez bien et continuerez de prendre soin de vous pendant mon absence.

Charles qui pense à vous et vous embrasse

— C'est tout ? formula Méline dans une moue déçue.
— L'important, ma chérie, est de recevoir des nouvelles…
Cette phrase fit aussitôt songer à la jeune fille qu'elle attendait toujours d'en obtenir d'Adrien. Cela faisait bientôt un mois qu'elle n'avait rien reçu. Pouvait-il se faire qu'une missive se fût perdue ?

Même si Charles était peu prolixe, le contentement de Célia se lisait sur son visage tandis qu'elle remettait la lettre dans l'enveloppe. L'idée qu'il se réalise contre l'avis de son père vengeait son immobilisme à elle, qui se soumettait depuis toujours aux exigences de son mari. Henri-Louis aurait voulu tout régenter sans concession : des faits et gestes de son épouse à la carrière de Charles qui, selon lui, aurait dû se préoccuper de sa succession à l'étude notariale plutôt que de s'aventurer sur les voies improbables de la recherche médicale, dans un domaine où il n'était pas encore diplômé.

Le jeune homme ne jugeait pas les choses du même œil : ayant mené à terme ses études de droit afin de satisfaire son père, il aurait tout le temps de s'impliquer dans la succession, si toutefois il se trouvait dans l'incapacité de relever le défi qu'il s'était fixé.

En secret, Charles s'était toujours passionné pour les sciences. Enfant, déjà, il s'amusait à observer et disséquer des insectes dans un laboratoire clandestin qu'il s'était aménagé dans une grange. Dans le plus grand secret afin de ne pas éveiller les soupçons paternels, il triturait de pauvres bestioles qu'il capturait dans les prés.

De la biologie à la recherche médicale, le fossé était conséquent, mais le hasard des rencontres l'avait amené à fréquenter des jeunes chercheurs à Paris pendant le temps des vacances chez son oncle. La complicité immédiate qui les avait réunis dans un laboratoire de recherche avait été pour Charles une sorte de révélation. Ainsi, la vocation était née, sonnant le glas des perspectives notariales.

Cette divergence de points de vue d'avec son père qui ne songeait qu'à sa future succession avait été à l'origine de discussions houleuses. Chagrinée, Célia avait secrètement pris le parti de son fils, persuadée que là était la voie de son bonheur. Non qu'elle condamnât la vision de son mari, qui s'expliquait dans la mesure où Charles était leur seul fils, mais elle considérait que nul n'avait le droit d'aller contre le choix d'une carrière. Si Charles avait réellement cette vocation, il devait la réaliser.

Les yeux de Célia se posèrent finalement sur Méline. D'ordinaire, elle aurait suivi avec avidité la lecture de sa mère, curieuse du devenir de son frère, mais Célia percevait une distance contenue qui en disait long sur ses états d'âme. Sachant combien Adrien était la cause de son tracas et afin de la mettre en garde sans la brusquer, Mme Leroux tenta de la raisonner.

Aucune promesse de mariage n'avait été concrétisée avec Adrien. À dix-sept ans, une jolie célibataire devait songer à se divertir ; il serait toujours temps d'aviser à son retour, si toutefois le jeune homme faisait sa demande.

— Ne t'inquiète pas pour moi, maman, dit-elle d'un ton détaché. Je suis ravie que tout se passe bien pour Charles. À présent qu'il a terminé ses études, il est bien normal qu'il fasse comme bon lui semble.

Même si Célia reconnaissait là le trait de caractère commun entre ses deux enfants lorsqu'ils revendiquaient leur liberté, elle craignait pour sa fille qui, par définition, était plus vulnérable.

Adrien et Méline avaient été présentés au cours d'un dîner organisé par les notables de la région. Après avoir longuement observé les mains de la jeune fille, Adrien lui avait demandé si elle jouait du piano.

— Ma grand-mère en jouait, avait-elle murmuré d'un air innocent, mais moi, je n'ai jamais eu la patience d'apprendre.

Séduit, le jeune homme avait saisi cette perche pour entamer plus franchement la conversation. Un homme qui aimait les femmes, comme c'était le cas d'Adrien Bélair, aurait difficilement résisté au charme sensuel de Méline. Un visage à peine sorti de l'enfance, empli de douceur, qui traduisait une palette d'états d'âme. À l'écouter s'exprimer, son soupirant avait trouvé qu'elle incarnait, dans une sorte de certitude touchante, toutes les femmes à la fois. Son empreinte ne s'effacerait pas aussi facilement qu'une main posée sur le sable...

Le charme du jeune Bélair tenait quant à lui de ses yeux verts, tendres et cajoleurs, qui enflammèrent bientôt l'âme sensible de Méline. Jusqu'alors, la jeune fille, bien que n'ayant pas manqué de courtisans, s'était davantage moquée des godelureaux du village plutôt que de leur prêter attention.

L'esprit éclairé d'Adrien, son érudition et ses manières ne présentaient rien de comparable à ce qu'elle avait connu au cours de sa jeune existence. Toute à son émoi, la demoiselle ne perçut bientôt que des qualités chez celui qui, très vite, avait fait battre son cœur.

Goûter, après-midi de promenades sur les bords de la Vayres, tout avait été prétexte à se rencontrer sous l'œil pourtant circonspect de la famille Leroux. Bien que les jeunes gens ne se fussent fréquentés que quelques semaines avant le départ d'Adrien Bélair aux Indes, Méline avait déjà bâti tout un empire amoureux dans sa tête.

Peu après l'angélus, Henri-Louis Leroux rentra de l'étude pour déjeuner en famille. Sur son passage, le notaire, qui avait pour habitude d'effectuer à pied les quelques mètres le séparant de l'imposant mas du Roule, fut bousculé par les chenapans du bourg qui se chamaillaient en riant, enchaînant les bêtises malgré la chaleur écrasante de ce mois de juillet.

Le notable habillé avec rigueur leur ordonna d'aller jouer ailleurs, si bien qu'ils décampèrent, laissant derrière eux des traînées de poussière.

Qu'il était loin, pour lui, le temps de l'insouciance !

Les maisonnées du bourg vivaient les volets clos afin de conserver un peu de fraîcheur, tandis que, le long des rocailles du cimetière, parmi les herbes desséchées, de pauvres ânes mouraient de soif en attendant leurs propriétaires qui s'éternisaient au bistrot.

Le notaire s'engagea dans son allée bordée de tilleuls odorants tout en soliloquant. Lui seul possédait la clé de cette vie intérieure riche, qu'il ne partageait pas même avec son épouse...

Ce jour-là, le sujet de sa préoccupation concernait sa fille qui serait bientôt en âge de se marier. Cet Adrien Bélair avait beau être issu d'un même rang de notables que la famille Leroux, Henri-Louis le jugeait avec méfiance depuis qu'il faisait la cour à sa fille.

L'instinct du notaire ne lui dictait rien de bon. Même si Adrien Bélair possédait suffisamment de biens pour que Méline connaisse une vie confortable, ce voyage aux Indes laissait planer de nombreuses interrogations, et Henri-Louis nourrissait d'autres desseins pour Méline, qu'il tenait encore secrets.

Les effluves de civet de lièvre qui flottaient dans le parc laissaient présager l'un de ces succulents déjeuners dont Louise avait le secret. Lorsqu'Henri-Louis pénétra dans la salle à manger, sa femme relisait à tête reposée la lettre de leur fils Charles. Surprise par Henri-Louis qu'elle n'avait pas entendu arriver, elle sursauta. Elle lui tendit aussitôt le feuillet pour qu'il en prenne connaissance.

— Je me doute ! dit l'homme qui pressentait l'origine du courrier.

Il parcourut la lettre rapidement et la déposa sur le buffet. Il n'était pas du genre à manifester ses émotions, Henri-Louis. Outre le jour de la mort de sa mère, Célia ne lui avait jamais vu couler une larme. Il gardait tout à l'intérieur, l'opposé de sa femme qui aurait facilement exprimé sa joie ou au contraire ses afflictions plus vite qu'elle ne l'aurait souhaité.

— À table, mon ami ! ordonna Célia en bonne maîtresse de maison.

Méline n'avait toujours pas fait son apparition dans la salle à manger lorsque Louise apporta le civet, ce qui mit la maîtresse de maison de mauvaise humeur.

— Savez-vous, Louise, où se trouve Méline ?

— Mademoiselle n'a pas voulu quitter sa chambre de la matinée. Je pense qu'elle est souffrante.

Henri-Louis interrogea son épouse du regard.

— Cet Adrien et son voyage aux Indes lui auront tourné la tête !

À peine eut-elle fini sa phrase que la jeune fille se présenta le visage rougi, cherchant cependant à faire bonne figure.

Tout en observant sa fille à la dérobée, Henri-Louis fit connaître son opinion sur l'attitude de Charles qui, selon lui, n'avait rien d'exemplaire. Ses nouvelles lubies de jeunesse autour des travaux de Louis Pasteur ne lui vaudraient rien de bon.

Disposant d'un avenir tout tracé à Vayres, afin de poursuivre ce que ses ancêtres avaient entrepris, les raisons pour lesquelles il se permettait de déroger à la tradition familiale étaient, de l'avis de son père, inadmissibles.

Il s'ensuivit un silence narcotique que Célia finit par rompre en complimentant Louise sur la qualité de son civet. Cette excellente cuisinière était au service des Leroux depuis une quinzaine d'années. Elle avait vu grandir les enfants, s'y était attachée comme à sa propre famille. Louise était l'intendante de cette maison, et personne n'avait jamais trouvé à redire sur la qualité de son travail. Outre son sens des valeurs et sa disponibilité, elle anticipait toujours en préparant les menus, les conserves, et maîtrisait tous ces secrets de grand-mère permettant d'obtenir un linge frais et parfumé qui donne le sourire aux lèvres en ouvrant les armoires.

Nul n'avait besoin de lui commander de mettre en bouteille les cerises de la récolte du matin ; il était évident qu'elle passerait une partie de l'après-midi à équeuter et emplir les fameuses bouteilles de limonade que l'on réservait à l'usage des conserves. L'hiver venu, elle réaliserait de délicieux clafoutis pour le bonheur de tous.

Henri-Louis s'adressa à sa fille, dont l'attitude le décontenançait :

— Tu ne peux pas passer ton temps à rêvasser... La vie n'est pas faite pour ça. La mélancolie ne vaut rien de bon. Tu devrais profiter de ces belles heures pour lire sous les tilleuls. Ah ! Si je disposais de tout ce temps, moi ! Mais, hélas, l'étude regorge de travail. Entre les régisseurs qui affluent avec leurs actes de métayage et les reconnaissances de dette qui pleuvent de tous côtés, je ne réussis même plus à lire le journal ! Quelles sont les nouvelles d'ailleurs ?

Le Courrier du centre déposé sur une console n'avait pas été déplié. Célia se souvint néanmoins de sa manchette :

— La commission sur la réalisation du futur tramway semble adoptée. Avec un peu de chance, le projet de réseau ferroviaire va aboutir. Peut-être aurons-nous bientôt la joie de connaître son lancement ? N'est-ce pas, Méline ? Imagine combien il serait plaisant de nous rendre à Limoges depuis le bourg de Vayres !

Cela lui était bien égal, car c'était au jardin, dans ce havre de paix, qu'elle se ressourçait le mieux, parmi les fleurs, sous les vocalisations des perruches de la volière. D'ailleurs, il y eut fort à croire que son père devina le fond de sa pensée puisqu'il ajouta :

— Comment se porte notre potager ?

— Louise t'en parlera mieux que moi ! rétorqua Méline qui avait davantage d'égards pour les roses trémières et les orangers qu'elle n'en avait pour les courgettes et les salades.

Le terrain d'élection des jardiniers était pourtant un lieu où tout poussait à profusion. En effet, Nano et Mathieu ne ménageaient pas leurs efforts afin que leur potager soit considéré comme l'un des mieux entretenus du bourg.

Ils veillaient également sur l'ensemble des dépendances du mas du Roule : étables, écuries, poulaillers, pigeonniers ainsi que les vignes.

Louise servit le fromage blanc au lait caillé tandis que Méline traînait toujours pour terminer son civet. Son père sortit sa montre de gousset pour la comparer à l'heure de la comtoise qui égrenait la demie.

— Ah ! ma fille, ma fille ! Bien..., bien..., dit-il avant de se couper une lichette de pain, ce qui sous-entendait : « Qu'allons-nous faire de toi ? »

Célia commença à exposer ses projets de l'après-midi. Accompagnée de Méline, elle envisageait de se rendre à la kermesse, dont les profits permettaient de subvenir aux besoins des plus démunis. Elles y rencontreraient les dames du Châtenet dans le souci commun d'honorer la bonne cause. Henri-Louis savait combien sa femme était sensible au fait de tenir son rang. Comme lui, elle considérait qu'il fallait rapprocher l'Église de la population, une façon d'inciter le curé à réaliser de nouveaux efforts pour la paroisse qui en avait besoin. Célia et Henri-Louis, élevés dans la crainte du divin qui élève l'âme, déploraient que l'on se désintéresse autant des affaires de Dieu dans les campagnes, où une partie de la population rurale avait commencé à émigrer afin de chercher à obtenir un meilleur niveau de vie sous des cieux plus cléments.

C'était d'ailleurs avec stupeur que le notaire avait découvert dans *Le Courrier du centre* un arrêté du maire de la ville de Limoges, qui décrétait qu'aucune procession ne pourrait dorénavant se faire dans la rue.

— Et nos ostensions ! s'était insurgée Célia, très sensible à l'importance de cette coutume limousine.

Peu après, suite à ce fameux décret, les esprits s'étaient échauffés bien plus que de raison. L'événement houleux qui avait fait suite, lorsque la grande corporation des bouchers, organisée en confrérie religieuse, n'avait pu conduire la traditionnelle procession de Saint-Aurélien, était resté gravé dans la mémoire de tous les Limougeauds. La confrérie religieuse s'était retrouvée face aux affronts sanglants d'une population en délire.

Une telle débâcle anticléricale avait fait froncer les sourcils du notable qui avait difficilement contenu sa désapprobation.

— Quelle décadence ! Où allons-nous ?

Le déjeuner se termina finalement sur des propos plus modérés, car le notaire, pris par le temps, ne pensait guère à deviser. Il devait reprendre en hâte la direction de l'étude.

Méline sortit un peu afin d'admirer les splendides papillons qui butinaient sur l'arbre dont elle ne se souvenait jamais du nom scientifique.

La chaleur ne l'effrayait pas et elle n'avait cure des conseils de Louise, qui préconisaient de se protéger des rayons du soleil. La liberté de ces papillons aux ailes diaphanes l'attirait plus que tout en ces débuts d'après-midi, où elle rêvait en les contemplant.

Devant l'élégance de l'allée ombragée du mas du Roule sous le ciel bleu, elle songeait à ces petites joies qui faisaient le quotidien du domaine et qu'elle viendrait à regretter, si toutefois elle était amenée à vivre loin d'ici. Pour l'instant, le problème ne se posait pas et ne se poserait peut-être jamais !

Elle ne se montrait guère enthousiaste à l'idée d'accompagner sa mère à cette vente de charité, mais, pour ne pas attirer ses foudres, elle avait cédé sans rechigner. Adossée au tronc du plus gros tilleul, Méline emplit ses poumons du vent frais qui se levait. Dans le lointain mugissaient quelques limousines, tandis que Mathieu et Nano vaquaient aux écuries.

Vêtue d'une grande capeline de paille fine, assortie d'un fichu Marie-Antoinette, Mme Leroux apparut dans l'embrasure de la porte. Sa robe, couverte d'impressions de Jouy qu'elle venait de faire réaliser chez la couturière, la comblait de fierté. Cet effet de mode ne passerait pas inaperçu au bourg, où même les femmes les plus coquettes n'osaient se défaire du traditionnel *barbichet*[1] en dentelle.

— Tu ne descendras pas à la kermesse en cheveux ! décréta Célia en se dirigeant vers sa fille. Tu ressembles à une sauvageonne !

Méline eut une moue désabusée, car elle connaissait parfaitement la règle. La bienséance faisait que l'on ne descendait jamais au bourg la tête nue. Dans sa chambre, Louise l'aida à coiffer ses cheveux sous forme d'une natte enrubannée. Elle fixa ensuite sa capeline, retenue par un nœud de ruban blanc.

— Tu as deviné que je ne porterai pas la coiffe limousine aujourd'hui !

— Bah ! Telle mère, telle fille, plaisanta Louise.

Célia parut ravie de la métamorphose de Méline qu'elle estima prête pour l'accompagner sur la place du village.

Lorsque les femmes parvinrent à la hauteur de la boutique du maréchal-ferrant, le son de

1. Coiffe limousine.

la *chabrette*[1] invitait déjà à la danse. C'était la fin des fenaisons, et de nombreux laboureurs venaient se joindre à la kermesse.

Les dames Leroux avaient toujours un mot de sympathie envers les commerçants installés devant leurs boutiques, que ce fût la mère Dalhi qui fabriquait des chapeaux de jonc sur son tablier en toile de chanvre, un mouchoir de tête sur ses cheveux, ou le sabotier qui discutait en patois en vantant sa camelote.

La fête avait déjà commencé lorsque Méline salua ses cousines Angèle et Marguerite, qui riaient à gorge déployée en écoutant les paroles de la *chabrette* que les musiciens reprenaient en chœur.

— Que tu es élégante ! gloussa Marguerite, dont l'admiration se lisait, mais qui n'avait pourtant rien à envier à sa cousine avec son *barbichet* de tulle qu'elle exhibait pour la première fois.

Après avoir échangé quelques mots avec le curé et l'instituteur, Célia prit connaissance des objets de vannerie exposés pour la vente de bienfaisance.

Devant les paniers, huches à pain et fauteuils, réalisés en éclisses de châtaignier, les dentelles et les broderies fabriquées par les artisans locaux, Célia sut, d'un coup d'œil avisé, ce qui conviendrait le mieux dans l'une de ses nombreuses dépendances du mas du Roule.

Sans hésitation, elle désigna un coordonné dont elle voulait faire acquisition et fut bientôt imitée

1. Cornemuse limousine (occitan).

par la femme du médecin, toutes deux soucieuses d'honorer le denier du culte afin de ne pas faillir à leur réputation.

Au bras de ses deux cousines, Méline s'approcha de l'emplacement où se tenait la vente en entamant un pas de danse, puis adressa à sa mère un regard entendu sur ses nouvelles acquisitions.

Autour du joli trio qu'elles formaient, l'instituteur, tout en ajustant son monocle, vérifia qu'il s'agissait bien de son ancienne élève, Mlle Leroux, restée fidèle à sa manie de danser dans la cour de l'école du temps de sa scolarité. Comme la vue du pauvre homme avait beaucoup baissé, il mit un moment avant de reconnaître les yeux de la jeune fille qui passaient toujours aussi vite de l'espièglerie à la mélancolie...

— Il y a bien longtemps que vous ne m'avez pas rendu une petite visite ! formula-t-il d'un ton appuyé qui fit rougir Méline.

— Je n'ai pas d'excuses, avoua la jeune fille de son air attendri.

Angèle, qui songeait aux journées où elles avaient fait ensemble l'école buissonnière, lui décocha un sourire. Marguerite battait toujours la mesure au son de la *chabrette* et, plus près des musiciens, les danseurs s'étaient faits plus nombreux.

— Allez vous amuser encore un peu, les filles ! concéda Célia. À votre âge, on a besoin de divertissement.

Elles ne se le firent pas dire deux fois. La musique était enivrante, et l'occasion de danser ne se présentait pas si souvent. Près de la buvette se tenaient quelques gars du village qui dévisageaient les cousines tant qu'ils pouvaient. Léon, qui passait souvent devant le mas du Roule en espérant apercevoir Méline, s'en donnait à cœur joie. Le « Rougeaud », comme on l'appelait dans le village, se serait damné pour entrevoir la dentelle d'un jupon au détour d'une farandole. Comme il était déjà passablement aviné, le Léon, il oubliait de chasser les guêpes qui tournicotaient sur le bord de son verre. Il manqua d'en avaler une tant il ne pouvait décoller ses yeux de la jeune fille.

— Allez, ne te fais pas mal ! articula son collègue de la voirie qui observait le manège. Elle n'est pas pour toi, la fille Leroux !

Il le savait bien, le Léon, qu'elle n'était pas pour lui, mais il ne comptait pas pour autant se priver du plaisir des yeux.

On parlait fort, les billets de tombola au profit de la vente de charité circulaient dans toutes les mains. Le musicien entonna *La Chabrette à Jantou*, qui était la préférée des cousines. Après avoir dansé de tout leur saoul, elles se rapprochèrent de la buvette, haletantes.

— Une limonade pour les demoiselles ? questionna le père Antoine de son air affable.

Cela aurait jeté un froid de voir ces gamines de bonne famille s'accouder en compagnie des ivrognes du bourg ; aussi, Marguerite fit signe que non. Elle préférait rester sur sa soif. Angèle rêvait déjà de la fraîcheur des bulles effervescentes dans son gosier ; quant à Méline, elle tendit sans hésiter le bras vers le père Antoine pour qu'il lui donne ce verre avant de s'éclipser sous le gros marronnier sous l'œil de sa mère qui la surveillait de loin.

Méline se fichait de ce que l'on pouvait en penser ! Elle fut bientôt imitée par Angèle. Pourtant, Marguerite, qui l'observait, eut juste le temps de lui crier « Attention ! » qu'elle fit volte-face sur monsieur le maire qui reçut la limonade en pleine figure.

Au vu de la redingote maculée, Angèle, devenue rouge pivoine sous la risée générale, aurait voulu disparaître dans un trou de souris. Elle bredouilla ses plates excuses à M. Richaud, à qui l'on tendait déjà un mouchoir pour éponger les dégâts de la limonade. Devant la malchance de sa cousine, Méline pouffa elle aussi, puis se reprit. Comme elle rapportait son verre, M. Richaud, après avoir lissé ses moustaches, lui dit :

— Mais c'est une maladie ! Elles sont toutes à la limonade !

Gaston Richaud, maire et ami de la famille de longue date, ne prit pas ombrage de l'incident ; au contraire, il en plaisanta bien volontiers avec ses amis. Même si l'ambiance était à la bonne humeur, Mme Leroux sembla un peu tendue lorsqu'elle se retrouva de nouveau en tête-à-tête avec sa fille.

— Penses-tu avoir donné un exemple de bonne conduite cet après-midi ? lui demanda-t-elle.

Face à une mère tiraillée entre pudibonderie et bonnes manières, la jeune fille ne savait que dire. Lorsqu'elle restait de longues heures dans sa chambre à rêver, on lui reprochait de se comporter comme une recluse ; sitôt qu'elle s'amusait un peu, elle éveillait tous les soupçons de mauvaise conduite.

Elle n'y pouvait rien si elle s'attirait tous les regards... Outre sa grâce naturelle, sa nature imprévisible et sûre d'elle plaisait aux garçons de son âge. La gaucherie typique des jeunes filles un peu timorées, à l'instar de Marguerite, la faisait toujours sourire, elle qui vivait quelques années en avance sur son temps. Comme elle ne souffrait d'aucun complexe, Méline éveillait parfois la jalousie...

— Cela rime à quoi, maman ? Que faut-il que je fasse ?

— Tu ne comprends rien à rien..., ajouta Célia en se protégeant du soleil.

Elle fit ensuite remarquer à sa fille qu'elle regrettait de ne pas avoir pris son ombrelle.

— Je te laisse imaginer la chaleur des Indes, maman !

— Le soleil est néfaste pour le teint. Et puis, cesse de tout ramener à Adrien. C'est agaçant à la fin. Chaque propos débouche sur une allusion à ce pays, dont tu n'as entendu parler qu'au travers des quelques malheureuses lettres que tu as reçues de lui.

— J'en connais suffisamment long, maman, pour ressentir combien l'air peut y être irrespirable, répliqua Méline, tandis que dans la rue principale du bourg se répandait l'odeur des *craquelins*[1] fraîchement cuits par la boulangère.

1. Gâteau traditionnel sec à pâte échaudée.

Vayres regorgeait de vie lorsque les dames décidèrent de quitter la kermesse : les maréchaux-ferrants, sabotiers, charrons réussissaient à peine à fournir à la tâche, tant ils étaient sollicités par les laboureurs et métayers, dont les travaux des champs du début de l'été avaient mis le matériel à rude épreuve.

Bientôt viendraient le temps des moissons et celui des battages, où les charrettes et autres outils seraient de nouveau indispensables.

Pas de répit pour les braves, pas plus pour le marchand de vin revenu de Charente, dont Célia et Méline aperçurent la charrette à vaches qui stationnait sur la place enorgueillie du clocher de son église, tandis que çà et là les enfants de la commune jouaient à la marelle et au cerceau devant les étalages des épiciers.

Des éclats de voix provenaient des bistrots et auberges, où des paysans aux chapeaux plats vissés sur la tête plaisantaient en patois.

S'il tardait à Célia de rentrer au mas du Roule, Méline, quant à elle, s'amusait du spectacle de la rue et c'est avec regret qu'elle emboîta le pas à sa mère pour longer les maisonnettes couvertes de lierre dans des ruelles calmes. L'imposante tourelle du mas du Roule se profila bientôt, entourée de ses jardins et de ses métairies...

2

Des odeurs champêtres remontaient des sols chauds, où la pluie s'était abattue une partie de la nuit. Devant la fenêtre, Méline observait les oiseaux qui traquaient quelques vers sous les exubérants tilleuls. Louise, le sourire aux lèvres, l'appela par son sobriquet dans l'embrasure de la porte de sa chambre, ce qui la sortit de sa rêverie. Elle comprit alors bien vite que la missive que sa gouvernante tenait entre ses mains venait de son amoureux.

Raide comme la justice, Louise lui tendit l'enveloppe comme si l'avenir de la jeune fille en dépendait.

Le cœur battant, Méline se hâta d'ouvrir la lettre fermée avec un cachet de cire.

Ma chère Méline,

Je t'écris devant le spectacle de la nuit à Pondichéry, où seules quelques lampes crachotent un léger éclairage sur la route principale visible depuis la fenêtre de ma chambre à coucher. Dans l'air résonnent les cris des petits vendeurs qui proposent des chandelles en suif à ceux qui se seraient égarés. Peu à peu, mes notions du temps occidental se sont abolies, et

je dois constater que le destin m'a conduit dans un bien étrange pays. Un pays où tout est surprenant, jusqu'à la nourriture à laquelle j'ai un mal fou à m'adapter : des crevettes et des piments, des breuvages un peu suspects à base de lait caillé…
Tout ceci exerce sur moi une sorte d'envoûtement que je ne saurais définir. Depuis peu, je m'adonne à la chaise à porteurs, et j'apprends un peu chaque jour les codes de cette société en jouant les fins observateurs. Comme le veut la coutume, les indigènes sont nombreux à notre service, mais nous ne les opprimerons jamais autant qu'ils s'oppriment entre eux…
J'aimerais que tu puisses admirer chaque jour le spectacle des femmes qui, vêtues de saris écarlates, se tiennent sur la berge. Il règne une grâce qui côtoie la misère et c'est pour cette raison que la vie y est si déroutante. Je ne vivrais pas en paix si tu étais à mes côtés, ma chère Méline, car les dangers sont partout. À Calcutta, la fièvre jaune et le choléra sévissent encore. Dieu soit loué, nous en sommes pour l'instant épargnés. Le vent est brûlant, les ornières sont poussiéreuses et les insectes pullulent ; il faut donc redoubler d'attention dans nos faits et gestes pour conserver de bonnes conditions d'hygiène.
Ma mission se passe bien, je m'en tiens aux règles établies par notre gouverneur, ce qui ne laisse pas grande marge de manœuvre dans ce pays où le Britannique contrôle pratiquement tous les règlements des grandes institutions. J'attends depuis des jours une lettre de toi en vain. Ô combien j'aimerais te lire, Méline !

Je te rapporterai de ces beaux parapluies en velours muscade qui protègent de la chaleur. Toutes les dames en rêvent !
Comme je t'écris, la prière de l'imam plane au-dessus de ma tête. J'ai dû m'habituer à remplacer le tintement des cloches de notre église de Varaignes par l'appel à la prière du muezzin plusieurs fois par jour. Je ne peux encore rien te dire concernant mon retour qui dépendra de l'avancement de la mission et de la décision du gouverneur. Il est actuellement en déplacement à Bénarès, sur les bords du Gange sacré.
Je pense à toi.

Ton aimé,

Adrien

Méline mit quelques instants avant de revenir à la réalité. Sa lecture lui avait coupé le souffle. Quel pays ! Adrien en reviendrait-il sain et sauf ? Même si la jeune fille était bien décidée à ne pas se laisser abattre par ses états d'âme, la pensée de toutes les maladies qu'il évoquait sur sa lettre suscitait de l'inquiétude. Pourtant, si le destin d'Adrien était de vaincre l'adversité, il reviendrait. Il convenait donc de s'armer de patience, une sage décision qui réjouirait son père.

À la cuisine, Louise s'activait à la préparation d'une anguille en matelote pour le déjeuner, tandis que Célia, qui s'était entichée d'objets en étain, revisitait la décoration du vaisselier au moment où Méline se faufila à l'extérieur sans éveiller l'attention.

Dehors, l'air frais lui clarifia les idées, et elle interpella Nano qui s'apprêtait à entrer dans l'écurie :

— Peux-tu m'atteler la voiture à cheval ?

L'homme s'immobilisa dans ses sabots de bois. Faisant office de jardinier, mais également de chauffeur, il parut surpris de cette requête et se demanda si Me Leroux était au courant du souhait de sa fille. Méline envisageait de se rendre à Varaignes afin de visiter les parents d'Adrien Bélair. Sachant combien Nano était doux et serviable, elle l'imaginait mal lui refuser quoi que ce soit…

— Votre père est-il au courant ?

— Mon père approuvera cette décision, tu peux en être certain.

L'employé était fort embarrassé. S'engager avant d'avoir obtenu la réponse ferme de M. Leroux ne lui paraissait pas loyal. Aussi, afin de ne pas la froisser, prétexta-t-il avoir de la besogne à accomplir.

— C'est que je suis en train de piquer des boutures ! Comme j'expliquais à votre père, j'en pique plusieurs dans le même pot, afin qu'elles s'entraident, et je disperse autour quelques grains d'avoine pour leur donner idée de raciner, fit-il en souriant.

— Je comprends bien l'utilité de ce travail, commenta Méline en cachant sa déception.

Même si elle connaissait les compétences de Nano, qui aurait de grandes chances d'obtenir de beaux cassissiers et groseilliers, sa préoccupation était autre, et elle poursuivit sa promenade tout en réfléchissant.

Mieux valait se rendre à l'étude de Me Leroux et soumettre son idée directement à son père ; ainsi gagnerait-elle du temps. Confiante, elle arpenta l'allée avec gaieté. Cette lettre d'Adrien l'avait rendue invincible.

Au bourg, c'était jour de foire. Toujours le même spectacle ! Les marchands étaient installés de part et d'autre de l'axe principal. Ils étaient vêtus du traditionnel petit gilet boutonné et de la blouse de toile bleue, certains sortant une tabatière de leur poche afin de tromper les minutes d'attente avant le prochain troc.

Le labeur employait les esprits, et Méline dut se frayer un chemin à travers les venelles du bourg pour parvenir jusqu'à l'étude de son père. C'était en espérant que Me Leroux soit disponible et de bonne humeur qu'elle pénétra dans l'office, où, par chance, le premier clerc était absent. Surpris de voir sa fille, Henri-Louis s'exclama :

— Que se passe-t-il ?

— Papa, j'ai à te parler, avança-t-elle à brûle-pourpoint.

— Qu'y a-t-il donc qui ne puisse attendre midi ?

— Puisque tu conviens que, dans la vie, il n'est pas bon de perdre son temps et étant donné que je te rejoins sur ce point, j'ai l'intention de me rendre à Varaignes cet après-midi afin de visiter la famille Bélair. Aussi, j'étais venue te demander la permission de faire atteler la carriole.

Henri-Louis parut consterné.

— Tu n'y penses pas ! Qui t'a donc mis cette idée en tête ?

— C'est que, comprends-tu, père, j'ai reçu ce matin une lettre d'Adrien et je me dois de lui communiquer des nouvelles fraîches de son pays. Le fait de me rendre par moi-même à Varaignes me permettra d'en juger.

— Mais enfin, ce n'est pas à toi de le faire ! Comment dois-je te dire qu'il faut se conformer aux principes ? Tant qu'Adrien n'aura pas officiellement fait sa demande en mariage, tu ne dois rien anticiper qui puisse traduire un quelconque engagement. Tiens-t'en aux actes, comme le ferait toute jeune fille respectable. Sois patiente. La vie n'offre pas immédiatement l'accomplissement des désirs. Laisse donc faire les événements, ne bouscule rien.

— Impossible, père !

Henri-Louis soupira. Il n'était pas au bout de ses peines. Il fallait en convenir : si Méline était têtue, Henri-Louis était à cheval sur les principes et il n'avait pas l'intention de céder au caprice de sa fille, dont le comportement mènerait droit à l'humiliation. Il y avait bien assez de Charles qui se permettait toutes les libertés.

— Même ton frère ne me tiendrait pas tête de la sorte !

Bien que l'effrontée ait dépassé les bornes, elle se sentait incapable de faire machine arrière.

Son père la pria de rentrer à la maison, mais elle n'en fit rien. Au contraire, elle se rendit directement au relais de poste afin de s'informer auprès du postillon des horaires de passage de la prochaine diligence.

Elle ne passait pas inaperçue avec sa grande capeline ornée de feuillage léger qui attirait tous les regards. Après avoir vérifié qu'elle disposait de quelques sous vaillants, elle se résigna à attendre la voiture. C'était curieux combien cette force secrète lui dictait de prendre le chemin de Varaignes ! Qu'avait-elle à y faire ? Elle l'ignorait elle-même...

L'escapade fut grisante. Après tout, le privilège du déplacement n'était pas réservé à Charles ! Parfois, Méline se sentait un peu jalouse devant ses capacités à se démarquer dans l'existence. C'est pourquoi cette liberté fraîchement acquise lui donnait le sentiment d'exister enfin.

En s'arrêtant dans le premier village du Périgord vert, où près du puits se tenait un groupe de paysans aux visages burinés par le soleil, la jeune fille suscita toute la curiosité. Dans ce décor charmant de Bussière-Badil, elle se désaltéra à la fontaine en faisant une coupe de ses deux mains jointes. Les femmes, qui venaient puiser une eau utilitaire remontant des entrailles de la terre, observaient en coin la voyageuse en commentant en patois :

— Avez-vous vu celle-ci ?

En imaginant le spectacle quotidien de leurs seaux dans l'évier afin d'y puiser l'eau avec la *couade*[1], Méline songea aux gestes habituels de

1. Louche que l'on utilisait pour puiser l'eau du seau.

Louise au mas du Roule lorsqu'elle ramenait l'eau du puits. Elle reprit la route pour Varaignes, où elle ne s'était rendu qu'une seule fois, quelques jours avant le départ d'Adrien. Méline se rappelait davantage les chiens qui gardaient la propriété que le visage précis des parents Bélair.

Ce fut seulement une fois arrivée au village qu'elle s'inquiéta de la réaction de la famille devant sa venue. L'église Saint-Jean-Baptiste était en train d'être restaurée lorsque la diligence ralentit et, sur la place, les éclats de voix parvenaient dans tout le bourg.

Elle admira le château, au loin les prairies ondulées des vallons, tandis que des nuages allongés bordaient l'horizon. Le décor lui semblait idéal, les chemins, protégés du temps. Elle se souvenait qu'il fallait passer les dernières maisons à la sortie du bourg, prendre une direction mal délimitée avant de parvenir au mas des Bélair.

Dès qu'elle reconnut l'allée de peupliers, tous les détails lui revinrent en mémoire avec précision, y compris le visage des parents. Après avoir poussé le *clédon*[1], Méline pénétra dans le parc sans que les chiens se manifestent. Le jardinet courait le long de la façade aux fenêtres ouvertes malgré la chaleur.

Hésitant un instant avant de frapper à la porte afin de s'entretenir avec la maîtresse de maison, Méline reprit confiance en songeant à Adrien. Le souvenir de sa présence lui donnait la force

1. Portillon à claire-voie fait de liteaux espacés (occitan).

d'aller droit au but ! Peut-être découvrirait-elle des détails de sa personnalité qu'elle ne connaissait pas encore...

À sa surprise, Méline ne se retrouva pas face à Mme Bélair, mais devant une jeune fille de son âge.

— Je suis Méline Leroux, annonça-t-elle avec aplomb. Je suis venue rendre visite à monsieur et madame Bélair.

La pétulante brunette, à qui le nom de Méline Leroux n'évoquait aucun souvenir, se trouva prise au dépourvu par cette visite inattendue. Elle déguisa sa méfiance par une invitation à s'introduire dans la pièce principale.

Mlle Leroux se vit offrir un verre d'eau fraîche qu'elle accepta bien volontiers.

— Je m'appelle Édith, dit la jeune fille en se défaisant de sa raideur. Je suis la fille de maître Bélair.

Adrien avait donc une sœur ! Méline eut du mal à contenir sa stupeur. Jamais il ne l'avait évoquée au fil de leurs conversations. Elle supposa Édith à peine plus âgée qu'elle, bien que son allure massive la rendît plus femme que demoiselle.

— En quoi puis-je vous aider, mademoiselle ?

— Eh bien, je suis une amie d'Adrien. Votre frère, qui est parti aux Indes, ressent sans doute le mal du pays. Je me disais qu'en venant vous rendre visite, j'aurais la joie dans ma prochaine lettre de lui raconter ma visite à Varaignes...

— Est-ce lui qui vous a suggéré de venir ?

— Non, j'ai agi de mon propre chef.

Édith considéra la nouvelle venue de la tête aux pieds. *Encore une qui est bien sûre d'elle,* sembla-t-elle penser avant de se ressaisir :

— Cela part d'un bon sentiment, mademoiselle Leroux, j'en conviens, admit-elle d'un air condescendant. De mon point de vue, j'espère surtout que ce voyage aux Indes ne pâtira pas à sa santé... Pour le reste, nous espérons, mes parents et moi, qu'il ne s'éternisera pas trop longtemps à Pondichéry.

Le mystère qui planait autour de l'existence d'Édith suscitait toutes sortes d'interrogations, mais, par bienséance, Méline se contenta de demander si les Bélair seraient bientôt de retour.

Édith lui fit savoir qu'ils ne devraient plus tarder avant de lui confier que, depuis qu'elle avait épousé Auguste Trébaud, le fils de la filature de laines et draperies de Busseroles, elle avait beaucoup d'occupations, car l'activité ne manquait pas. Cette révélation résolut une question sans pour autant expliquer pourquoi Adrien ne lui avait jamais parlé de sa cadette.

Méline se demanda un instant quel genre de rapport unissait le frère et la sœur tout en sachant qu'elle n'en obtiendrait pas la réponse.

Mlle Leroux regrettait que les parents soient absents. Ils se seraient probablement montrés plus loquaces qu'Édith, qui restait sur ses gardes, mesurait ses paroles en déployant le minimum de courtoisie que la bienséance oblige.

Méline apprit qu'Édith n'avait qu'un an de plus qu'elle, mais, déjà, les traits de son visage accusaient une maturité anticipée. D'une beauté froide, elle faisait partie de ces femmes dont le charme se dévoile au fur et à mesure que la confiance s'instaure.

Au dire d'Édith, Me Bélair avait jugé d'un mauvais œil le départ d'Adrien pour les Indes. Méline en déduisit qu'il aurait probablement souhaité que son fils se destine à rester à Varaignes pour reprendre l'étude notariale…

— Nous détenons ce point en commun ! précisa la Limousine en songeant que Me Leroux aurait également préféré que Charles prenne sa suite à l'étude plutôt que de partir à Paris pour se lancer dans l'inconnu.

Comme Charles, Adrien ne l'avait pas entendu de la sorte, bien au contraire, et, même s'il semblait s'être résolu à quitter sa nouvelle idylle de mauvaise grâce (c'était à tout le moins l'idée que la jeune fille s'en faisait), il avait prétendu à sa famille qu'avoir la chance d'être chargé de mission aux Indes était une opportunité qu'il convenait de ne pas laisser passer.

— Adrien a cela de commun avec mon frère : il veut mordre la vie à pleines dents ! conclut Méline en sortant un peu de sa timidité.

Pourtant, Édith, restée à distance, ne releva pas plus qu'elle ne fit preuve de curiosité à l'égard de Charles…

Quelqu'un frappa à la porte. Édith se hâta d'aller ouvrir. Pendant ce temps, Méline en profita pour attarder son regard sur le décor de la maison.

L'agencement présentait tant de points communs avec le mas du Roule qu'elle en fut surprise.

Le *cantou*[1] et ses chenets occupaient un renfoncement traditionnel où, l'hiver, il devait faire bon se réunir pour la veillée. Près de la crémaillère, où pendait la marmite, il ne manquait que la présence de Louise lorsqu'elle s'activait aux fourneaux.

Le vaisselier en noyer, riche de beaux objets d'étain, de ces faïences que sa mère affectionnait, rehaussait ce décor familier qui rassurait Méline et, si ce n'avait été le tintement de la comtoise qui vibrait plus aigu, on aurait pu se croire au mas du Roule.

Un chat de gouttière surgit de l'escalier et grimpa sur une chaise paillée pour s'y lover. Il fixa l'étrangère jusqu'au retour de sa maîtresse.

— Je vais devoir prendre congé, mademoiselle Leroux. Mon époux m'attend. J'ai cru comprendre que vous auriez aimé voir mes parents, conclut-elle froidement, mais j'ai peur que la partie ne soit remise à une prochaine fois.

— Oh ! ce n'est pas grave ! assura Méline qui cachait bien sa déception. Je reviendrai...

Quittant la maison décontenancée, elle reprit la direction du bourg de Varaignes à pied. Il lui sembla croiser la voiture des Bélair, mais elle n'en fut pas certaine.

Sur la route du retour à Vayres, elle se mortifia. Ce voyage n'avait pas servi à grand-chose, sinon à

1. Le « coin du feu » autour de la cheminée (occitan).

lui apprendre qu'Adrien avait une sœur. Qui sait ? Cette révélation apporterait probablement de l'eau à son moulin. Assaillie par le doute, elle suivait des yeux le paysage vallonné qui défilait, les champs où les paysans s'activaient sans relâche…

3

Ignorant tout de cette brume étrange propre à l'Inde du Sud, Adrien Bélair avait débarqué à Pondichéry un matin de printemps, un an auparavant.

Sur le quai, le premier contact avec ces hommes et ces femmes vêtus de sari et de *sherwani*[1] faillit lui déclencher un fou rire nerveux, probable conséquence d'un voyage long et éreintant, aux nuits passées à jouer aux échecs sur le bateau.

Des senteurs d'épices et de sueur humaine mélangées à la poussière de cette chaleur écrasante l'avaient pris à la gorge dès l'arrivée, et peut-être aurait-il titubé si les hommes du gouverneur n'étaient venus l'accueillir pour qu'il établisse un premier contact avec la présence française sur ce sol.

Pourtant, l'appréhension du premier jour avait vite laissé place à une fascination certaine. Quand la soie cuivrée du sari de Tacha volait dans la poussière du crépuscule au moment de lui servir le thé, Adrien prenait conscience de cette liberté que le

1. Tenue indienne.

voyage lui procurait. Une sensation bientôt confirmée devant le spectacle des éléphants au cours de sa visite au Rajah, où les danses qui accompagnaient la cérémonie étaient si majestueuses qu'il en resta sans voix.

La volupté ! Il n'en savait rien avant d'avoir observé celles qui dansaient dans une sorte de transe hypnotique, comme si le corps implorait les dieux dans une sensualité digne des créatures divines.

Au fil de cette fascinante culture qui se dévoilait peu à peu, Pondichéry était capable d'atténuer la nostalgie de la France par le biais de ses monuments, à l'instar de celui dressé à la mémoire de Dupleix, où le simple nom des rues Victor-Simonel ou Suffren de la ville blanche évoquait le prestige des établissements français de l'Inde sous l'ère du grand gouverneur, qui préserva un temps les intérêts de la couronne face à l'invincible Compagnie des Indes anglaises.

Adrien Bélair put assouvir sa curiosité et s'assurer que du pensionnat de demoiselles dirigé par les sœurs de la congrégation de Saint-Joseph de Cluny, aux autres établissements d'intérêt public, la nation avait su jouer son rôle pour arracher les autochtones à l'ignorance et à la misère.

Dans le palais Raj Niwas, où Bélair fut introduit auprès du gouverneur par deux petits cipayes, il avait vite compris à travers les discours combien l'autorité des comptoirs français était à présent restreinte.

Pondichéry vivait davantage dans le souvenir du passé glorieux, où l'on se plaisait à rappeler combien le comptoir s'était montré capable de résister à plusieurs sièges grâce à des bastions garnis d'une forte artillerie.

Très vite, Adrien ne fut pas insensible à ce port situé sur la côte de Coromandel, où les Français avaient pu s'installer à demeure depuis 1673, suite à un accord avec les puissances locales, dans un lieu assez médiocre pour la navigation en raison d'une côte basse, où les navires ne pouvaient stationner qu'au large. Le Périgourdin en percevait les côtés attachants grâce à ses bâtiments magnifiques conçus en briques et couverts de tuiles à la demande du gouverneur de l'époque, plus d'un siècle auparavant. Détruisant l'ancien fort pour en reconstruire un sur le modèle de celui de Courtrai aménagé par Vauban, la ville, réputée pour être l'une des meilleures citadelles européennes sur le continent, était habitée par des chrétiens, des mahométans et des hindous, ce qui lui donnait un charme inédit.

Adrien, qui avait bien peu voyagé, s'étonnait toujours en silence, afin de ne pas faire remarquer son ignorance des hommes et des femmes du cru.

Au fur et à mesure qu'il s'était acclimaté, trouvant dans sa curiosité une raison de vivre à l'autre bout du monde, la triste réalité du déclin de l'hégémonie française apparaissait comme une évidence dans les conversations.

Les droits très élevés qui étaient demandés par la Compagnie anglaise des Indes orientales pour acheminer les épices, les soieries, l'opium et l'indigo endiguaient les dernières possibilités commerciales de la France.

À part fumer l'opium et rencontrer des bayadères, il n'y avait pas grand-chose d'autre à faire de son temps libre, et cela ne tombait pas si mal pour Adrien Bélair, qui avait besoin de prendre du recul face aux événements douloureux qu'il avait traversés.

Depuis que la vie lui avait cruellement retiré sa femme et l'enfant qu'elle portait, il appréhendait chaque année, allergique à l'odeur des foins, la date anniversaire de ce mois de juin, date liée au souvenir du malheur. Notaire comme son père et parce qu'il s'était attaché à cette idée de reprendre l'étude familiale de Varaignes tandis qu'aurait paisiblement grandi cet enfant à ses côtés, Adrien avait vu s'écrouler tous ses projets de vie. C'était pour cette raison qu'il avait choisi de s'engager pour les Indes.

Par le biais d'un appui familial haut placé, il avait été pressenti pour apporter une aide administrative et notariale dans le cadre d'une mission à Pondichéry. Bélair en avait l'envergure. Il avait su faire reconnaître sa candidature comme celle qui serait la plus appropriée au poste vacant.

À présent que sa solitude lui offrait une grande disponibilité, il se sentait prêt à prodiguer ses loyaux services au procureur général de Pondichéry. On comptait sur sa compétence et sa discrétion ; il savait conseiller et appuyer. Il ne lui restait plus qu'à s'adapter aux recommandations propres aux conditions locales afin de rétablir un peu d'ordre dans ce capharnaüm, s'était-il entendu dire par ses pairs avant de quitter la France.

Ainsi avait-il choisi d'accepter cette mission aux Indes, un peu avant qu'il ne rencontre Méline Leroux par le plus grand des hasards.

La jeune fille, qui portait toujours une certaine distance sur les êtres, aurait pu l'agacer et creuser ainsi par son attitude le fossé de la différence d'âge, mais, au contraire, sa fraîcheur et le mystère de sa personnalité avaient suffisamment plu au notable périgourdin pour qu'il ait eu envie d'engager une relation sentimentale.

Pourtant, Adrien ne savait pas encore vraiment comment il plaçait ses sentiments pour Méline lorsque son départ aux Indes lui avait été confirmé.

Son attirance pour le voyage exotique l'avait aidé à prendre ses marques dans sa nouvelle vie et il se comportait en explorateur assoiffé de nouvelles découvertes sur un continent inconnu. Toutefois, même si l'on fumait, mâchait et faisait tout ce qu'il fallait pour transporter l'âme au nirvana, il n'en gardait pas moins la tête froide.

L'homme n'était pas du genre à se laisser impressionner par les coutumes locales. Une promenade en *rickshaw*[1] lui donna une première idée des temples, des centaines de divinités qui fleurissaient

1. Voiture tirée par un indigène.

à tout va, et il en déduisit qu'il serait complexe de pénétrer ce monde mystérieux.

— Ça ira, sahib ? marmonna le conducteur qui venait de stationner à quelques centimètres d'une vache impassible.

Adrien sembla un peu désabusé. Il observa le passage d'un palanquin porté par des valets en livrée escortés de gardes, tandis qu'un peu plus loin grouillait une foule hostile. Les pluies de mousson avaient déjà commencé, laissant derrière elles une odeur de moisi et de vase qui rendait l'air épais. Comme le ciel était bas, il distinguait difficilement la ruelle dans laquelle il était sur le point de s'engager.

— Bien, fit-il tout bas en tournant la tête vers le cipaye qui l'accompagnait. Allons-y !

Le Périgourdin eut une hésitation, puis il se décida franco à fendre la foule. Il ne fallait pas se leurrer, les brigands étaient partout dans la province et il était probable que, depuis son arrivée, il était épié...

Dans la vaste pièce d'un palais où il était attendu, Adrien observa une statue de Kali reposant sur une table en marqueterie tandis qu'une main lui frappait légèrement l'épaule. Alors, il sursauta et fit volte-face.

— *Namasté*[1], fit le vieil hindou au front strié de poudre noir.

1. Bonjour.

L'homme lui remit un document en échange duquel il désirait quelques roupies dont le Périgourdin s'acquitta.

— Ce sont les plans ? s'assura-t-il avant de repartir.

Le vieil homme opina.

Adrien venait d'apprendre par le procureur qu'il devait se rendre dans une enclave française, une des étendues concédées par l'empereur mogol, afin d'y collecter les taxes foncières douanières et autres contributions qui restaient impayées. Certes, il ne s'attendait pas à devoir jouer ce rôle, mais il n'était pas question de s'opposer aux ordres suprêmes !

Il s'agissait de droits seigneuriaux soumis à l'autorité française, et le gouverneur avait ainsi considéré que Bélair devait se rendre au sud, à l'embouchure de la rivière Cavery en remplacement de l'un de ses hommes qui venait de mourir.

De nombreuses heures de navigation l'attendaient, et il songea qu'il allait devoir se montrer prudent, car la réputation du lieu le rendait assez dangereux.

Adrien joignit à son petit paquetage la dernière lettre de Méline, dont il relisait de temps en temps les mots tendres et réconfortants qui lui venaient de l'autre bout du monde. Il songea qu'il était bon que quelqu'un l'aime…

Méline et sa beauté mordante, Méline et son port de déesse avaient effacé dans son sillage la blessure des jours passés dans cette réserve pudique qui n'excluait pas qu'elle devienne son grand amour.

Mais Adrien avait vécu, là était la différence. Il connaissait la souffrance d'aimer, la trahison, le pardon, et sa défaite était trop fraîche pour qu'il se lance aveuglément dans les affres de l'amour.

Pourtant, après qu'elle lui eut à son tour manifesté ses sentiments, il comprit qu'elle occupait dans son cœur cet espace fragile où l'amour s'établit sans y être invité. Il n'avait pas envie de la perdre, mais, paradoxalement, il craignait qu'elle s'installe trop tôt et trop vite.

Revenant à l'importance de sa mission, Bélair prit vite conscience qu'il serait préférable de voyager incognito pour se rendre à Karikal. Aussi dénicha-t-il au marché, sur le conseil de son guide, une tenue identique à celle des Tamouls. Trois cipayes furent détachés à son service ainsi qu'un guide chargé de faire les traductions. La nuit venue, une pirogue vint les attendre et on leva l'ancre.

Au petit matin, les chants venus des pirogues des pêcheurs tirèrent Adrien de sa torpeur nocturne. Jamais il n'avait vu un tel spectacle ! Proche de la rive où l'on apercevait la foule et le village avec ses maisons de terre qui se fondaient au paysage, l'homme se croyait au milieu de nulle part. Il ignorait combien de temps il avait passé en mer. Deux jours, peut-être davantage, mais le ciel était clair, la mousson semblait déjà un lointain souvenir.

— Nous avons donc échappé aux hordes de pirates ! dit-il, victorieux, à son guide.

L'homme lui fit comprendre qu'il ne fallait pas trop vite crier victoire, car les attaques souvent imprévisibles pouvaient se déclarer à tout moment, tant en cheminant dans la mangrove qu'en naviguant en haute mer.

Lorsqu'ils furent sur la terre ferme, l'escorte du rajah de Tanjore attendait Adrien et ses hommes qui devaient se rendre au palais pour remettre un message de la part du gouverneur de Pondichéry.

Au cœur d'une région fertile, les coulis cultivateurs s'affairaient au manioc et au *bétel*[1] ; plus loin les ateliers de tissage appliqués à la fabrication des mouchoirs de madras se tenaient non loin du palais du rajah.

Adrien était anxieux sans en connaître la raison précise. Il pressentait que les négociations avec le rajah seraient compliquées.

Venu pour rapporter son avis au gouverneur sur l'état de la province et appliquer les lois tel qu'il en avait été décidé, Bélair songea que sa tenue n'était guère conventionnelle pour se présenter devant le rajah et, bien qu'il fût armé d'un bon fusil et escorté par l'escouade princière, il ne se sentait plus l'âme d'un aventurier, mais d'un indésirable.

Dans son palais aux colonnes ciselées, le rajah lui apparut du haut de son escalier victorien, le regard implacable à la lumière des lustres en cristal.

— *Namasté,* sahib Bélair ! lança-t-il avec aplomb en s'inclinant dans la pièce qui croulait sous des rideaux de brocart.

Adrien l'imita.

1. Plante dont les feuilles sont utilisées pour traiter différentes maladies.

Les deux hommes se détestèrent au premier regard. Sans doute le rajah voyait-il d'un œil atterré la fortune changer de mains au fil des décennies sur son territoire de Tamil Nadu. Tantôt anglaise, tantôt française, l'ampleur de la destruction et des reconstructions successives était un carnage où l'on conviait parfois un rajah ou un prince dans un bal du gouverneur afin de préserver quelque intérêt. Cela ne pourrait durer indéfiniment !

Adrien Bélair savait que les relations avec les princes du Sud avaient de tout temps été instables. La France avait remporté la concession de Pondichéry en 1674 en jouant de politesse et de diplomatie.

Pourtant, des escarmouches survenaient régulièrement, et il fallait veiller à ce que de simples histoires de vol de troupeau ne s'enveniment pas. Le Français Dumas avait obtenu Karikal en soutenant le roi de Tanjore. Il avait été glorifié par le soutien donné à un nabab, à qui il avait accordé asile. À présent, la prudence était de mise afin d'engager des négociations permanentes. Chaque parole représentait l'avancée d'un pion sur le grand échiquier !

Le rajah invita Adrien à prendre place dans sa banquette en palissandre.

— Nouveau venu aux Indes, sahib Bélair ? Résident de passage ?

Adrien prit sur lui pour ne pas s'engouffrer dans la brèche. Il y avait derrière ces mots un ton méprisant qui faisait mal aux oreilles. Le Français n'était pas préparé à cette mission et il se demanda vraiment pourquoi il avait été choisi pour jouer ce rôle. Peut-être s'était-on servi de sa naïveté ?

— Certainement. Je resterai aux Indes le temps qu'il faudra pour servir l'autorité.

— L'autorité ! ricana le rajah avec dédain. Savez-vous au moins ce que c'est ?

Bélair sentit qu'il aurait été malhabile de prendre la mouche, ce qui déstabilisa l'adversaire.

Après le rituel du thé, la conversation ne s'engageait toujours pas. L'air était lourd, chargé de senteurs pimentées indéfinissables. Le Périgourdin sentait la tête lui tourner ; ses idées se brouillaient. Peu à peu, il perdit la notion du temps, et des sueurs froides coulèrent sur son front. Le visage du rajah devint flou, Adrien ne parvenait plus à articuler une parole.

Au cours du voyage, le Français avait grignoté des mangues et des noix de coco. Son estomac s'en ressentait. La chaleur et la déshydratation avaient eu raison de lui, et le rajah ne fut pas sans constater cette défaillance ; aussi l'invita-t-il à prendre un peu de repos.

Lorsqu'Adrien reprit ses esprits, une odeur de viande grillée et de curry remplissait l'atmosphère. Il se trouvait probablement dans l'une des situations les plus embarrassantes qu'il ait connues de toute son existence.

Il s'interrogea longuement à propos de la raison pour laquelle cette divine créature dansait devant lui, telle une *devadasi,* danseuse qui, selon la tradition locale, aurait dédié sa vie au dieu Shiva. Dire qu'il avait accompli ce voyage pour assumer des tâches administratives et notariales ! Que d'imprévus ! Il se retrouvait à présent ici pour rétablir l'ordre !

Il n'avait jamais eu l'occasion à titre privé d'assister de près à une scène de danse aussi intime. Une sensation étrange l'amenait à focaliser toutes ses pensées sur cette personne, dont les expressions du visage traduisaient des émotions aux multiples contrastes, tandis que chacun de ses mouvements délicats fascinait Adrien. Sur lui, elle jetait un regard rapide alors qu'il frissonnait de fièvre, car la nausée le tenait encore allongé...

Bon sang, il se sentait mal parti... Impuissant face à ce malaise qui lui ôtait toutes ses facultés mentales. Que faisait-il ici ?

La jeune Crista enchaînait les poses langoureuses. De ses yeux verts en amande maquillés de khôl, une douceur exaltée faisait momentanément dériver la souffrance d'Adrien vers une oasis de perles et de sequins, d'abord dissimulés derrière un voile, puis découverts à demi, de façon à stimuler la curiosité de l'homme.

Aux poignets ainsi qu'aux chevilles, le tintement des clochettes accompagnait le son de la flûte et des tambourins venus de beaucoup plus loin. Derrière les tentures devait se tenir une réunion d'hommes, peut-être de fantassins.

Où était donc la garde d'Adrien ? Les cipayes à son service ne s'étaient pas manifestés depuis bien longtemps, à tout le moins Adrien, incapable d'appeler quiconque, le supposait-il.

Il ferma les yeux. Bercé par les sons et la fumée des encens qui brûlaient, il sentait que sa bouche était sèche. Alors, il tenta de faire un signe à Crista qui finit par s'approcher de lui.

— Ne me dis pas que je vais mourir ? interrogea le Français en se hissant sur ses avant-bras.

Crista souriait, et son regard s'attarda sur l'étranger qui se demandait si elle l'avait compris.

— Donne-moi à boire !

Elle détourna les yeux un instant avant de revenir, perplexe, sur sa décision :

— Partez d'ici le plus tôt que vous pourrez.

Adrien n'en crut pas ses oreilles. Non seulement elle parlait français, mais elle cherchait à le mettre en garde. Elle disparut rapidement pour réapparaître peu après les mains chargées d'une bouilloire et de tasses.

Crista était souple comme une liane et, si Adrien en avait eu le courage, il l'aurait volontiers serrée dans ses bras afin de se prouver qu'il en avait encore la force. La danseuse était incroyablement attirante. Il faut dire que Bélair, qui rendait peu visite aux bayadères de Pondichéry, ne soupçonnait pas combien les femmes indiennes étaient sensuelles et envoûtantes.

Différent de bien des hommes sur ce point, il avait besoin de palpiter avant de se lancer dans une aventure même de courte durée. C'est pourquoi il se montrait frileux à l'idée de fréquenter des lieux de perdition.

L'attirance immédiate qu'il avait ressentie pour Crista se concrétisa par quelques regards et, s'il n'avait été à la limite de la perte de connaissance, il est probable qu'il lui eût parlé davantage. Adrien but de bon cœur, et Crista plaqua sa main sur son front tiède.

La fièvre le tenaillait encore. Ce n'était pas la première fois qu'un Occidental se mettait dans de tels états. Il en aurait certainement pour plusieurs jours, en espérant que le mal régresserait. La petite fronça les sourcils. Le teint terreux d'Adrien n'était pas de bon augure.

Le rajah ne tarda pas à faire mander Crista auprès de lui, et elle quitta à regret le chevet de son protégé qui venait de s'endormir.

— Comment se porte-t-il ?

D'un signe de tête, Crista indiqua à l'un des cipayes qui accompagnait Bélair qu'il fallait le ménager et prévenir son guide. Même si le gouverneur leur avait accordé trois jours pour accomplir la mission chez le rajah, il faudrait à présent partir du principe que la notion de temps devait s'abolir.

Le soleil se levait tout juste, mais les coolies déblayaient déjà du bois dans les allées, s'affairaient dans les plantations de cannes à sucre, les bœufs mugissaient au loin et les soldats patrouillaient.

Aucune manifestation de la part du rajah, ce qui était loin de rassurer le guide du Français. Les cipayes étaient à présent rassemblés à l'ombre d'un cocotier en attendant les ordres. La lenteur semblait être l'apanage de tous. Qu'avait donc ingurgité Adrien pour qu'il se tienne à moitié mort depuis leur arrivée ?

Quelle idée de venir s'enliser ici ? pestait le guide de Bélair en cherchant à se rapprocher du rajah. Pas de doute, il fallait être fait pour ce pays-là et de la même constitution que les hommes du cru pour aborder les coutumes avec sérénité, ce qui n'était pas leur cas.

En apprenant que le rajah, accompagné d'une partie de sa cour, était parti à dos d'éléphant, le guide sentit la rage l'envahir.

Bélair dormit deux jours et deux nuits consécutifs. Il ne se réveillait que pour ingurgiter une décoction de feuilles que lui avait préparée Crista.

4

Amis de longue date, Henri-Louis Leroux et le Dr Pierre Mars avaient l'habitude de partager d'interminables conversations dans le salon du mas du Roulc. Cet après-midi-là, le débat sur la politique d'expansion coloniale de Jules Ferry était au cœur du sujet au moment où la jeune Méline rentra de Varaignes.

Le notaire, fervent partisan de Georges Clemenceau, allait jusqu'à qualifier d'ineptes les propos tenus par Jules Ferry lorsqu'il prétendait que les races supérieures détenaient le devoir de civiliser les races inférieures.

Même si le Dr Mars s'enflammait à son tour, irrité par la façon dont son ami interprétait le discours de Ferry, leur divergence de point de vue n'entravait nullement l'amitié qu'ils se portaient.

Méline profita de leur concentration pour traverser le couloir sans se faire remarquer. Momentanément à l'abri des foudres de son père, elle regagna la cuisine en espérant s'y trouver seule ou en compagnie de Louise.

Si la jeune fille était arrivée quelques minutes plus tôt, elle aurait même surpris le dessein amoureux que son père lui avait choisi en la personne de Gabriel Mars, fils du docteur. Gabriel n'était guère plus âgé qu'elle ; il poursuivait non sans mal ses études de médecine à Limoges, surprotégé qu'il était par l'omnipotence de son père, dont toutes les ambitions reposaient sur son unique rejeton. Le peu que Méline avait côtoyé Gabriel Mars lui avait permis d'en conclure qu'elle le trouvait insignifiant, et la simple idée d'imaginer la possibilité d'un mariage entre eux l'aurait purement et simplement révoltée.

Célia Leroux, occupée à mitonner un bœuf en daube avec Louise, jeta les yeux au ciel quand les éclats de voix de son mari parvinrent jusqu'à la cuisine.

— Encore la politique ! soupira-t-elle sans comprendre que son époux s'enflamme autant sur des décisions qui n'auraient guère d'impact sur la vie de son bourg et de ses habitants. D'accord, je ne m'y entends guère sur ce thème, mais cela ne m'empêche pas de constater qu'ils parlent toujours de la même chose ! Le plus grand sujet d'actualité est tout de même la disparition de Victor Hugo !

Mme Leroux vouait un culte sans limite au grand homme de lettres depuis sa lecture des *Misérables*. Aussi sa mort l'avait-elle bouleversée. Mais, pour l'heure, assise aux côtés de Louise, Célia ne ménagea pas sa colère en voyant arriver Méline.

— D'où viens-tu ?

— Ah ! maman, si tu savais la belle affaire ! répondit Méline, péremptoire. Figure-toi que je reviens de Varaignes et tu ne devineras jamais ce que je…

— Assez ! De quel droit pars-tu à Varaignes sans nous en avertir ?

— J'en ai informé père, mais il se trouve que personne n'a voulu m'entendre.

— De quel droit quittes-tu Vayres sans notre autorisation ? reformula Célia en haussant le ton.

— Du même droit que celui de Charles, qui, parti à Paris, trouve utile de se joindre à l'équipe de Louis Pasteur, parce qu'il a eu cette opportunité et que cela semble lui convenir à merveille. Et j'étais justement en train de te dire que c'était une chance d'être allée jusqu'à Varaignes, mais tu ne me laisses jamais finir.

La gifle partit toute seule. Célia elle-même se surprit de cette pulsion incontrôlable. Le regard plein de haine que sa fille lui adressa en se frottant la joue l'incita à renchérir :

— Ceci vaut pour toutes tes audaces, et j'espère que ce geste te mènera à réfléchir avant d'agir. N'oublie pas que ce n'est pas à moi de t'écouter, mais à toi d'obéir.

La joue encore piquante, Méline tourna les talons afin de regagner sa chambre. Elle n'en revenait pas. Sa mère n'avait encore jamais osé la frapper. D'ordinaire, les reproches bien pesés que Célia adressait à sa fille lorsqu'elle estimait qu'elle s'était mal comportée suffisaient à imposer l'obéissance, mais, cette fois-ci, son audace avait dépassé les bornes.

Seule dans sa chambre, elle tenta de retrouver son calme. Dans son esprit, tout se bousculait. Sa mère ne comprenait pas combien Adrien représentait sa raison de vivre.

Cette gifle était injuste et humiliante ! Elle pensa à son entretien avec Édith, la mystérieuse sœur d'Adrien dont elle avait découvert l'existence. Pourquoi tant de cachotteries autour de ce personnage ?

Même si une petite voix intérieure lui murmurait que ce garçon ne jouait pas franc-jeu avec elle, la jeune fille ne voulait pas s'y fier. Ses lettres enflammées ne pouvaient remettre en doute sa sincérité.

D'ailleurs, Méline, qui avait pris soin de les réunir et de les nouer avec un ruban de velours rouge, les sortit du tiroir de sa coiffeuse avant de les relire encore une fois. Dans son émotion, elle ne put contenir ses larmes... Et si Adrien lui mentait ? Jusqu'où ce sentiment allait-il la mener ?

La main de Louise sur son épaule la fit sursauter. Détournée de ses pensées, elle afficha un visage rougi par les larmes.

— Je ne t'ai pas entendue approcher...

— Quoi de plus légitime que de vouloir raisonner une jeune fille qui perd la raison ? lui murmura la gouvernante en écartant la mèche rebelle qui barrait le visage de Méline.

— Tu te trompes !

Louise sourit gentiment tout en cherchant à apaiser sa nervosité.

— Ta mère voulait te faire comprendre, peut-être un peu maladroitement, que cette visite chez les Bélair était inopportune.

Méline ne répondit pas tout de suite, peut-être pour prendre le temps de bien formuler ce qu'elle ressentait.

— Les visites imprévues ont cela de bon qu'elles renseignent sur l'essentiel.

Louise, qui cherchait à savoir où Méline voulait en venir, l'incita à préciser le fond de sa pensée.

La jeune fille fut plutôt soulagée de se confier, car elle en éprouvait un profond besoin. Elle décrivit à Louise la jeune sœur d'Adrien, déjà épouse d'Auguste Trébaud, issu de la filature de laines et draperies du bourg de Busseroles, comme une personne étrange qui ne semblait pas ravie de la rencontrer.

— Mets-toi à sa place ! Elle te perçoit telle une étrangère. Sans doute n'a-t-elle jamais entendu parler de toi.

— C'est justement ce à quoi je pense et qui m'irrite. Cela reviendrait à admettre qu'il y a certains aspects de la personnalité d'Adrien que je ne maîtrise pas.

Les yeux complaisants de Louise débordaient de douceur et de bonté, et c'est afin d'apaiser Méline qu'elle ajouta :

— Ne te complique pas l'existence. Adrien a peut-être des raisons d'agir ainsi que tu ignores encore. Ces petites contrariétés ne changeront pas le cours des événements. Si tu dois épouser cet homme, il s'imposera à toi telle une évidence.

— En tout cas, ce déplacement à Varaignes n'aura pas été vain.

Louise pouvait tout entendre. Mme Leroux, en revanche, obnubilée par les bonnes manières et les préceptes de son rang, avait beaucoup de mal à imaginer que sa fille pût avoir été guidée par son intuition féminine. Selon sa conception de l'éducation d'une jeune fille, seule l'obéissance comptait.

Louise, dans son constant souci d'aplanir les angles, lui conseilla de se changer pour être présentable au dîner. Cette épaule bienveillante l'aida à surmonter son trouble. Peu à peu, la jeune fille se sentit de nouveau protégée dans son univers du mas du Roule.

Il y avait toujours une force qui veillait sur elle, peut-être celle d'un ancêtre que le murmure du vent dans les volets à claire-voie lui rappelait inlassablement.

Méline imaginait le frémissement des tilleuls et des sapins qui délimitaient la propriété, tandis que Louise ouvrait la grande commode pour en sortir des jupons blancs fraîchement repassés.

La jeune fille n'avait pas idée des agressions de l'existence, car, quoi qu'elle fit, elle était la fille du notaire et, au village, la famille Leroux, au même titre que quelques autres dans leur sillage, représentait un bastion inviolable. Louise savait que cette réalité était à double tranchant, car la jeune fille, bien que protégée, n'en était pas pour autant immunisée contre les souffrances et les difficultés de l'existence.

À son jeune âge, la belle enfant ignorait encore l'hypocrisie, la malhonnêteté, tant la plupart des villageois, dévoués à la famille depuis toujours, lui faisaient bonne figure. Les Leroux étaient notaires de père en fils, un rôle suprême sur des conventions établies, impensables à bousculer. Pourtant, la génération de Méline et Charles n'était plus celle de l'obéissance aveugle ; elle se montrait plus combative, et preuve en était que Charles, qui jouait franc-jeu depuis son départ à Paris, remettait lourdement en question les codes et habitudes de la famille institués depuis toujours.

Dans la salle à manger où elle restait songeuse, Célia assistait, impuissante, à l'escalade de ce changement. Ce qu'elle avait connu du temps où les jeunes filles attendaient patiemment le mariage, tandis que les garçons respectaient scrupuleusement la décision de leurs parents, appartenait déjà au passé.

Même si la jeunesse avait toujours eu l'esprit de rébellion, la différence venait du fait que, dorénavant, elle ne s'en cachait plus, affichant ouvertement son opinion, revendiquant son droit à affirmer ses choix, quitte à en payer le prix fort.

Célia pressentait que le duel amorcé avec sa fille s'annonçait serré. Elle suivait obstinément la voie que son frère lui avait tracée, mais les Leroux n'avaient pas encore dit leur dernier mot.

De ce que Célia avait perçu d'Adrien, elle n'en avait saisi que des zones d'ombre. Méline, qui était amoureuse pour la première fois, était aveuglée comme on peut l'être à dix-sept ans par le charme ténébreux et évanescent qu'Adrien déployait. L'homme semblait bien trop séduisant pour être honnête, et Célia craignait qu'il brise le cœur de sa fille par ses belles paroles, car il ne manquait jamais l'occasion de se montrer obséquieux.

La flagornerie dont il usait parfois et qui lui valait probablement les regards admiratifs de la gent féminine de tous âges, mettait Mme Leroux fort mal à l'aise. Elle savait par expérience qu'elle n'est guère gage de franchise et de sincérité. Comment fallait-il procéder pour que Méline en prenne conscience ? D'ici peu, il serait peut-être trop tard !

L'avenir le dira, songea-t-elle en entendant son époux raccompagner le Dr Mars jusqu'à la porte d'entrée.

Henri-Louis avait les traits tirés. Célia en déduisit qu'il travaillait trop... Entre les sollicitations pour les reconnaissances de dette, la venue des régisseurs à l'étude afin de lui donner le compte rendu des actes de métayage, ces fameuses minutes qu'il archivait, les diverses transactions de partage et achats de propriété qui ne s'opéraient pas sans son accord, ses journées étaient bien occupées, à tel point qu'il aspirait à un repos mérité lorsqu'il rentrait au mas du Roule.

Même s'il mettait souvent ses préoccupations d'ordre familial de côté, faute de temps à leur consacrer, Henri-Louis savait qu'il pouvait compter sur son épouse pour gérer l'intendance de la maison.

Célia ne s'en plaignait pas, bien au contraire, mais, même si elle aimait ces moments où il entrait à l'imprévu dans la cuisine pour observer la vie de la maisonnée, elle devina d'emblée que les contrariétés avaient jalonné sa journée. L'œil morne et le teint blême de son époux la renseignèrent immédiatement sur son état d'esprit. Elle se garda pourtant d'émettre une quelconque remarque.

Le notaire s'enquit finalement de la raison de l'absence de Méline.

— Je puis t'affirmer que nos deux enfants sont de la même veine. Je crois bien qu'il sera difficile de chercher à contrer Méline : elle n'en fait qu'à sa tête...

— C'est toi qui le dis !

Lorsque Célia confirma à son époux qu'elle était partie à Varaignes sans leur consentement, Henri-Louis rappela à sa femme qu'il n'avait pas l'habitude de capituler. Passe qu'il ne pût imposer sa loi à Charles, mais, devant Méline, qui n'était encore à ses yeux qu'une enfant, il ne céderait pas de sitôt ! D'ailleurs, il avait déjà sa petite idée sur la manière de venir à bout de son insoumission.

De son pas léger, Méline apparut apaisée dans une tenue de cotonnade de bon ton. Henri-Louis sembla s'amadouer un peu en sa présence.

— Te voici donc, ma fille ! Où as-tu passé tout ce temps ? lui demanda-t-il, bien qu'il le sût pertinemment.

— Comme je te l'ai expliqué, père : je tenais absolument à rendre une visite à ma future belle-famille à Varaignes.

Henri-Louis resta interdit.

— Depuis quand les décisions de cet ordre se prennent-elles sans mon consentement ?

— Il est grand temps que tu conviennes de l'importance que tient Adrien Bélair dans ma vie, rétorqua celle qui n'avait pas froid aux yeux.

Le notaire se demanda d'où lui venait cet aplomb. Étant donné qu'il avait la ferme intention de couper court à l'arrogance de sa fille, il trancha :

— Je crois que ton obstination est pire que celle de ton frère. Tu m'incites vraiment à prendre les mesures qui s'imposent. Je quitte à l'instant le docteur Mars avec qui je suis prêt à conclure une promesse de mariage entre ma fille et son fils Gabriel. Ce garçon est un excellent parti dont on connaît les antécédents familiaux, ce qui n'est pas le cas de ton Adrien Bélair. J'en ai plus qu'assez de t'entendre pérorer à propos de cet individu, parti courir aux Indes après on ne sait quoi. Du reste, peut-être n'en reviendra-t-il jamais !

— C'est faux ! hurla l'insolente qui ne se contenait plus depuis qu'elle venait d'apprendre ce qui lui pendait au nez. Je ne veux laisser personne décider à ma place, pas même mon père, si buté soit-il dans ses desseins à mon égard.

— C'est ce que nous verrons...

Célia, qui n'avait pas même été concertée par son époux dans sa décision, se trouvait prise au dépourvu. Devant son mutisme, sa fille, vexée, ajouta :

— Maman, tu ne dis rien ?

***

Les deux employés prévinrent de leur départ. Après avoir semé le cerfeuil et les courgettes, sarclé les haricots et les pommes de terre, ils avaient terminé leur journée de travail et en informèrent leurs maîtres.

L'été, ils offraient leur peau au soleil à la manière des arbres fruitiers, nombreux à s'épanouir sur les terres des Leroux ; le soir venu, ils avaient donné du foin aux chevaux avant de prendre congé. Le matin, ils seraient là avant le lever du soleil, tenant pour principe que leurs vies étaient calquées sur les exigences de la terre au fil des saisons.

— Vous pouvez disposer, leur fit savoir le notable sans se départir de son air soucieux.

Car il avait ses raisons, Henri-Louis ! À l'étude, le jour même, s'était présentée une certaine Lucie Torgnal. Cette femme avait décrété qu'elle devait parler d'urgence à Me Leroux. Le clerc, qui était en train de traiter un dossier, l'avait considérée avec déférence tout en lui expliquant qu'elle devrait prendre rendez-vous. Réagissant avec colère, la cliente n'avait rien voulu savoir.

Henri-Louis, prévenu par les éclats de voix, était venu s'informer :

— Que se passe-t-il ?

— Lucie Torgnal ! avait annoncé la nouvelle venue. Maître Leroux, je présume ?

— Vous présumez bien. En quoi puis-je vous être utile ?

— Il semblerait qu'il faille monter le ton pour obtenir un entretien ! Vous aurez bien quelques instants à m'accorder ?

— D'ordinaire, les rendez-vous se prennent auprès de mon clerc. À titre exceptionnel, madame Torgnal, puisque je dispose d'un instant, entrez dans mon bureau, je vais vous recevoir.

— Mademoiselle Torgnal si vous le voulez bien.

Elle avait adressé un coup d'œil triomphant au clerc avant d'entrer dans le bureau d'Henri-Louis, laissant sur son sillage un parfum capiteux.

Une fois dans son bureau, Leroux l'avait dévisagée avec curiosité. Il s'était demandé à qui il avait affaire et surtout d'où venait cette mystérieuse femme qui n'avait rien en commun avec les dames du pays.

Cette Lucie avait l'allure de la demi-mondaine à l'impolitesse avérée. Torgnal, ce nom-là lui était étranger, et, plus il réfléchissait, moins Henri-Louis s'était expliqué l'urgence de cet entretien.

— Ce n'est pas ce que vous croyez, maître Leroux avait-elle formulé, adoucie, en ôtant sa capeline.

— Vous ne m'avez encore rien dit, que voulez-vous que je croie !

Cette femme était déroutante, et Henri-Louis avait pressenti d'emblée qu'il devrait s'en méfier comme de la peste. La pudibonderie du notaire le tenait à l'abri de ces gourgandines, dont il méprisait le comportement.

Il était probable que tout le bourg parlait déjà de la venue de cette Torgnal, qui n'était certes pas passée inaperçue. L'allure tapageuse d'une gourgandine qui contrastait avec la discrétion des honnêtes femmes éveillait forcément tous les soupçons.

Les manières de cette coquette avaient mis l'homme mal à l'aise. Il faut dire qu'il avait davantage l'habitude de côtoyer des paysans et des notables que des extravagantes de ce genre.

Mlle Torgnal avait donc dévisagé le notaire, tant et si bien que son attitude avait fini par l'agacer.

— Vous êtes plutôt bel homme, avait-elle lâché spontanément dans un sourire aguicheur.

Sous son visage lunaire aux yeux perçants, où se devinait sa perspicacité d'esprit, se cachait chez le notaire un fervent défenseur des anciennes valeurs, celles de son père qui avaient contribué à l'émancipation de l'école au village, pour lui source de progrès et de liberté. Cette conviction, que grand nombre de notables du même bord politique ne partageaient pas, faisait de lui un être profondément humain, qui rayonnait malgré sa sévérité.

— Soyons sérieux, mademoiselle Torgnal. C'est pour me dire que vous me trouvez bel homme que vous êtes venue jusqu'ici ?

— Pas exactement, avait-elle précisé dans une petite toux nerveuse. J'aimerais bien que c'en soit la raison principale, mais, hélas, ce n'est pas le cas.

— Bien, alors, venons-en au fait.

Lucie avait poussé un soupir contrôlé. Avec habileté, elle avait pris un ton plus grave pour déclarer qu'elle était arrivée de Paris le matin même.

Le notaire, attentif, avait tapoté nerveusement le coupe-papier qu'il tenait entre ses mains.

— Je ne vous demande pas si vous avez fait bon voyage. Vous semblez en pleine forme, avait-il déclaré devant le teint éblouissant de la demoiselle. Décidément, ces nouvelles compagnies de chemin de fer qui desservent Oradour-sur-Vayres rendent possibles toutes les audaces.

— Dois-je le prendre pour un compliment ?

— Venons-en au fait !

Sans doute Lucie avait-elle perçu l'agacement du notaire, puisqu'elle avait ajouté sans attendre :

— Charles Leroux !

— Eh bien, c'est mon fils ! Et après !

— Je le sais que c'est votre fils et c'est justement la raison qui m'amène jusqu'à Vayres.

Henri-Louis avait froncé les sourcils. Quel rapport pouvait-il y avoir entre son fils Charles et cette jeune femme ?

— Figurez-vous que le destin nous a mis face à face, Charles et moi.

— Plaît-il ?

— Hum... Nous avons vécu une liaison torride pendant quelques semaines, avait-elle poursuivi sans ambages. À mon grand regret, votre fils a vite déchanté. Il m'a éconduite sans préambule ! Vous conviendrez que ce n'est pas des façons de faire avec sa petite amie, surtout lorsqu'elle attend un enfant !

— Vous êtes en train de me dire que vous attendez un enfant de Charles ?

Lucie avait approuvé.

— Charles est-il au courant ?

— Non seulement Charles est au courant, mais il n'a rien voulu savoir. Il prétend que cet enfant n'est pas de lui, alors que je suis certaine, moi, qu'il en est le père.

Non seulement cette révélation porterait ombrage à la réputation des Leroux, mais Henri-Louis avait fait signe à Lucie de parler plus bas.

— Que me racontez-vous là ?

Le notaire s'était offusqué, mais Lucie Torgnal ne lui avait pas laissé le temps de réagir ; elle avait poursuivi :

— Maintenant que vous savez tout, je me doute bien que vous serez sensible à ma situation.

L'homme s'était senti profondément mal à l'aise. Lucie, dans son état, avait donc traversé une bonne partie de la France par chemins de fer ? Et d'abord, qu'est-ce qui lui prouvait que cette femme disait vrai ? D'ailleurs, qui était-elle vraiment ? Il aurait sans doute fallu qu'une confrontation se déroule avec son fils pour connaître le fin mot de l'histoire. En quoi Henri-Louis était-il concerné par cette affaire ? Son fils était majeur, et le notaire se voyait mal se mêler de ses affaires de cœur. Il avait alors scruté cette demoiselle sans gêne avant d'asséner :

— Et c'est chez moi que vous venez pleurer ? C'est insensé ! Vous avez traversé toute la France pour venir m'exposer vos déboires sentimentaux ?

Bien que ses maxillaires se fussent serrés devant tant de sévérité, Lucie s'était reprise instantanément :

— Pas si vite, maître Leroux. Ne le prenez pas sur ce ton. J'imagine que vous n'aimeriez pas que j'ébruite cette situation dans le bourg de Vayres ? Ce serait dommage de souiller une si belle réputation ! Le fils du notaire engrosse une inconnue et disparaît comme il est venu… Vous imaginez les commérages !

Henri-Louis avait laissé échapper un petit rire nerveux.

— Vous croyez sans doute que j'ai des ordres à recevoir de vous ? Que votre chantage ou vos menaces me feront changer d'avis ? Si mon fils estime bon de m'informer de sa vie privée, il le fera, mais c'est à lui seul d'en juger et de prendre la décision qui s'impose. Ce n'est plus un enfant ! Une fille dans votre genre n'a rien à faire à Vayres. Sortez d'ici avant que je ne vous mette à la porte ! Mademoiselle, je ne vous raccompagne pas.

— Comme vous le souhaitez, maître Leroux, mais souvenez-vous que je n'ai pas dit mon dernier mot !

Que cette femme ose lui tenir tête était impensable. Avant qu'elle ne parte, Henri-Louis lui avait lancé un regard menaçant qui s'était passé de commentaire.

Une fois seul, le notaire s'était précipité pour ouvrir la fenêtre afin que s'évaporent les effluves de ce parfum capiteux. Ainsi, les dernières traces de cette intrigante se disperseraient-elles le plus loin possible de l'étude.

Puis, Henri-Louis s'était demandé si elle lui avait dit la vérité. Qu'elle eût connu Charles était tout à fait crédible, mais comment imaginer que son fils eût promis monts et merveilles à cette délurée ?

Le fils Leroux était un garçon plutôt réservé. Son père lui avait connu une seule petite amie, mais leur histoire n'avait pas duré.

Le notaire avait observé un moment la rue, à cette heure-ci baignée d'ombres. Cette histoire jetait un froid ! Il espérait bien ne plus jamais entendre parler de cette péronnelle, mais son intuition lui murmurait le contraire.

À présent qu'il se trouvait au mas du Roule, il sentait le regard pressant de son épouse qui le dévisageait. Henri-Louis n'avait pourtant pas envie d'évoquer cet entretien avec Célia.

— Sers-moi un pineau doux comme je les aime...

Sa voix s'était amadouée, au point que Célia ne trouva rien à ajouter. Elle sortit du buffet deux petits verres qu'elle remplit de bon cœur d'un pineau blanc transparent. Henri-Louis exerçait un ascendant tel sur son épouse que, par le biais d'un seul regard, il abolissait chez elle tout souhait de revendication.

Même si Mme Leroux estimait que son époux avait eu tort de ne pas l'informer du projet de mariage de sa fille avant de l'annoncer à brûle-pourpoint à l'intéressée, elle ne réussissait pas à lui en vouloir. En exerçant cette forme de tyrannie, Henri-Louis faisait d'elle ce qu'il voulait...

Ils savourèrent l'apéritif dans le silence, tous deux installés dans leurs fauteuils en velours émeraude du salon de compagnie, devant la grande cheminée ornée de boiseries. On aurait entendu une mouche voler.

Par endroits, l'humidité avait assombri les tapisseries où trônaient dans des cadres imposants les portraits des ancêtres. Le notaire conservait son air pensif et inquiété, tandis que Célia ruminait ce qu'elle aurait aimé dire, mais qu'elle taisait.

Mme Leroux était si dévouée à la famille qu'elle supportait les tourments en prenant soin d'éviter les déchirements. Consciente de la tâche immense que cela imposait, il arrivait qu'elle en souffre dans l'unique dessein de continuer à faire bonne figure devant son époux. La famille représentait la communauté humaine la plus harmonieuse à ses yeux ; elle se devait de la servir dans la patience et l'humilité sous la direction de son chef d'orchestre.

Ils se retrouvaient donc dans cette sorte de raideur bourgeoise où l'on parle et répond selon les règles, tandis que les domestiques accomplissaient leur tâche sans bruit...

5

Méline appréciait l'instant où la cloche de l'église annonçait la fin de la messe. C'était la fin du supplice pour celle qui s'astreignait à suivre sa mère chaque dimanche matin en attendant patiemment l'heure d'acheter les *craquelins,* à la boulangerie, sur le chemin du retour au mas du Roule.

Sur le parvis, où se côtoyaient chapeaux et *barbichets,* les dames Leroux se frayaient un passage sous les saluts de circonstance.

Dans le brouhaha propre aux conversations de sortie d'église, les dames longeaient alors les belles treilles des maisons serrées, les terrasses des bistrots bondés, puis faisaient la fameuse halte à la boulangerie.

Nano le jardinier avait fauché les abords de l'allée, et il se dégageait un parfum d'herbe fraîchement coupée lorsqu'à midi elles empruntèrent la voie bordée de tilleuls de l'élégant mas du Roule. Les papilles de Méline commencèrent à frémir sous l'odeur de l'oie qui cuisait. Elle imaginait déjà la grande table dressée par Louise, où se tenaient des spécialités alléchantes.

Comme elle était d'humeur guillerette depuis qu'elle avait reçu de bonnes nouvelles d'Adrien qui annonçait son retour en France, son appétit allait de pair, d'autant plus qu'elle n'avait pas pris au sérieux le projet de mariage avec Gabriel Mars énoncé par Henri-Louis. Méline songeait que son père avait voulu lui infliger une leçon plutôt que de mettre réellement son plan à exécution.

Lorsque les femmes pénétrèrent dans le salon de compagnie, Henri-Louis semblait détendu, à la grande surprise de Célia qui ne voyait guère son époux dans de bonnes dispositions ces derniers jours. Elle avait eu beau essayer de connaître la nature de ses préoccupations, le notaire était resté distant.

Même si son métier lui pourvoyait des occasions de se retrancher dans un monde où le mystère est de rigueur et que son épouse en respectait les règles, Henri-Louis naviguait depuis quelque temps dans des eaux plus troubles qu'à l'accoutumée.

Le déjeuner dominical se déroula dans le silence, puis Louise achemina le service en porcelaine de Limoges au salon de compagnie, car l'on s'apprêtait à recevoir la famille Mars pour le dessert.

Sous le soleil voilé d'un ciel orageux, on prit le thé et le café devant les belles boiseries du salon sous les compliments de Marie Mars, épouse du docteur. Que ce fût pour la disposition du mobilier ou l'élégance des rideaux, Célia disposait d'un goût certain pour la décoration de son intérieur.

Le jeune Gabriel Mars, qui accompagnait ses parents, était un garçon emprunté, qui ne savait que faire de lui. Son comportement occasionnait une grande gêne chez Méline, qui ne trouvait jamais le moindre sujet de conversation à établir avec lui.

De son côté, Henri-Louis plaisantait avec Pierre Mars, car leur relation de longue date leur permettait toutes sortes de familiarités, allant des sujets les plus légers aux plus graves.

Le docteur, cet après-midi-là un peu nerveux, jetait des regards insistants sur son fils, qui ne semblait pas en faire de cas. Pourtant, après avoir englouti deux ou trois petits fours, Gabriel attendit qu'un instant de silence se profile et, prenant son courage à deux mains, déclara à brûle-pourpoint :

— Maître Leroux, accepteriez-vous de m'accorder la main de votre fille ?

Méline ne put finir sa dernière gorgée de café sans partir dans une quinte de toux immodérée.

Célia était blême.

Henri-Louis gardait son sang-froid ; il était bien décidé à prendre cette déclaration très au sérieux.

— Oui, dit-il formellement, devant la stupeur de sa fille. Je n'y vois aucune objection. C'est même un honneur pour moi d'unir nos deux familles. Je serais heureux de vous accorder la main de ma fille Méline...

Elle eut juste le temps de déposer sa tasse sur sa soucoupe, jeter un coup d'œil vers Gabriel qui l'observait amoureusement, puis le choc fut si intense qu'elle s'évanouit dans le fauteuil.

Sa mère ainsi que Louise s'empressèrent de lui porter secours. Le Dr Mars la transporta finalement dans sa chambre afin qu'elle s'allonge.

— Un surmenage excessif lié à un choc ! conclut Pierre, tandis qu'Henri-Louis se demandait si sa fille faisait du cinéma.

— Trop d'émotions, dit Célia qui avait la larme à l'œil.

— Tranquillisez-vous, ce n'est rien de grave, les rassura le médecin, alors que Méline ouvrait déjà les yeux.

Blessé dans son amour-propre, Henri-Louis n'en montrait rien. D'une certaine façon, il s'était vengé de l'insoumission de son fils en abusant de l'innocence de sa cadette.

Cette attitude déloyale était pour lui la certitude qu'au moins, il aurait la mainmise sur le destin marital de sa fille. Pourtant, personne n'était dupe de la désapprobation de Méline, pas même le pauvre Gabriel Mars qui savait pertinemment que ce mariage satisfaisait davantage les ambitions du notaire que celles de sa future épouse.

Pourtant, au fond de lui, le jeune homme ressentait de l'affection pour celle qui se destinait à devenir sa femme et c'est avec un véritable sentiment amoureux naissant qu'il avait formulé sa demande ce jour-là.

Les yeux d'Henri-Louis et ceux de Pierre Mars braqués sur la belle enfant semblaient l'interroger dans un instant où elle ne ressentait que du mépris envers la terre entière, car la demande en mariage de Gabriel Mars, approuvée par son père, lui était revenue en mémoire dès qu'elle avait recouvré ses esprits. Le notaire était encore plus redoutable qu'elle ne l'avait imaginé.

— Comment te sens-tu ? lui demanda son père.

— Oppressée et trahie ! dit-elle tout de go en détournant son regard.

— Méline est trop émotive ! assura Pierre Mars qui, en tant que médecin, avait son mot à dire sur le malaise de sa future belle-fille. C'est un choc, je le comprends, mais Gabriel est un gentil garçon.

Si, à l'heure qu'il était, l'idée d'épouser le fils Mars la révulsait, elle en voulait surtout à son père, qui avait mené cette opération sournoisement. À peine avait-il fait allusion à la possibilité de ce mariage, qu'il avait déjà manigancé cette rencontre avec les Mars sans même l'en avertir. C'était trop.

— Je ne me marierai pas, fit-elle savoir clairement à tous.

— C'est ce que nous verrons ! rétorqua Henri-Louis. T'aurait-on demandé ton avis ?

Célia tenta d'arrondir les angles.

— Là... Repose-toi, ma fille. Ne brusquons rien. Nous en reparlerons.

Comme Méline ne pouvait retenir ses larmes, sa mère ajouta :

— Le bonheur s'apprend ; il ne se construit pas sur des chimères. Je suis certaine que Gabriel saura te rendre heureuse. Je lis déjà dans son regard combien il ne demande qu'à t'aimer.

— Je suis prise au piège, victime de la cruauté et l'injustice ! s'écria celle qui se fichait que les Mars soient témoins de ses paroles.

— Assez ou tu vas me faire entrer dans une colère noire !

Henri-Louis eut le mot de la fin. Ils quittèrent la chambre de la jeune fille qui, sur le conseil du praticien, devait se reposer.

Seule, l'adolescente versa toutes les larmes de son corps dans des mouchoirs brodés en répétant qu'elle aurait préféré mourir plutôt que d'épouser Gabriel Mars.

***

Le jour où Adrien Bélair revint à Varaignes, Méline Leroux était devenue Mme Mars à tout juste dix-huit ans. Elle avait fini, non sans peine, par se soumettre à la décision de son père.

La pensée d'Adrien ne l'avait pas quittée un seul instant et c'est la mort dans l'âme qu'elle lui avait révélé sa nouvelle situation de femme mariée par le biais d'une lettre. Ce courrier était resté sans réponse de sa part.

Adrien retrouva son Périgord vert en 1887, quelques semaines seulement après que l'on eut célébré le mariage de Méline. Un faire-part avait été adressé à l'office notarial de son père à Varaignes. Le Périgourdin ne s'en offusqua pas, et c'est même avec un certain soulagement qu'il apprit la nouvelle dans la mesure où il ne rentrait pas seul des Indes, mais accompagné de Crista, la danseuse indienne qui lui avait sauvé la vie à Karikal, au cours de sa périlleuse mission. Ensemble, ils avaient traversé les mers afin de poursuivre leur liaison torride sous le regard de tous...

Même si la présence de la jeune femme chez les Bélair faisait beaucoup jaser au bourg, Adrien se moquait éperdument des commérages, car il partait du principe que sa conscience ne concernait que lui.

Crista, avec ses mœurs orientales, avait opéré sur sa personne une sorte d'envoûtement qui lui avait non seulement permis de distancer son passé tragique, mais également de consolider un véritable sentiment, évinçant ainsi son amour platonique pour Méline.

Lorsqu'Henri-Louis Leroux eut vent, par l'un de ses confrères notaires du Périgord, de la liaison d'Adrien avec sa danseuse indienne, il se félicita de ne pas avoir donné de crédit à l'idylle de sa fille avec le fameux Bélair.

Même si cet homme était bien décidé à reprendre l'étude de son père à Varaignes et que ce voyage lui avait permis d'acquérir une maturité suffisante pour aborder la vie sous un nouvel angle, il avait démontré son inconstance amoureuse, ce qui le discréditait, tout en confortant les Leroux qu'il n'aurait pas été un bon époux pour leur fille.

À Vayres, Henri-Louis, bien que ravi d'avoir conclu ce beau mariage d'intérêt entre Méline et Gabriel, fut rattrapé par d'autres soucis relatifs à son fils. Charles avait fini par lui avouer sa liaison avec la Torgnal, ce qui lui avait valu une cinglante leçon de morale.

D'ailleurs, si le notaire avait fait preuve de sévérité à l'égard de son rejeton, c'est que le scandale avait été évité de justesse au bourg...

Même si le jeune homme n'avait pas endossé la paternité de l'enfant, Lucie avait bien certifié qu'il mentait.

La jeune femme avait juré que Charles en portait la responsabilité. Le notaire, qui connaissait la vitesse à laquelle on entache une réputation dans un bourg, avait finalement consenti à accorder un pécule à la fille mère, à la seule et unique condition qu'elle se taise et ne remette plus les pieds à Vayres.

Lucie avait simulé son départ après avoir empoché l'argent, mais le notaire venait d'apprendre qu'elle s'était entichée du sabotier qui officiait au bourg…

Pas plus tard que la veille, son clerc l'avait rencontrée, poussant un landau, dans la rue principale de Vayres. Le rejeton Torgnal était donc né, et Henri-Louis supposait qu'il vivait sous le toit de la saboterie, située à la sortie du village.

En fait, le notable souhaitait en avoir le cœur net. Il en voulait à Charles d'avoir été aussi stupide pour s'engager dans une liaison avec une femme de la trempe de cette Lucie.

Décidément, son fils ne lui apportait que des déceptions. Henri-Louis ne parvenait pas à prendre la situation avec détachement. Toutes les ambitions nourries de longue date et déçues le plongeaient tantôt dans des colères noires, tantôt dans de profonds abattements, et il se rendait déjà compte que ce n'était pas le mariage de Méline qui lui apporterait une véritable consolation.

Après cet interlude de réflexion, le notaire consulta sa montre de gousset avant de se replonger dans ses dossiers. Tout portait à penser que les clients venus régler leurs affaires de succession seraient à l'étude d'ici quelques instants.

Henri-Louis imagina que son jeune clerc avait déjà sorti le dossier Rajaud. Le bilan complet du patrimoine du défunt se trouvait fin prêt. Il ne s'était pas trompé. Le clerc remit les documents à Henri-Louis, qui, une fois installé dans son fauteuil crapaud, parcourut brièvement l'affaire sans trouver à redire à son sujet. Peu après, les Rajaud appuyèrent sur le bouton de cuivre de l'étude, et Mᵉ Leroux les reçut sans attendre.

Octave Rajaud avait cet air chafouin qui fit mauvaise impression au notaire. Il le connaissait de réputation, mais n'avait encore jamais été soumis aux entourloupes du personnage.

L'homme entre deux âges ne s'encombra pas de formules de politesse. Il sortit de sa poche un papier plié en quatre qu'il donna à lire à Henri-Louis.

Suspicieux, le notaire chaussa ses lunettes avant de se pencher sur ce courrier.

— Donnez-moi quelques précisions, j'y perds mon latin... De quoi s'agit-il donc ?

— Eh bien, il s'agit d'une lettre.

— Je le vois bien, parbleu !

L'homme se racla la gorge avant de déclarer :

— C'est une lettre rédigée de la main de mon père avant qu'il ne nous quitte...

— Vous voulez dire un testament olographe ?

— J'en sais rien.

— D'où vient cette missive ?

— Je l'ai trouvée dans le tiroir de sa table de nuit.

Le notaire prit connaissance de cette pièce à conviction sans broncher. Le défunt Jean Rajaud aurait stipulé sur cette lettre qu'Octave était son seul fils. Or, pour l'état civil, il avait une sœur, Noëlle, et l'acte de naissance qui figurait dans le dossier en faisait foi.

— Et c'est maintenant que vous m'en faites prendre connaissance ?

— Je viens de la découvrir.

Me Leroux resta interdit. Il n'était pas sans savoir que le frère et la sœur Rajaud se battaient froid depuis longtemps déjà. Il ne pouvait qu'imaginer une vengeance de la part d'Octave.

— Pour cela, il faudrait procéder à une annulation de la reconnaissance de paternité, mais... il y a un mais ! Votre père est décédé...

— Mais enfin, je tiens une preuve !

— Une preuve... C'est vite dit ! Les affaires ne sont pas aussi simples que vous l'affirmez ! Si nous lançons une procédure, elle n'a pratiquement aucune chance d'aboutir, croyez-moi.

Droit comme la justice, Henri-Louis fixait attentivement Octave. Son épouse, qui se tenait à ses côtés, n'avait pas bronché depuis qu'ils étaient arrivés à l'étude. Intimidée par l'ensemble du décor, elle restait à distance.

— On ne peut donc rien faire ?

— Pour que cette lettre soit considérée, il eût fallu l'introduire au dossier dès le départ. À présent, cette démarche m'amènerait à faire un faux en écriture, et vous comprenez que c'est impossible puisque je serais considéré responsable par la justice, si toutefois la vérité venait à éclater.

— *Fadadi*[1] !

— Non, vraiment, je ne peux rien faire.

Le paysan contenait difficilement sa colère, mais le notaire s'en tenait aux faits. S'il avait dû s'apitoyer sur son sort, il se serait enlisé dans une drôle d'affaire. Par ailleurs, Henri-Louis sentait le mensonge à plein nez, et la pauvre Noëlle allait en faire les frais. Mieux valait garder la tête froide face à cette situation.

— Je pensais que vous viendriez avec votre sœur ? poursuivit Me Leroux en fronçant les sourcils.

— Noëlle est souffrante, alitée depuis plusieurs jours.

C'était plutôt surprenant de la part de cette paysanne vaillante, qui, à cette saison, avait coutume de s'occuper aux moissons sans ménager ses efforts.

Elle n'avait pas son pareil pour couper le blé avec sa force masculine.

— Eh bien, il faudra donc reporter notre entrevue lorsque votre sœur sera sur pied.

Il semblait clair que les Rajaud avaient imaginé que leur affaire prendrait meilleure tournure, mais,

1. Foi de Dieu (occitan).

devant la décision du notaire que nul n'aurait pu contester, ils quittèrent l'étude l'air dépité.

Henri-Louis poussa un soupir de soulagement. Quelle histoire ! Il fallait en voir de belles dans ce métier ! Il trempa sa plume Sergent-Major dans l'encrier avec en tête le plaisir subtil de griffer quelques lignes sur le papier.

En s'adressant au portrait de son ancêtre notaire qui trônait sur le bureau, il consigna par écrit ses urgences à traiter. Cela l'apaisa momentanément, sans pour autant éviter sa pensée de vagabonder vers son fils qui lui tourmentait l'âme à tout moment.

Charles avait fait le choix de partir pour Paris afin de s'engager dans une autre voie que celle que son père avait tracée pour lui et, même si Henri-Louis tentait de prendre de la distance par rapport à cet événement, la réalité le rattrapait inévitablement.

Il faisait de lui-même le rempart de son propre dépit dans le silence, et cette souffrance le rongeait peu à peu sous l'impact des angoisses secrètes, car il préférait l'omerta à tout autre mode de colère.

***

À présent que Méline occupait une aile du mas du Roule avec son époux Gabriel qui poursuivait ses études de médecine, elle naviguait dans des sentiments à mi-distance entre rébellion et hypocrisie.

Elle apprenait à découvrir ce garçon qui s'appliquait pour rendre à sa jeune épouse la vie agréable.

La veille du mariage, elle avait tant prié pour qu'une force extérieure intervienne et l'éloigne de ce destin tout tracé, qu'elle ne réalisait pas vraiment la fatalité qui la frappait. Louise souffrait tout autant des peines éprouvées par sa jeune maîtresse que si elles lui avaient été directement infligées.

Quant à Célia, elle-même confrontée à un mariage arrangé, elle ne prêtait guère attention aux désillusions de sa fille, se contentant de lui rabâcher que l'on pouvait apprendre à aimer.

— J'ai été traitée comme une vulgaire transaction de biens ! répétait Méline sans vouloir en démordre. Père considère que les sentiments sont totalement occultés de la vie et que seuls les intérêts ont un rôle à jouer dans l'existence !

Bien sûr, Méline en voulait à son père de ne pas avoir été capable de donner une place louable à ses sentiments. Comment pouvaient-ils être faits du même bois ? À quoi servaient donc le pouvoir et l'argent si, au final, il fallait se contraindre à faire des choix contre-nature ?

Tandis que les premières pluies d'automne s'abattaient sur les carreaux, Méline devenait dissimulatrice. Elle s'obligeait à broder des napperons par un point de feston serré relié par des brides, à l'instar de ce que lui avait enseigné Louise.

Cela lui tenait l'esprit alerte, propice à la création d'un univers secret, où personne ne pouvait accéder, ce qui l'empêchait de s'apitoyer sur son sort.

Bientôt, Gabriel rentrerait de la faculté de médecine de Limoges. Comme ils auraient peu de choses à se dire, ils meubleraient la conversation avec des lieux communs. Cette seule pensée lui faisait monter les larmes aux yeux. Pourrait-elle s'endurcir ? Est-ce que toute sa vie allait se passer dans la résignation ? Elle qui s'était estimée courageuse et déterminée se retrouvait soumise, incapable de se défaire de la tutelle parentale.

Souvent, elle enviait Charles qui avait eu la force et le courage de partir. Même s'il était mal considéré par son père, au moins avait-il eu l'audace d'affirmer son indépendance.

Gabriel rentra plus tôt que d'habitude. Il s'avança vers sa femme et lui sourit avec bonhomie.

Devant ses regards pressants et ses gestes attentionnés, Méline se sentait mal à l'aise, tout autant qu'elle l'avait été dans la consommation du mariage, effectuée par obligation et non par désir.

Pourtant, Gabriel, plein de bonnes intentions, sortit de la poche de sa redingote une jolie boîte qui provenait d'un célèbre joaillier limougeaud.

— Ceci est pour toi, ma chérie !

— En quel honneur ? interrogea Méline, dont le rouge montait aux joues.

— En l'honneur des sentiments que je te porte !

Émue, elle prit le présent avec curiosité. Elle était partagée entre l'envie de pleurer et la culpabilité de ressentir de tels états d'âme. En ouvrant le coffret, la jeune femme découvrit un magnifique collier réalisé en émaux de Limoges. Jamais encore elle n'avait vu une aussi belle pièce de joaillerie.

— Il ne fallait pas, mon ami ! déclara-t-elle dans un élan de fausse pudeur.

Gabriel, qui avait cru déceler l'inclination de sa jeune épouse pour les bijoux, semblait tellement heureux de lui faire plaisir que Méline ne put que lui avouer combien elle était touchée par cette délicate attention.

Méline se demandait pourtant si un jour, enfin, elle serait capable de l'aimer à la mesure du sentiment que Gabriel lui témoignait.

Aimer d'un amour profond, comme elle avait aimé Adrien, était-ce de nouveau possible ?

Louise et sa mère avaient-elles raison ?

6

Dans le quartier du Champ-de-Mars à Paris, en bordure de Seine, dans l'axe du pont d'Iéna, le nouveau chantier de la tour Eiffel était en pleine ébullition. Badauds et artistes se pressaient quotidiennement pour assister à l'élévation du pylône de fer. Les yeux rivés sur le travail des ouvriers, Charles Leroux s'amusait toujours des commentaires étonnants qu'il surprenait.

— Vous y croyez, vous, à une tour haute de trois cents mètres ? demandait un homme à son voisin, plus âgé, qui ajustait son lorgnon sur la construction.

— À l'allure où se monte la partie métallique, et si rien ne vient contrecarrer les projets de monsieur Eiffel, je ne vois pas ce qui empêcherait de réaliser cet assemblage.

Les hommes chargés du montage, baptisés les « voltigeurs », ne ménageaient par leurs efforts, servant l'ambition d'Eiffel du mieux qu'ils pouvaient. C'était un drôle de défi à relever et, si l'on songeait à la difficulté que représentait la réalisation des jonctions des étages, Charles restait dubitatif.

Tant il était concentré à observer le chantier, il ne perçut que trop tard la main sous sa veste et, tandis qu'il faisait volte-face, il réalisa que son portefeuille avait disparu. Le pickpocket était déjà loin, au grand dam du jeune Leroux, à qui l'on venait de dérober la bourse.

— Je l'ai vu ! cria un jeune homme au chapeau haute forme qui se prétendit aussitôt capable de donner le signalement du voleur. C'est un spécialiste dont l'un de mes amis a été victime, continua l'homme en se présentant sous le nom d'Émile Chauffier.

Vexé par ce qu'il venait de subir, Charles songea que ce n'était pas dans l'immédiat qu'il pourrait se permettre le luxe d'entretenir une demi-mondaine ! Sa Marie-Juliette, qui lui avait fait tourner la tête en agitant ses froufrous au bal du Moulin de la Galette, ne se contentait pas de roupie de sansonnet ! La donzelle avait probablement de plus gros poissons à ferrer que le jeune chercheur qui vivotait sans pour autant se décourager. Charles se ruinait, subjugué par la beauté de Marie-Juliette qui évoluait aux côtés de La Goulue dans des tenues plus qu'affriolantes sous le regard du Tout-Paris encanaillé.

Depuis que le notaire de Vayres avait coupé les vivres à son fils, Charles menait une vie de bohème, sacrifiant son confort pour avoir fait le choix de se joindre à l'équipe scientifique de recherche de Louis Pasteur, fondée par décret du 4 juin 1887. Le jeune Leroux devait combler ses lacunes dans des domaines où il n'avait pas encore suffisamment étudié. Dormant peu, sortant beaucoup et travaillant d'arrache-pied, Charles Leroux mordait la vie par les deux bouts.

Il était tellement passionné par les sciences et désireux d'être intégré à l'équipe que, grâce à l'appui de ses amis dans le milieu scientifique, il progressait rapidement. Tous s'accordaient sur le fait qu'il était brillant et méritait qu'on lui laisse sa chance de prouver que ses aptitudes s'avéreraient utiles aux travaux des plus grands spécialistes.

Cela ne l'empêchait pas de se divertir autour de Pigalle et Blanche une ou deux soirées par semaine. C'est dans ce contexte que Charles avait connu Marie-Juliette et qu'il rêvait d'en faire sa conquête.

En constatant que le portefeuille contenant son maigre salaire avait disparu et que cet Émile Chauffier lui proposait de le dépanner de quelques francs, il ne cacha pas sa surprise.

— Pourquoi cette générosité à mon égard ? Nous ne nous connaissons même pas !

— Détrompez-vous ! rétorqua son interlocuteur, sûr de lui.

— Cela mérite quelques explications.

— Vous êtes bien le fils du notaire de Vayres ?

Cette affirmation fit pâlir Charles, qui aimait tout sauf entendre parler de sa condition de fils de notaire. Il acquiesça néanmoins.

— Je ne sais toujours pas qui vous êtes, monsieur Chauffier.

— Un ami de la famille.

Curieux qu'un ami de la famille Leroux se soit trouvé précisément au pied de la future tour Eiffel au moment où Charles avait été victime d'un pickpocket…

Soupçonneux, il alla jusqu'à se demander si Chauffier ne l'avait pas pris en filature. Mais dans quel but ?

— Soit, j'accepte votre proposition. Mais si c'est mon père qui vous envoie et que vous espérez saisir l'opportunité pour me faire la morale, passez votre chemin. Mon père a échoué dans sa démarche. Ce n'est certes pas vous qui allez y parvenir.

Après avoir saisi le billet que Chauffier lui tendait, Charles s'apprêtait à tourner les talons lorsqu'Émile lui glissa :

— Pas si vite, j'ai une proposition à vous faire.

Cet empressement à se rendre utile lui sembla suspect. Le regard de Charles sur Chauffier se durcit ; il se tenait sur ses gardes. D'ailleurs, depuis qu'il avait été victime de ce voleur, le jeune homme avait le sentiment d'être tombé dans un guet-apens.

— Sachez que je peux vous aider. J'ai des appuis dans le milieu de la recherche qui faciliteraient votre travail afin de gagner votre vie plus honorablement.

De quoi se mêlait-il ? Et d'ailleurs, comment savait-il qu'il tirait le diable par la queue ?

— Ce qui serait plus aisé pour séduire Marie-Juliette !

Là, c'en était trop !

— De quel droit vous permettez-vous d'ajouter ce commentaire et d'ailleurs comment connaissez-vous ma vie privée ?

— Si vous saviez ! J'en sais bien plus ! Je pourrais vous parler de Lucie Torgnal et de sa progéniture…

— Pardon ?

Il se sentait sali par cet individu qui s'immisçait dans son existence sans y avoir été invité.

Excédé, Charles choisit de rendre le billet que cet intrigant lui avait gracieusement offert.

— Je n'en veux pas ! On ne m'achète pas ! Qui vous envoie ?

— Ne le prenez pas sur ce ton, monsieur Leroux, rétorqua Chauffier avec ironie. J'ai de bonnes intentions.

— De qui vous moquez-vous ?

— Vous avez beaucoup à apprendre. Peut-être ne me croirez-vous pas, mais j'éprouve de la sympathie pour votre personne. Vous avez brillamment obtenu votre licence de droit, vous êtes volontaire et n'avez jamais cédé à la facilité d'un avenir tout tracé. Bien au contraire, vous persévérez dans vos convictions, ce qui est loin de représenter l'état d'esprit de la plupart des fils de famille qui se contentent d'un avenir plan-plan.

Charles s'étonnait que son père fût capable d'engager une filature, ce qui n'avait à ses yeux aucun sens. C'était pourtant cette idée qui lui venait à l'esprit depuis qu'il conversait avec ce Chauffier. Malgré tout, si ce détective était grassement rémunéré par le notaire, pourquoi trahissait-il son client ?

C'était à se demander si Chauffier devinait le cours de ses pensées, puisqu'il poursuivit :

— Je ne trahis personne. J'aime donner un coup de pouce à ceux qui le méritent et tel est votre cas.

Même si Charles ne voulait pas qu'il soit dit que c'était encore grâce aux relations de son père qu'il allait obtenir du soutien, il décida finalement de creuser l'affaire.

— Si l'on commençait par le début, Chauffier ?

Le bruit du chantier avait couvert la conversation, si bien que l'on ne s'entendait plus. Le ciel s'était assombri, la Seine était grise, mais Charles avait d'autres chats à fouetter que de se soucier de la météo. Il comprit que la calèche de Chauffier allait le conduire au commissariat le plus proche et il saisit l'opportunité.

— Alors, vous appartenez donc à l'agence de police privée parisienne, si je comprends bien ?

— J'ai rendu mon rapport à votre père pas plus tard qu'hier, mais, si je me suis rapproché de vous, comme je vous l'expliquais tout à l'heure, c'est qu'il m'a semblé que je pourrais vous aider dans vos démarches professionnelles. Je vois bien que votre père nourrit une certaine rancœur à propos de cette succession qu'il aurait aimé vous transmettre. Lorsque vous lui expliquez ce qui vous anime, il considère cela offensant. Cela dit, je ne le juge pas, j'ai simplement fait mon travail.

— Bah ! Nous n'allons pas changer mon père !

— Non, c'est certain, mais je ne vous blâme pas… Le seul conseil amical que je puis vous prodiguer serait de ménager vos ardeurs… Les danseuses parisiennes sont de véritables enjôleuses qui vous feront courir à votre perte. D'ailleurs, l'attitude de la demoiselle Torgnal devrait vous servir de leçon pour l'avenir.

— Ce n'était pas une danseuse !

— Non, c'était pire !

Chauffier connaissait donc tout de lui, mais, même si ses conseils devenaient pesants, sa petite voix intérieure dictait à Charles qu'il avait de bonnes raisons de l'écouter.

Dehors, les rues étaient bondées, les calèches inondaient la rue de Sèvres, où le magasin Au bon marché faisait le plein de badauds et de bourgeoises venus enfiler gants et chapeaux afin de rompre la monotonie du logis. Des midinettes et des ouvrières de couture venues s'inspirer de la nouvelle mode se comptaient par dizaines alors que la presse titrait sur le « trafic des décorations » qui venait d'éclabousser le gouvernement de Jules Grévy. Inévitablement, la conversation glissa sur l'actualité et principalement sur les récentes révélations divulguées à la brigade des mœurs.

— Il se dit dans le Tout-Paris que les complices de Wilson, gendre de notre président de la République, comptaient sur des maquerelles de maison close pour faciliter la revente de ces milliers de décorations. Vous en pensez quoi ?

— J'en pense, j'en pense, pardi ! Comme la majorité des gens de ce bas monde, Jules Grévy s'apprête à passer un sale quart d'heure..., c'est tout, et ce ne sera pas volé. Et puis, pour tout vous dire, j'ai suffisamment à faire avec mes soucis personnels.

— Bon, vous avez raison, revenons à nos moutons, enchaîna Chauffier tandis que la calèche stationnait devant le commissariat. Je ne vais pas vous apprendre que l'Institut Pasteur est sur le point de se créer ? Grâce à mes nombreux appuis, je peux vous être du meilleur soutien.

Charles comprenait qu'il convenait, à toutes fins utiles, de le laisser parler. Bien sûr qu'il était au courant de la création de l'Institut. Il savait que Louis Pasteur voulait en faire un dispensaire pour le traitement de la rage, dont il avait mis au point le vaccin, mais également un centre de recherche pour les maladies infectieuses et, enfin, un grand centre d'études microbiennes.

Après être venu soi-disant à son secours, Chauffier trahissait le notaire en offrant à Charles ses ouvertures dans le monde médical et, même s'il prétendait le faire par pure sympathie pour lui, cela semblait suspect au jeune homme qui continuait à voir anguille sous roche.

N'était-il pas capable de faire son trou seul du fait qu'il travaillait déjà dans un département de microbiologie à l'étude et la classification des bactéries ? Ce domaine d'investigation le passionnait, au point d'y consacrer la plus grande partie de son temps.

Pourtant, même s'il doutait encore de la bonne foi de cet individu, il sentait bien qu'il aurait été de mauvais augure de se fâcher avec ce Chauffier, car, curieusement, plus le temps s'écoulait, plus il le craignait.

À la fois détective fort habile puisqu'il savait tout de lui, introduit dans la recherche médicale et ami de la famille, cet homme était redoutable ; il valait donc mieux s'en faire un ami qu'un ennemi.

Charles ne fut pas fâché de se défaire de sa présence lorsqu'il descendit de la calèche. Chauffier lui fit alors savoir qu'il aurait bientôt de ses nouvelles.

Après avoir effectué sa déclaration de vol et porté plainte, le jeune Leroux, encore étourdi, se rendit auprès de l'équipe soignante de Louis Pasteur, au laboratoire de chimie de l'École normale supérieure, afin d'apporter son aide au dispensaire.

Depuis que Louis Pasteur avait vacciné avec succès le jeune Jean-Baptiste Jupille mordu par un chien enragé, de nombreuses personnes présentant un cas similaire affluaient chaque jour afin de se faire vacciner à leur tour. La souscription internationale pour la construction du nouvel institut était déjà lancée, et Louis Pasteur, soutenu par l'Académie des sciences, avait établi les plans de deux bâtiments que l'on installerait rue Dutot.

Des hommes, il allait lui en falloir afin de faire face aux demandes qui ne cessaient de s'accroître depuis des semaines. Charles, qui était attendu, s'efforça de reléguer l'anecdote de la matinée dans un coin de sa mémoire pour affronter la horde de « mordus » qui espéraient qu'on les prenne en charge au dispensaire.

Les assistants, dont Charles faisait partie, étaient tous occupés lorsqu'il arriva et, dès qu'il eut revêtu sa blouse de travail, il se vit sollicité par un jeune couple qui ne parlait même pas français.

La femme était jolie, pas autant que Marie-Juliette, mais il songea à celle qui faisait battre son cœur depuis plusieurs semaines. Si elle avait été mordue par un chien, peut-être serait-elle venue le solliciter et l'aurait-elle enfin remarqué ? Dans les couloirs, on se bousculait pour accéder aux soins, on entendait toutes sortes de commentaires sur les espoirs que l'on mettait sur la vaccination…

Charles avait débuté en tant qu'assistant médical et administratif, car il était également chargé de noter scrupuleusement ce qui allait être administré au patient en tenant compte du contexte de la morsure.

Peu à peu, il élargissait donc le champ de ses compétences et de ses fonctions. À travers sa façon de rassurer et de mettre à l'aise la patiente dont le bras était enflé et rougi par les crocs de l'animal ayant déchiqueté la chair, on sentait clairement que le fils Leroux avait trouvé sa vocation.

Il se dirigea vers la petite armoire qui contenait les produits nécessaires à l'injection et prépara méticuleusement la seringue tout en se réjouissant des récents progrès de la science. La reconnaissance put se lire sur le visage de la jeune femme qui repartit au bras de son bien-aimé une fois vaccinée.

Dans ces moments-là, Charles donnait toute la mesure de sa générosité et il aimait cela… Même s'il était évident qu'il ne passerait pas sa vie à vacciner les patients et que son but était d'obtenir un poste de chercheur, il était conscient que la mise à niveau pour obtenir la thèse représentait encore des sacrifices, mais tel était son souhait le plus cher.

7

Henri-Louis était exaspéré. Il ne comptait plus les rumeurs qui circulaient sur la présence de cette Lucie Torgnal au bourg de Vayres. Que cette coquette se fût entichée du « Petit Rabougri », sobriquet du sabotier, n'avait aucun sens !

Elle devait s'ennuyer à mourir au milieu des copeaux de bois ! Ce qui chagrinait le plus Henri-Louis, c'étaient les ragots sur la présence du soi-disant rejeton de Charles qui risquaient de s'abattre sur les bancs de l'école communale de Vayres...

Afin d'en avoir le cœur net et après que Mathieu eut été mis dans la confidence, Henri-Louis envoya le jardinier acheter une paire de sabots. Lorsque l'émissaire pénétra dans la boutique, le sabotier était en train de travailler le bois de noyer sur son établi. La présence d'un client le sortit de sa concentration.

— Résistants et légers ! déclara-t-il en guise d'introduction pour désigner les quelques paires en démonstration.

— Je connais la qualité de tes sabots ! C'est vrai, tu peux vanter ta camelote. J'en voudrais une paire d'ouverts, destinée à un usage féminin.

— Rien de plus simple, répondit l'artisan en décrochant la paire en démonstration.

— Mais… c'est que j'aurais aimé les voir portés par une dame, précisa Mathieu en aventurant son regard vers l'arrière-boutique.

Sa requête, bien que restée sans réponse, tomba dans l'oreille d'une fileuse à la quenouille, assise devant le bistrot voisin. Cette dame d'âge mûr, portant le mouchoir de tête, offrit son aide à Mathieu qui ne put refuser. Le jardinier songea qu'il eût été préférable que ce soit la dame du sabotier qui s'exécute.

— Votre dame n'est donc pas dans les parages ?

Mathieu perdit sans doute l'occasion de se taire, car ces mots froissèrent le sabotier qui avait fatalement deviné la raison de la venue du jardinier des Leroux dans sa boutique. Il allait sans dire que l'employé du notaire venait aux renseignements.

— Non ! Il n'y a pas de dame dans cette maison !

— Ce n'est pas ce que l'on m'a dit.

— On t'aura mal renseigné, fit le sabotier, inflexible.

Non seulement Mathieu avait fait chou blanc, mais il s'était également couvert de ridicule…

Penaud, il régla la paire de sabots sans autre commentaire avant de repartir au mas du Roule.

Pendant ce temps, à l'étude, Henri-Louis recevait Octave et Noëlle Rajaud, venus régler leurs affaires testamentaires. Noëlle, qui était une femme honnête et courageuse, prête à faire valoir ses droits, n'y alla pas par quatre chemins :

— Le testament de notre père a bien témoigné de notre filiation. Je ne vois pas pourquoi une soi-disant lettre trouvée comme par enchantement dans le tiroir de sa table de nuit et qui, de surcroît, aurait pu être rédigée par n'importe qui, devrait faire foi de testament olographe. Où allons-nous, maître Leroux, je vous le demande ?

— Je vois que votre santé s'est bien améliorée, mademoiselle Rajaud, constata le notaire, toujours affable.

— Bah ! Je vous rassure, ma maladie est droit sortie de l'imagination de mon frère ! affirma-t-elle tandis qu'Octave ne cherchait même pas à se défendre. D'ailleurs, maître Leroux, faites-moi voir de plus près la signature de cette fameuse lettre, s'il vous plaît.

— Mais bien entendu...

Noëlle la scruta longuement et certifia que cette griffe ne pouvait être celle de son défunt père pour la simple raison qu'elle avait pris soin d'apporter deux courriers rédigés de la main de feu Rajaud, dont la signature différait.

— Effectivement, elles ne présentent rien de similaire, approuva Henri-Louis après comparaison.

— Tout le monde sait que notre père n'avait plus toute sa tête dans ses derniers moments. Il a été victime d'une manipulation frauduleuse, un point, c'est tout.

Elle ajouta :

— Heureusement que votre soutien nous est acquis, maître Leroux.

Les yeux d'Octave brillaient de colère. Il prétendit que Noëlle mentait.

Leroux resta impartial. Un notaire se devait d'appliquer les articles du Code civil, et ce n'était pas Octave Rajaud qui referait la loi...

— Vous me le payerez ! éructa Rajaud.

— Des menaces, c'est le comble ! Calmez-vous !

Il fallait en avoir de l'appétit pour la vie des autres ! Henri-Louis savait aplanir les angles, calmer les ardeurs, car, dans les circonstances de la mort du père, les haines et les coups bas réapparaissaient de façon systématique dans les familles.

De par l'exercice de son métier, le notaire avait appris à apprivoiser la nature de l'homme. L'expérience l'avait rendu fin psychologue, car il devinait les êtres au fil de cette comédie humaine qui n'aurait bientôt plus de secrets pour lui. Il n'y avait rien de pire qu'un frère et une sœur qui se battaient froid, et les Rajaud ne faisaient pas exception à la règle. Dans ce genre de situation, la diplomatie d'Henri-Louis reflétait son grand art.

— Je demanderai une expertise en écriture ! continua Octave afin de ne pas perdre la face.

Le notaire ne répondit pas, laissant libre cours à cet homme d'entamer la procédure qu'il souhaitait. L'entretien resta tendu, et il n'y eut aucune conciliation possible entre les deux parties.

Coutumier de ces tensions, le notaire les affrontait avec sagesse. Lorsqu'il raccompagna ses clients jusqu'à la porte de l'étude, Henri-Louis eut le sentiment d'avoir réussi une prouesse, non pas celle de la réconciliation, mais d'avoir œuvré dans le sens de l'inflexibilité.

Au moins sauraient-ils que Me Leroux était intraitable !

***

Célia était soucieuse pour Charles. Malgré les différends familiaux, elle n'en restait pas moins une mère et, lorsqu'au fil de ses courriers son fils évoquait la terrible épidémie de grippe qui sévissait sur Paris ainsi que l'atmosphère dans ses rues, mobilisées par les premières grèves des ouvriers, cela la rendait malade ! Bien que le mot « grève » restât vague aux yeux de l'épouse du notable, elle devinait que la violence et l'insécurité engendrées faisaient grand tort à la vie quotidienne de son fils.

Chaque lettre de Charles suscitait de longues rêveries mélancoliques. Elle se les octroyait en cachette d'Henri-Louis qui n'aurait pas manqué de la gourmander comme une enfant s'il en avait eu connaissance.

Paris ! Le lieu restait à la fois riche et dépourvu de sens pour Célia qui n'avait jamais voyagé au-delà de la capitale limousine sans pour autant en être frustrée. Elle tentait simplement de visualiser les élégantes verrières parisiennes, les comptoirs croulant sous le luxe de nouveautés. Charles les décrivait en lui donnant quelques détails qu'elle associait aux descriptions de Marie Mars qui faisait le déplacement à Paris deux fois dans l'année avec son époux.

Même si ces chimères la détachaient de la réalité de son quotidien à Vayres, il comptait uniquement à ses yeux que les entreprises de son fils soient couronnées de succès, car elle assistait avec confiance à l'élévation de sa pyramide personnelle et ne pouvait que se réjouir secrètement de cette ascension.

Au même instant, dans son étude notariale, Henri-Louis venait de décacheter une lettre de Paris rédigée de la main de Chauffier...

Cher maître, cher ami,

Avec tout le respect que je porte à la famille Leroux, je me dois de vous aviser au sujet de la conduite de votre fils Charles en restant fidèle à ce que nous avions convenu au fil de nos précédents entretiens. Je n'irai pas jusqu'à dire que le comportement de votre fils est exemplaire, mais il est en tous points digne d'un jeune homme qui travaille d'arrache-pied afin de parvenir au but qu'il s'est fixé dans l'existence. Même si la gaudriole n'a pas toujours été exempte de ses loisirs (ce que nous savions déjà, vous et moi), il semblerait que cette époque soit révolue. Je puis vous affirmer, cher ami, que les agissements de votre Charles ne nécessitent plus une surveillance accrue de ma part. Selon mes sources, il ne tardera pas à intégrer une section de recherche médicale fort honorable au sein de l'Institut Pasteur, et je ne vois rien de condamnable dans cette orientation.

Bien respectueusement,

Votre dévoué Émile Chauffier

Bien qu'il estimât le courrier laconique, Henri-Louis éprouva un certain soulagement après cette lecture. Selon Chauffier, Charles était vraisemblablement sur la bonne voie. Les préjugés du notaire étaient pourtant si vivaces qu'il resta pensif, incertain de sa propre réaction, sans doute parce qu'il appartenait à cette lignée de notaires dont il ne souhaitait rompre la chaîne.

L'idée que Charles entame un parcours où rien n'était défini d'avance semblait pire que de franchir l'Everest.

Bien que fort indiscipliné, il avait toujours été vu par ses professeurs comme un garçon doué, et cette aisance intellectuelle en était presque devenue gênante pour son propre père, qui jugeait ces belles dispositions comme une provocation de la part de celui qui aurait dû être notaire !

Tous les indices contenus sous la plume de Chauffier continuaient donc de faire leur œuvre dans l'esprit d'Henri-Louis, toujours contrarié par l'attitude de son aîné. Qu'allait devenir l'étude lorsque l'âge l'aurait fait renoncer ? Cette seule pensée l'aigrissait un peu plus chaque jour.

L'expression que Charles avait formulée avant son départ du mas du Roule de « tenter sa chance ailleurs » était inadmissible pour le notaire qui disposait d'un patrimoine à transmettre.

Tout pour rendre un homme heureux, selon lui, alors qu'au village, il assistait au départ de ceux qui quittaient leur terre à regret faute de moyens, qui pleuraient sur leur sort et ne se remettraient sans doute jamais de leur déracinement...

Henri-Louis n'avait donc pas trouvé mieux que de reporter son autorité sur Méline, qui venait justement d'apprendre que Gabriel était fraîchement diplômé par l'Académie de médecine.

Il pouvait ouvrir un cabinet conjointement à celui de son père pour débuter. Même si la jeune femme ne rêvait guère dans les bras de son époux, elle lui reconnaissait des qualités et nourrissait un sentiment voisin de l'amitié, car il lui était dévoué et lui rendait la vie facile au point qu'elle n'avait pas à se soucier des préoccupations d'ordre matériel que toute femme d'un milieu modeste aurait dû affronter.

Les jours s'écoulaient tranquillement, parfois traversés par l'ennui et le sentiment d'inutilité qu'elle chassait en compagnie de ses cousines Marguerite et Angèle, avec qui elle assistait à des ventes de charité, ou bien elles se réunissaient pour évoquer leurs lectures ou leurs enfants, pour celles qui étaient déjà mères.

Même si les jeunes époux étaient en attente d'une future progéniture et que leurs tentatives en ce sens s'étaient jusqu'alors avérées infructueuses, Gabriel s'en assombrissait plus que sa femme, qui prenait la chose avec beaucoup de détachement. En effet, elle gardait encore un peu un sentiment de liberté et n'éprouvait guère le besoin de quitter cet état de jeune fille qui l'avait toujours habitée au plus profond d'elle-même.

Et puis, un jour de 1891, alors que le mariage courait dans sa quatrième année, Méline se rendit chez l'une de ses amies qui donnait un goûter à la gentilhommière de Fonsoumagne. Mme Mars avait apporté un soin particulier à sa tenue ainsi qu'à sa coiffure. Ayant acquis à travers le mariage une certaine forme de sérénité, elle n'en avait pas moins gardé une attitude de jeune rebelle tant elle ne dissimulait jamais sa façon de penser. Un pressentiment un peu étrange l'avait animée avant d'arriver à ce lieu-dit Fonsoumagne. La nature féerique des aubépines sauvages et des arbres fruitiers en fleurs, les primevères et les coucous en harmonie avec le chant des oiseaux amorçaient la renaissance tant attendue après un hiver léthargique.

Dans la cour de la gentilhommière, des carrioles attelées par des chevaux laissaient augurer de nombreux invités, et ces premières impressions furent vite confirmées. Malgré ses vingt-deux ans, Méline se sentait bien moins sûre d'elle qu'elle ne l'était à dix-sept ! Sans doute que la déception sentimentale avait fait son œuvre et que les longues heures de réflexion à ravaler ses frustrations avaient façonné une autre femme, moins spontanée, qui, malgré tout, demandait encore à s'épanouir.

Une musique étrange parvint à ses oreilles, et elle se surprit de ne pas avoir été prévenue d'un éventuel bal donné en l'honneur de l'anniversaire de la jeune femme chez qui elle avait été conviée.

Sa surprise fut grande en pénétrant dans la salle de réception, où elle vit évoluer une danseuse dans des costumes d'une originalité incroyable, à la grâce inégalée. Le jeu de ses mains captivait déjà les cousines, qui n'avaient pas même prêté attention à son arrivée.

Le cœur de la jeune Mme Mars se mit à battre la chamade. Ces sons de cuivre, ces mélodies langoureuses lui évoquaient les Indes, jadis décrites dans les courriers que lui avait adressés Adrien. Que cette danseuse était gracieuse et envoûtante !

Puis, en apercevant Méline, sa cousine Marguerite s'avança pour la saluer, mais, avant même de l'embrasser, elle demanda :

— Que se passe-t-il, ma belle ? Tu es toute pâle ! Est-ce que tu te sens bien ?

— Bien évidemment, ma chère Marguerite ! Pourquoi veux-tu que je ne me sente pas bien ? répondit Méline à court d'arguments.

Sans se départir de son inquiétude, Marguerite lui adressa un œil plein de bienveillance :

— Viens donc prendre un rafraîchissement !

— Quel est donc ce tintouin ?

— Tu veux sans doute parler de mademoiselle Crista ?

Marguerite précisa alors que Mlle Tercueil, la maîtresse de maison, avait réuni quelques-uns de ses invités qui avaient voyagé aux Indes.

— Aux Indes ! répéta Méline qui avait pourtant bien compris.

Aussi, lorsqu'elle s'approcha du buffet et que ses yeux se portèrent sur une autre partie de l'assemblée, elle s'attendit à rencontrer d'autres représentants de cette contrée lointaine, mais sa surprise ne s'arrêta pas là, car, à quelques mètres, la présence d'Adrien Bélair en conversation avec deux inconnus la laissa sans voix.

L'émotion de la jeune femme put aussitôt se lire sur son visage.

— Viens t'asseoir ! lui conseilla Marguerite en la couvant du regard. Tu es si pâle...

— Ce n'est qu'un petit malaise sans doute occasionné par le déplacement.

— J'avais raison, chuchota la cousine. Tu as besoin de te reposer.

L'attention d'Adrien se porta finalement sur Méline, qu'il balaya d'un regard froid. Cette attitude décupla le malaise de la jeune femme qui se demanda s'il l'avait reconnue.

Peu après, la maîtresse de maison consacra un instant à sa nouvelle invitée.

— Laissez-moi faire les présentations, dit-elle au moment où la danseuse indienne, qui avait fini son numéro, passait auprès des deux amies.

— Mademoiselle Crista, la fiancée de monsieur Bélair de Varaignes !

Tandis que ce regard émeraude étrangement fardé se posait sur elle, Méline engagea une poignée de main énergique sans se dépareiller de son sang-froid.

Cette beauté au parfum capiteux était donc devenue la compagne de son amour de jeunesse !

À présent, le divertissement n'avait plus lieu d'être. L'esprit de Méline restait focalisé sur Adrien et sa nouvelle conquête...

Le dépit la gagna incroyablement. Cet homme était certainement rentré en France avec cette Crista alors que, de son côté, elle avait, en toute naïveté, été persuadée de sa fidélité.

Méline essaya de se faire une raison : le fait d'avoir été une femme trompée devait ainsi la convaincre de ne plus jamais songer à lui. Adrien s'était joué d'elle, probablement parce qu'il ne l'avait jamais aimée, tout au moins pas comme elle l'avait imaginé !

Sa mère avait eu beau lui répéter combien les hommes sont faibles et influençables, que mieux valait tester la sincérité d'Adrien avant de le juger, il lui avait été impossible de la croire. Méline se reprit pourtant. Elle était à présent bien mariée et n'avait aucun regret à formuler.

Après avoir bu un peu de vin, elle rit de bon cœur avec Marguerite et Angèle tout en admirant discrètement l'aisance que Crista déployait en société. Méline était intriguée par la grâce naturelle de cette danseuse qui fascinait ses interlocuteurs.

Il lui semblait comprendre pourquoi Adrien était lui aussi tombé sous le charme de cette Crista. Cependant, comment pouvait-il supporter que sa fiancée s'adonne ainsi librement à ces danses langoureuses, presque provocatrices, en public ?

Tout l'après-midi, Adrien ignora royalement Méline, qu'il frôla à deux reprises dans une indifférence à glacer l'échine. L'atmosphère devint lourde, et Mme Mars eut besoin de prendre l'air afin de mieux retrouver ses esprits. Elle sortit faire quelques pas dans le parc qui dominait un étang. Le soleil commençait à descendre sur les prairies, et elle resta un moment immobile à observer le paysage vallonné de cette campagne limousine, où se dessinaient des toitures aux tuiles régulières.

Des troupeaux accompagnés de leurs jeunes veaux beuglaient dans le soir. Pensive, elle coupa un long chaton de châtaignier avec lequel elle se caressa le visage.

Parmi les fougères et les digitales proliférait le millepertuis, dont l'odeur d'encens lui rappelait les décoctions de Louise. Méline ne pouvait se détacher de ce paysage bucolique qui faisait écho à ses états d'âme. Elle était sur le point de fermer les yeux lorsqu'une voix familière la fit sursauter :

— Faites attention aux reptiles, madame Mars !

Adrien Bélair se tenait derrière elle, à deux mètres tout au plus. Son visage était à la fois grave et rayonnant. Ses mains curieusement dissimulées derrière le dos donnaient l'impression qu'il ne savait qu'en faire. Il était là sans y être vraiment.

Elle le fixa un instant, gênée par ce face-à-face impromptu.

— Vous savez bien que le bruit les effraye !

— Méfiez-vous tout de même, railla-t-il.

— La prudence est mère de sûreté. Je n'ai pas l'habitude de braver les herbes hautes...

Il s'avança un peu plus près afin de comparer le souvenir qu'il gardait du visage de Méline avec celui de la jeune femme qu'elle était devenue. La délicatesse de ses traits le ramena quelques années en arrière.

— Je sais qu'il conviendrait de m'excuser, dit-il plus sérieusement comme s'il cherchait une phrase susceptible de détendre l'atmosphère.

— Il n'y a jamais eu de promesse entre nous, que je sache !

L'arrogance de Méline était un argument de défense si mal choisi qu'il en sourit ouvertement.

— Je ne veux pas vous froisser, madame Mars. J'aurais dû tout vous expliquer depuis le début, déclara Adrien, qui espérait susciter la curiosité.

— Appelez-moi par mon prénom. Ce n'est pas parce que je suis mariée que nous devons nous faire des mondanités.

— Avec plaisir, mais à la seule condition que vous continuiez de m'appeler Adrien !

— Je n'avais pas l'intention de vous appeler autrement !

Ils auraient pu rire de cet interlude, mais la tension entre eux était encore trop grande.

— Comment vous portez-vous ?

— Comme je peux ! dit-elle franchement.

Puis elle ajouta à brûle-pourpoint :

— Si vous aviez souhaité faire de moi votre épouse, Adrien, vous auriez pu déclarer vos intentions lorsqu'il en était encore temps. Or vous n'avez rien fait, vous êtes parti aux Indes en vous jouant de moi et de mes dix-sept ans !

L'aplomb de Méline déstabilisa Adrien. Sans doute ne s'attendait-il pas à tant d'assurance, mais plutôt à revoir la même jeune fille juste sortie de l'adolescence qu'il avait connue cinq ans auparavant.

— C'était sans doute un malentendu entre nous, je m'en excuse.

— Un malentendu..., répéta-t-elle nerveusement.

La maladresse d'Adrien aurait pu la faire bondir, si sa présence attachante n'avait largement compensé. Il y eut alors cette sorte de silence propre à toute discussion lorsque les torts sont partagés.

Adrien, pas plus que Méline, ne semblait prêt à interrompre ce tête-à-tête, et sans doute voulut-il le premier faire diversion puisqu'il déclara :

— J'aime beaucoup ce vieux logis. Cette gentilhommière est presque aussi charmante que votre mas du Roule.

Cette flatterie fit sourire Méline qui songea que les sites n'offraient rien de comparable. Ce domaine de Fonsoumagne se trouvait bien plus éloigné de la vie du village que ne l'était son mas du Roule.

Il y eut encore l'un de ces silences envoûtants, rompu par l'ardeur d'Adrien à vouloir remettre un peu de bon sens dans leur relation :

— À présent, pourquoi ne pas oublier nos griefs ? Ce sera sans doute meilleur pour la paix des esprits, ne pensez-vous pas ?

— C'est juste, confirma-t-elle en soutenant son regard dans le sien alors que le soleil rosé se couchait derrière l'étang. J'ai été heureuse de vous revoir, Adrien.

— Le plaisir est partagé. Il me faut à présent rejoindre ma fiancée qui doit bien se demander où je suis passé…

Il s'éloigna en usant de cette démarche particulière, qui était restée gravée dans sa mémoire d'adolescente.

Trois nuits durant, elle dormit d'un sommeil entrecoupé de cauchemars, si bien que Gabriel s'en inquiéta. Il redoubla d'attentions à l'égard de son épouse qui s'en agaça. Que diable ! Son époux ne pouvait être en permanence derrière ses talons !

Elle finit par se sentir étouffée, et ce fut suite à plusieurs malaises que l'on constata sa grossesse...

***

Adrien Bélair prenait la vie comme elle se présentait. Son séjour aux Indes avait quelque peu modifié sa mentalité. Cette pesanteur oppressante maintes fois ressentie au cours de son voyage, le regard du yogi et l'attitude des femmes avaient fini par lui faire appréhender une autre manière de vivre qui avait bouleversé sa philosophie.

Aux Indes, entre les moussons, où le déluge est latent, et la sécheresse qui dévore tout sur son passage, il n'était jamais parvenu à s'adapter au climat.

Bien qu'ayant échappé de peu à la mort, Bélair avait mené à terme sa mission dans la plus haute considération du gouverneur qui avait su le récompenser de ses loyaux services. L'idée de s'établir en Périgord vert de nouveau, là où ses racines et l'étude notariale familiale l'attendaient, le motiva à refaire le voyage en sens inverse, d'autant plus que Crista s'était montrée prête à l'accompagner.

Ce fut une heureuse décision, puisque la jeune Indienne qui lui avait sauvé la vie lui était dévouée, et l'homme trouvait un équilibre à ses côtés.

Crista avait certes dû affronter l'insistance des regards de l'environnement proche d'Adrien qui jugeait ses manières avant même de chercher à les comprendre, mais son caractère suffisamment persévérant l'avait fait passer outre les humiliations et le découragement.

Sa gentillesse, son dévouement et son sourire à toute épreuve avaient fini par faire d'elle une femme respectée par la plupart des gens du bourg de Varaignes, qui, par respect pour la famille de notables, s'évertuaient à lui faire bonne figure. Seule sa belle-sœur Édith ne manquait jamais une occasion de l'humilier en public.

Quoi qu'elle fit, Crista resterait toujours la pièce rapportée, qui de surcroît avait surgi sans dot, d'un pays qu'elle estimait « sous-développé ».

Lorsqu'Adrien interrogeait Édith sur la raison qui la rendait si piquante à l'égard de Crista, elle se braquait en prétextant qu'elle dépeignait la juste réalité et qu'il convenait qu'Adrien ouvre les yeux.

Afin de mieux rester en dehors de ces remarques affligeantes, Crista feignait de ne pas comprendre les subtilités du langage, mais n'en ressentait pas moins du mépris à l'égard d'Édith. Même s'il éprouvait une certaine fierté devant l'attitude pondérée que Crista était capable d'adopter, Adrien ne décolérait pas face à l'attitude de sa sœur. Aussi attendit-il le moment de se retrouver seul avec Édith, un jour qu'il était en visite à la filature de laines et draperies de son époux, pour la prendre à partie :

— Tu as tout pour être heureuse, ma chère sœur. Alors, je ne vois pas pourquoi tu t'acharnes en permanence sur Crista pour des raisons qui n'en sont pas !

— On voit bien que ce n'est pas toi qui affrontes le regard des autres dès qu'il est question de ta Crista ! Si notre pauvre père voyait ça ! Ta fiancée, sous ton consentement, accepte de danser dans certaines fêtes où se réunissent des notables que nous connaissons tous. Tu nous fais honte, Adrien !

— Comment faudra-t-il que je t'explique que je n'ai pas d'ordres à recevoir de toi, que la culture indienne place la danseuse sur un piédestal ? Elle est respectée parce qu'elle représente des divinités à travers les gestes, les pas et la grâce naturelle. Crista en est une bonne ambassadrice. S'ouvrir sur d'autres cultures enseigne la tolérance.

— Tu vas me donner des leçons maintenant ? Enfin, Adrien, remets les pieds sur terre. Nous ne sommes pas aux Indes, nous sommes en Périgord, je te le rappelle !

— Je regrette, Édith, que ton esprit soit si obtus. Même notre mère, qui pourtant appartient aux anciennes générations, fait preuve de beaucoup plus de respect pour les autres cultures que tu n'en es capable. On se demande quelle a été ton éducation ! Si tu n'étais pas ma sœur, tu mériterais…

— Je mériterais quoi ?

— Une vraie remontrance afin de te faire réfléchir !

Édith jugeait l'arrogance de son frère déplacée. Elle connaissait trop bien son passé, et cela ne pouvait que lui donner envie de revenir quelques années en arrière. Depuis que la première épouse d'Adrien était morte en couches, il n'avait jamais cessé de multiplier les conquêtes amoureuses, à la manière d'un éternel insatisfait, prenant à la légère les liaisons qu'il avait entretenues.

Édith ne lui pardonnait pas qu'il fût rentré des Indes accompagné de Crista, une attitude qu'elle considérait désinvolte. À moins qu'elle ne fût jalouse du succès de son frère auprès de la gent féminine ? Mais sans doute fallait-il y voir une contrariété à l'idée qu'Adrien se remarie et engendre un fruit, ce qui aurait abouti à un partage du domaine de Varaignes...

L'unique visite de Méline chez les Bélair, à l'époque où Adrien séjournait aux Indes, l'avait déjà fort inquiétée pour les mêmes raisons. Avait-elle senti le danger devant l'aisance affichée par la fille du notaire de Vayres qui, à Varaignes, semblait déjà en terrain conquis ? À présent, il était question de Crista, laquelle représentait un danger pour l'avenir.

— Dis aussi que je te fais honte ! ajouta-t-elle en haussant les épaules.

— Édith ! Laisse ta pudibonderie de côté ! Que veux-tu me faire croire ? Je devine que le véritable souci n'est pas Crista, mais la présence d'une future épouse.

Édith se mit à rougir. Elle avait bien entendu « future épouse ». Adrien était donc décidé à convoler en justes noces !

Comme il avait touché le point sensible, sa sœur chercha aussitôt à se rattraper :

— Tu m'accuses à tort ! Je veux simplement te mettre en garde face à la réalité.

— Ah bon ! Tu es dans le secret des dieux ! Réalité ou pas, je te demande dorénavant de modérer tes propos au cours de nos réunions de famille. Crista n'est pas ton souffre-douleur et je refuse de passer pour un crétin. Je te rappelle également que, sans sa présence sur ma route, le jour où le gouverneur m'a envoyé en mission à Karikal, je ne serais plus là à te parler aujourd'hui.

Adrien lui adressa un regard glacé auquel elle ne répliqua pas. Il fallait qu'elle comprenne qu'il exerçait le pouvoir dans son foyer et qu'il ne devait rien à sa sœur cadette. Édith avait toujours fait preuve d'autorité. Enfant, déjà, l'instituteur se plaignait de sa tyrannie à l'égard de ses camarades d'école, et, à présent qu'elle avait son mot à dire dans l'entreprise de filature de laines et draperies de son époux à Busseroles, elle était crainte des ouvriers.

Dès qu'un teinturier trop occupé à fournir à la tâche oubliait de la saluer, elle se plaignait de sa mauvaise conduite, et l'homme était blâmé par son superviseur. Le pauvre bougre n'avait souvent rien fait, sinon s'adonner consciencieusement à son travail sans lever les yeux. Édith se plaignait à son mari de la grossièreté des fabricants de feutre ou des fileurs de laine qu'elle qualifiait de mal « dégrossis ».

Si Auguste Trébaud tentait de lui expliquer que les ouvriers démontraient de belles aptitudes au travail, indispensables à la bonne marche de l'usine, mais qu'il ne fallait pas tenir compte de l'âpreté de leurs manières, elle ne s'en adoucissait pas pour autant.

Trébaud avait, lui aussi, fait les frais d'un mariage arrangé, mais, contrairement à Méline et Gabriel qui s'en accommodaient plutôt bien, le compromis s'avérait plus délicat entre lui et Édith. Sensible et rêveur, Auguste se protégeait du caractère emporté de son épouse en disparaissant à la pêche des journées entières, dès que son emploi du temps le lui permettait.

Il se consolait aussi grâce aux bons petits plats d'Édith lorsqu'il rentrait tard après avoir démêlé les soucis liés aux premières revendications salariales de ses ouvriers. Deux décennies plus tôt, son père, qui détenait une première filature de laines et draperies, avait fait affaire avec une teinturerie au bord de la Tardoire, qui avait plus tard été transférée en aval sur le site de la forge de Busseroles.

Une section de filature et l'apprentissage des métiers de chiffonniers et teinturiers lui avait permis d'agrandir sa structure, dont la fabrication des laines feutrées remportait un vif succès dans la région. C'était devenu sa spécialité.

L'origine de leur fortune datait de l'époque de la prospérité des forges en Périgord, où les ancêtres des Trébaud, maîtres des forges, avaient fabriqué une grande quantité de canons jusqu'à ce que les concurrences des fers étrangers aient abouti sur le déclin des années 1860 après la signature du traité de libre-échange avec l'Angleterre.

Comme les Trébaud résidaient non loin de leur usine de Busseroles, la vie s'harmonisait autour de l'activité principale, qui avait fait les beaux jours de sa famille. Auguste avait bien l'intention de poursuivre l'effort sans se laisser mener par le bout du nez par sa femme.

Édith avait maintenu bille en tête que les ouvriers avaient tout à perdre des grèves. Ils ne trouveraient pas de travail ailleurs ! D'ailleurs, toutes les forges du Périgord, qui jusqu'alors avaient employé grand nombre d'ouvriers, fermaient les unes après les autres. Le déracinement les guettait s'ils continuaient de fanfaronner que le traitement n'était pas bon chez les Trébaud.

Le jeu de mots des « pas Trébaud » avait été vite sanctionné. Édith avait fait licencier pour moins que ça !

Même si Auguste ne nourrissait guère de sentiment amoureux pour son épouse, il lui arrivait cependant d'admirer son potentiel à faire régner l'ordre là où il avait échoué, car son naturel complaisant le conduisait systématiquement vers l'empathie à l'égard d'un ouvrier qui lui aurait fait part de ses difficultés personnelles.

— De la fermeté, bon sang ! éructait Édith, dont la charpente lourde ne dépareillait pas au caractère qui en imposait autant que sa démarche raide.

La gouvernante à la charge des Trébaud depuis leur mariage, sept ans plus tôt, devait se résoudre à exécuter à la lettre les ordres de madame sous peine de mise à pied, car Édith avait également l'art et la manière de culpabiliser ses subalternes pour des fautes qu'ils n'avaient pas commises. Madame avait des sautes d'humeur, si bien qu'il était difficile de comprendre comment le pauvre Auguste réussissait à s'en accommoder…

8

Avec la complicité du fils du forgeron, quelques garnements du bourg couraient à perdre haleine sur le chemin de Rochechouart, à l'heure où ils auraient dû être sagement assis sur les bancs de l'école. Le plus hardi de la bande fit signe aux autres de s'arrêter :

— Vous entendez, les gars ?

— Ouah ! Il faut agir tout de suite. Elle sera là sans tarder !

Les gamins fouillèrent dans leurs poches à la recherche de quelques clous qu'ils répartirent consciencieusement sur la voie. Le fils du forgeron supervisait la manœuvre, puis, lorsque l'agencement lui parut acceptable, il fit savoir à ses copains qu'il était préférable de se séparer afin de ne pas éveiller les soupçons.

— Rendez-vous sur la place, les gars, quand l'animation battra son plein !

***

Le printemps connaissait des journées si chaudes, que la féerie des arbres en fleurs incitait à profiter de longues promenades. Méline, aux côtés de sa petite Laurette, s'extasiait sur le parfum des lilas et des seringats florissants. Les glycines donnaient à la façade du mas du Roule une note si gaie, que la jeune mère arpentait l'allée en s'arrêtant entre les tilleuls. Elle souriait à sa fille en la dégageant du landau, afin qu'elle découvre par elle-même l'environnement de sa « principauté ». Dans toute leur majesté, les camélias roses et rouges rivalisaient de beauté sous le chant des perruches et des serins réunis dans la volière. Cette maternité l'épanouissait, et elle rêvait déjà de tout expliquer à Laurette qui balbutiait à peine.

Depuis la venue au monde de sa fille, Méline souffrait moins de cette pesante solitude des premières années de son mariage, lorsque Gabriel était encore étudiant à la faculté de médecine. Difficile de croire que son destin fût de s'occuper uniquement de son époux… Trop souvent, elle s'était demandé ce qu'aurait été sa vie si elle avait épousé Adrien Bélair, loin du mas du Roule.

Au fond, elle n'avait jamais eu envie de quitter cet univers de jeune fille. En songeant qu'Adrien ne pouvait lui procurer une existence plus belle que ce qu'elle détenait ici à Vayres, où rien ne lui manquait en ce domaine où elle avait grandi, Méline se réconfortait, persuadée, même, qu'avoir capitulé aux desseins que son père avait pour elle représentait une victoire plus qu'une défaite.

Souvent, lorsqu'elle apercevait au loin la masse imposante de couleur sombre du mas de ses ancêtres, dominant ses sapins et ses hêtres, son cœur s'accélérait, sachant que ces arbres cachaient une demeure indissociable de sa destinée.

Finalement, il régnait au foyer une harmonie familiale établie sur des valeurs simples qui la rendaient heureuse, parce que la docilité de son caractère lui avait permis de s'apaiser et de bâtir son empire personnel. Il fallait avouer que Gabriel Mars était un garçon facile à vivre, qui se passionnait pour son métier et prenait un réel plaisir à visiter ses patients autant qu'à couvrir sa femme de petites attentions qui font les grands bonheurs. Bien que jeune médecin, il jouissait déjà d'une bonne réputation. Le rôle de père l'avait profondément épanoui tout en resserrant ses liens avec son épouse...

Méline s'apprêtait à confier son enfant à sa grand-mère lorsque Louise, qui venait de traverser le potager dans tous ses états, s'exclama :

— Méline ! Approche-toi de la place du village ! Une automobile y est stationnée ! Rends-toi compte ! Une automobile !

Le bourg était en effervescence. La plupart des habitants se trouvaient amassés sur la place de l'église, où la nouvelle De Dion Bouton faisait l'objet de toutes les convoitises. La Vis-à-Vis, première automobile fabriquée par le constructeur, était réputée pour circuler à quarante-cinq kilomètres-heure.

C'était à tout le moins ce qu'expliquait le maire à l'instituteur au moment où Méline s'étonna elle aussi devant ces quatre roues flanquées d'une élégante banquette noire. Un engin extraordinaire ! C'était donc ça, une automobile !

Surprise de constater que son père n'était pas au cœur du débat, elle resta en retrait pour mieux observer la rutilante Vis-à-Vis. Les deux passagers venaient de quitter leurs lunettes de protection afin d'analyser l'état de la chambre à air en caoutchouc. C'était visiblement suite à la mise en route d'un système d'alarme de l'automobile (un coup de feu de la cartouche) qu'ils avaient été avertis de la crevaison, ce qui les avait donc poussés à s'arrêter sur la place de l'église du bourg de Vayres.

Entre les terrasses désertées des bistrots et les carrioles dételées abandonnées momentanément par les propriétaires, le bourg offrait une facette inédite. Ses habitants se trouvaient hypnotisés par les deux automobilistes aux vêtements « peau de taupe » qui leur donnaient fière allure. Davantage préoccupés par l'état des roues de fer et de bois revêtues de gros rivets en acier, que par toutes ces paroles lancées à la cantonade, les deux individus répondaient évasivement aux questions posées par les badauds.

— Des clous ! Et pas qu'un seul ! annonça le chauffeur, consterné.

Tandis que quelques badauds se resserraient encore pour constater la chose sous une pluie de commentaires, Méline se tenait un peu à l'écart de l'assemblée, où elle remarqua une jeune femme accompagnée d'un garçonnet qui la dévisageait avec insistance. Elle n'y aurait sans doute pas prêté attention si cette inconnue ne s'était avancée vers elle avant de l'entreprendre :

— Seriez-vous madame Méline Mars ?

— Effectivement.

— Je m'appelle Lucie Torgnal. J'ai bien connu votre frère Charles du temps de ses premiers mois à Paris.

Méline ne cacha pas sa surprise. Bien que vêtue chichement, son interlocutrice n'était pas dénuée de charme. La Lucie Torgnal qui s'était présentée à l'étude d'Henri-Louis quelques années plus tôt était à présent méconnaissable.

Elle s'était métamorphosée en une vraie paysanne, mais la sœur de Charles ne percevait que sa démarche entreprenante et directe qui ne dissimulait pas ce besoin d'entrer en conversation. Il n'y avait rien d'étonnant au fait que cette étrangère ait reconnu Mme Mars : les familles Leroux et Mars, telles celles du maire et de l'instituteur, étaient de vraies références. Leurs faits et gestes n'échappaient à personne.

— Vous connaissez donc si bien Charles ? interrogea Méline, dont la curiosité avait été piquée.

Le démarrage assourdissant de la De Dion Bouton, tandis que s'élevait une nuée poussiéreuse, couvrit la conversation. Les badauds riaient, battaient des mains pour saluer la bravoure du chauffeur qui était aussi mécanicien. L'heure était au spectacle.

Dans ce vacarme assourdissant, Méline aperçut son père, qui était venu grossir les rangs des curieux. Il traversa la foule pour s'adresser directement au chauffeur.

La fumée et la poussière masquaient une partie du décor, et elle distinguait difficilement leurs silhouettes affairées autour d'une carte routière.

L'atmosphère était curieuse, l'excitation générale, à son comble, plus encore que les jours de foire ou de frairie. Dans la foule, elle chercha encore des yeux Lucie Torgnal, mais elle avait disparu.

La voiture se mit à cahoter sur le chemin de terre, tandis que, sur son passage, les saluts redoublaient dans les cris et les rires.

— L'automobile, voilà où est l'avenir ! disait le maire, convaincu.

Méline se demandait bien quel effet cela produisait de rouler ainsi le nez au vent, dans un engin qui allait plus vite qu'une diligence. Elle observa l'attitude de son père, lui aussi transcendé par le mythique engin. Il y avait gros à parier qu'il ne mettrait pas longtemps avant de succomber au charme d'une nouvelle acquisition.

***

Charles avait beaucoup changé lorsqu'il revint à Vayres à l'été 1900. Méline ne reconnaissait plus son frère qui parlait comme si Paris avait été le centre du monde.

Avec ses vues prises depuis le palais du Trocadéro sur l'exposition universelle, où l'on voyait la tour Eiffel faire face au palais de Chaillot, tandis que le pont d'Iéna enjambait la Seine, il impressionnait son monde.

— Eh bien ! J'en ai mal à la tête, murmura sa sœur dans une moue désabusée, tandis que Charles n'en avait cure. Il suivait ses idées dans une logorrhée de paroles que personne ne pouvait interrompre. Méline, qui l'avait connu calme et posé, retrouvait un homme agité, qui de surcroît avait beaucoup maigri.

— Tu devrais te ménager, lui suggéra sa mère, dont les gestes et les explications de son fils faisaient mauvaise impression.

Henri-Louis était ce qu'il était, mais elle en venait à se demander s'il n'avait pas eu raison de considérer ce départ pour Paris comme le début de la dépravation.

Charles prétendait qu'il avait réussi à intégrer une brillante équipe de recherche au sein de l'Institut Pasteur et qu'enfin il s'octroyait un peu de repos. C'est pourquoi il avait estimé bon de se mettre au vert.

Henri-Louis, qui arrivait au mas du Roule en compagnie d'une délégation de notables venus prendre part au déjeuner, fut à la fois surpris et ravi de constater le retour de son fils, déjà en conversation avec le reste de la famille. Louise avait préparé des poissons en croûte et des volailles. Afin de mettre les petits plats dans les grands, elle s'était inspirée des recettes conseillées dans la revue *Pot au feu,* ce qui faisait toujours son effet…

Dressée, la grande table lustrée exhalait encore la cire d'abeille. La porcelaine blanche et l'étain doré lui conféraient une élégance coutumière des jours de réception. Il ne manquait plus que les parents

Mars ainsi que Gabriel, que l'on attendait pour le déjeuner. Le retour de Charles suscita la curiosité générale sur la vie parisienne ; les questions fusèrent.

— Toujours célibataire, Charles ? plaisanta le maire.

— Ma foi, ce n'est pas ce qui me tracasse pour l'instant.

— Un gars de ton âge doit pourtant y songer, annonça franco l'ami de la famille qui parlait à Charles comme à son propre fils.

L'arrivée de Gabriel mit fin au propos. Il était plus qu'enchanté de s'entretenir avec son beau-frère, dont l'intégration dans l'équipe de Pasteur lui donnait l'occasion d'aborder des sujets qui lui tenaient à cœur. Le jeune Leroux restait intarissable sur la recherche.

Les jeunes gens en vinrent également à parler de l'exposition universelle. Charles expliqua combien l'on pouvait y parcourir le monde et les technologies sans même se déplacer. Gabriel l'écoutait toujours avec intérêt, peut-être trop aux yeux de Méline qui estima la grandiloquence de son frère déplacée.

— Encore un peu, tu nous ferais passer pour des demeurés, nous, les Limousins ! Tant mieux pour toi si tu as pris le métro, si l'Art nouveau représente ce qu'il y a de plus « avant-garde » à Paris, enfin si tout le rayonnement de la France y est démontré… Mais il n'y a pas que ça !

Par peur d'avoir l'air ridicule devant son frère qui avait tout vu, Méline n'osa évoquer la première automobile qu'elle avait aperçue à Vayres... La belle De Dion Bouton, que même son père avait convoitée !

Tout allait vite dans la vie de Charles ; il ne vivait plus dans le même monde ! Il parlait avec conviction et assurance, et Méline ressentait également l'agacement dans les yeux de son père, qui discourait de l'autre côté de la table avec ses acolytes sur les affaires des régisseurs et des métayers.

De temps en temps, lorsque la fille surprenait l'oreille attentive de son père sur les propos de Charles, qui évoquait avec Gabriel les cours de microbiologie qu'il avait suivis à l'Institut, elle percevait la colère d'Henri-Louis, que d'autres n'auraient peut-être pas décelée à l'œil nu.

Méline savait combien les traits de son père se figeaient de la même façon que le jour où elle lui avait avoué qu'elle ne voulait pas de ce mariage avec Gabriel. Méline continuait d'observer Henri-Louis en se demandant si c'était vraiment à cause de son père qu'elle avait renoncé à son idéal de mariage avec Adrien, mais elle ne trouva pas la réponse.

Bientôt, la voix de Charles supplanta l'assemblée. Même Louise, qui s'apprêtait à servir le poisson dans un grand plat en cuivre, veilla à ne pas détourner l'attention générale des propos du jeune chercheur.

Après une gorgée de monbazillac, Henri-Louis posa nerveusement son verre.

— Qui c'est qui fait la loi dans cette maison ? Mon fils ?

Célia sursauta. Elle craignait les colères de son époux comme les orages d'été.

À force de s'intéresser à tout ce qui se rapportait aux affaires de ses clients, Henri-Louis ne s'attachait à rien d'autre. Il devenait sceptique, parfois sans cœur, supportant difficilement de ne pas être le roi.

Méline essuya nerveusement sa bouche sous le silence instauré. Elle avait bien senti la colère qui couvait. À cet instant, Louise, qui venait de leur présenter un poisson magnifique, dont la croûte soigneusement dorée présumait une réussite absolue, eut le mot qu'il fallait :

— Si monsieur le permet, le moment est venu de se réjouir. Je vous souhaite bon appétit !

Henri-Louis se reprit vite. Ce n'était pas le moment de faire un esclandre. Il serait temps de faire comprendre à Charles qu'il devait honorer la famille dans la discrétion.

Louise commença à faire le service, mais la bonne humeur s'était un peu fripée. Célia pensait tout bas que son époux était un rabat-joie, tandis que Gabriel Mars, qui connaissait bien son beau-père, essaya de le dérider, sachant que le notaire se montrait toujours sensible à un bon mot.

Même si d'ordinaire il était peu disert, il choisit de conter la dernière anecdote d'un médecin de campagne. Dans son cabinet médical, cossu sans être luxueux, il surprit le minotier hypnotisé par le bocal à sangsues. L'homme ne pouvait en décoller son regard. Gabriel lui expliqua que ces petits vers marins étaient indispensables à la pratique de la médecine d'aujourd'hui. Il le pria de s'installer sur le divan afin de l'examiner. L'homme lui révéla son incontinence. Afin d'en venir à bout, Gabriel lui ordonna du gésier de coq.

— Si, si, je vous assure.

— Hors de question ! Je refuse de me soumettre à ces principes saugrenus.

— Bon, eh bien, dans ce cas, je ne peux rien pour vous.

Il revint trois jours plus tard pour informer le docteur qu'il s'était trompé. Au lieu d'ingurgiter du gésier de coq, il avait consommé de la cervelle de lièvre.

— Alors, là, je lui dis : « Ce n'est pas grave, la cervelle de lièvre possède les mêmes vertus ! » Peut-être a-t-il cru que je ne le prenais pas au sérieux, et pourtant, c'est véridique ! Les effets sont identiques. Depuis, je n'ai pas revu le minotier, mais ce remède a pourtant été salutaire à plusieurs de mes patients.

Méline et Célia eurent un rictus. Henri-Louis déjeunait de bon appétit sans prêter attention à l'anecdote de son gendre. Il inonda l'assemblée de lieux communs qui n'amusèrent personne, pas même son ami Mars, plutôt gêné de la tournure que prenait le déjeuner.

Mars père affichait pourtant son éternelle bonne humeur qui finissait toujours par sembler suspecte. Jamais il ne se plaignait. Il disposait d'une clientèle fidèle depuis de nombreuses années et d'un fils unique plutôt bonne pâte, qui avait fait de brillantes études, ce qui prouvait combien il avait accompli avec brio son rôle de père de famille. C'était certes un excellent point, mais, devant tant de réussite, Henri-Louis avait de plus en plus de mal à cacher son aigreur, surtout lorsqu'il constatait que Charles, dans sa distance, avait emprunté un chemin étranger à ses espérances.

Comme toujours, Célia observait son époux avec beaucoup de compassion. Pourtant, ce qui faisait la fierté d'Henri-Louis ne faisait pas la sienne, car elle enviait secrètement l'opiniâtreté de Charles, son courage, sa passion, et elle regrettait que son père en prît ombrage plutôt que de s'en réjouir.

Le curé, qui jusqu'alors avait gardé le silence, en vint à parler de ses visites aux malades, des sacrements qu'il donnait ainsi que des messes à célébrer, où les fidèles venaient de moins en moins nombreux.

— C'est aussi que nous sommes de moins en moins nombreux ! confirma le maire.

Méline retint un bâillement. Le déjeuner n'en finissait pas, et elle devait faire preuve de beaucoup de patience pour ne pas déserter la tablée. Comme elle rêvait en observant le parc, elle crut apercevoir une ombre dans le potager. Sans doute étaient-ce, leurs grands chapeaux de paille sur la tête, Nano ou Mathieu qui à cette heure-ci ramassaient les haricots verts.

La chaleur de l'été s'abattait en ce début d'après-midi. La jeune femme sentait une sorte d'inutilité l'envahir de nouveau. Les propos de son frère laissaient imaginer qu'il vivait dans une euphorie permanente, ce qui la ramenait à l'inertie de son quotidien.

Charles parlait à présent à mi-voix avec Gabriel afin de ne pas troubler son père, lui-même en grande conversation avec ses amis, où il était question des affaires politiques et principalement du nouveau président Loubet qui avait récemment pris ses fonctions.

— Moi, j'aime sa simplicité, une pointe de malice, sa physionomie ouverte, son visage rond..., avança le maire.

— Il manque sérieusement d'éclat et d'anecdotes, poursuivit le Dr Mars qui restait nostalgique de l'estime que lui avait inspirée Félix Faure.

— On ne peut lui en vouloir de sa vie laborieuse en province. Il est devenu ministre, président du sénat, a gravi un à un tous les échelons ! Moi, je dis, c'est un avancement graduel et légitime, conforme aux principes démocratiques...

— Laissons le temps faire son œuvre ! répliqua Henri-Louis dans un grincement de dents. Nous verrons bien quelle surprise il nous réserve.

Il ajouta à propos de Félix Faure un petit clin d'œil grivois :

— Si on laisse de côté l'imagerie d'Épinal, passons sur les « Il voulait être César, il ne fut que Pompée ». Il a joué un rôle indéniable dans l'alliance franco-russe qu'on ne peut lui ôter...

— Et madame Loubet ? osa Célia qui voulait rompre avec le malaise évident du curé. N'a-t-elle pas montré qu'elle savait présider aux réceptions avec une correction irréprochable ?

Méline, que toutes ces conversations ennuyait prodigieusement, prétexta la nécessité de se rendre auprès de Laurette.

Elle quitta la table afin de faire quelques pas dans le parc pour se dégourdir les jambes. En s'avançant vers les arbres fruitiers, elle aperçut une jeune femme occupée à cueillir des cerises, qu'elle disposait dans un panier d'osier. Devant tant d'audace, Mme Mars, stupéfaite, écarquilla de grands yeux :

— Vous ! cria-t-elle. Faut pas vous gêner ! Qui vous autorise à cueillir nos fruits ?

— Oh ! Vous m'avez fait peur, bêla l'intrigante qui n'avait pas vu Méline tant elle était affairée à emplir son panier.

Comme elle continuait sans vergogne, Méline reconnut de plus près cette jeune femme qui l'avait interpellée le jour où la De Dion Bouton avait fait l'attraction générale au bourg.

— Sortez de cet arbre immédiatement ! Vous êtes ici chez moi !

— Je le sais bien, parbleu, mais on voit que vous n'avez jamais eu faim !

— Pardon, s'offusqua Méline. Quelle audace ! Le problème n'est pas de savoir si j'ai connu la faim, mademoiselle. Vous vous trouvez sur ma propriété et vous n'avez pas été invitée à cueillir ces fruits !

— Qu'en savez-vous ? marmonna-t-elle d'un air dépité.

Elle n'eut pas le temps de lui répondre que Nano, le jardinier, piqué de curiosité devant les éclats de voix, s'était dirigé vers les deux femmes. D'abord hésitant, il mit sa main devant ses yeux pour se protéger du soleil et mieux voir qui s'entretenait avec Méline. Il songeait déjà à chasser l'effrontée comme un chat errant, mais il se reprit.

— Quel toupet ! Qu'est-ce que vous fichez là, vous ?

— Vous ne le voyez pas, pardi ?

— Sortez immédiatement d'ici ou j'appelle les gendarmes !

— Appelez plutôt maître Leroux !

— Mon père reçoit. Il a autre chose à faire que de venir lui-même vous interpeller. Moi, je vous somme de sortir. Ouste ! Et vous avez de la chance que nous le prenions ainsi.

La Torgnal soupira d'un air navré :

— J'avais tellement de choses à vous dire.

Méline regarda Nano. Que voulait cette intrigante ? Encore une qui n'avait pas le sou et cherchait désespérément à profiter du bien d'autrui.

— Bon, finissons-en, je vous écoute.

Lucie ne voulut rien savoir ; elle refusa de se confier à Méline en présence du jardinier.

— Ce ne sont que des simagrées, dit Nano en lançant à la voleuse une œillade incendiaire.

Lorsque Méline revint dans la salle à manger, le dessert était servi. Gabriel s'était demandé où sa femme avait passé tout ce temps. Elle prétexta que Laurette avait besoin de sa mère, puis elle se servit de la succulente tarte aux mirabelles confectionnée par Louise.

Une fois le déjeuner terminé, les hommes palabrèrent en effectuant une promenade digestive autour du parc. Les femmes, quant à elles, s'installèrent au salon de compagnie. Méline ne put s'empêcher de rapporter sa confrontation avec celle dont elle se rappela soudain le nom : Lucie Torgnal.

Célia fronça les sourcils à l'énoncé de sa fille.

— C'est une femme peu fréquentable.

— En tout cas, son arrogance commence à m'agacer. Elle se croit tout permis. D'ailleurs, Nano et moi n'avons pas hésité à la déloger du cerisier. J'ai bien l'intention de découvrir la raison de cet acharnement à vouloir me parler.

— Bah..., encore une affaire d'homme ou d'argent là-dessous, aventura Marie Mars d'un air entendu.

— Que sais-tu à son sujet, maman ?

— C'est une femme venue de Paris qui s'est mise en ménage avec le sabotier.

— Tu veux parler du sabotier mort accidentellement l'année passée ?

— Oui, et je me demande bien ce qui la fait vivre, à présent qu'elle se retrouve seule avec son enfant ! À quoi voulez-vous qu'une femme s'occupe dans un bourg ? Je n'en voudrais pour rien au monde comme dame de compagnie dans une maison respectable, dit-elle en s'adressant à Marie Mars, qui ne put qu'acquiescer.

Méline reconnaissait là les principes de sa mère, qui non seulement craignait les étrangers, mais n'aurait certes pas donné sa confiance à une domestique sans références. Celle-ci était un mystère. On la disait arrivée de la capitale, mais personne n'en savait davantage à son sujet. Visiblement, le secret de la possible paternité de Charles était resté bien gardé entre le notaire et l'intéressée. Maintenant que le sabotier, qui avait hébergé Lucie durant quelques années, venait de mourir, qu'allait-il advenir du secret ?

Célia n'appréciait pas cette Lucie qu'elle avait aperçue au bourg à plusieurs reprises. Sans doute son intuition féminine lui dictait-elle un danger...

— Toutefois, ma fille, je serais également curieuse de savoir ce que cette Lucie tient autant à te dire !

Lorsque les hommes reparurent, Charles déclara qu'il avait une grande nouvelle à leur annoncer. Célia en eut des frissons. Tout ce qui se rapportait à ses enfants lui était particulièrement sensible.

L'après-midi touchait à sa fin, les jardiniers s'activaient à la cueillette des haricots verts ainsi qu'à l'arrosage. Henri-Louis reprit son air sévère. Il s'attendait à tout de la part de son fils, qui n'avait pas l'habitude de prendre des gants pour les aviser de ses décisions.

— Je fréquente quelqu'un ! déclara Charles d'un bloc en lissant ses moustaches.

— Ta mère et moi sommes heureux de l'apprendre, répondit Henri-Louis d'un ton sarcastique. Et qui est l'heureuse élue ?

— Marie-Juliette Savin !

— Nous n'avons pas été présentés... Ce nom vous dit-il quelque chose ? demanda le notaire à sa femme.

— Qui est cette Marie-Juliette ?

— Une danseuse de la Butte Montmartre.

Le sang d'Henri-Louis ne fit qu'un tour. Comment son fils osait-il, en présence de ses amis, lui faire un tel affront ?

— Ah ! Charles ! Toujours ce sens de la plaisanterie ! Il faut rire de tout !

Dans la bouche du notaire, cette répartie avait une allure incongrue.

En voyant combien son père était désarçonné, le jeune homme eut pitié de lui. Il avait voulu jouer d'honnêteté après cette promenade champêtre où il s'était senti plus proche, où les liens ressoudés lui avaient donné la force d'assumer sa démarche de franchise.

Charles se mit alors à rire pour étouffer la minute de liberté qu'il s'était permise, sachant que poursuivre sa vérité aurait eu vite fait de tourner au drame. Aurait-il oublié combien ce père était exigeant, décideur et autoritaire ? Paris lui aurait-il fait tourner la tête au point d'en devenir déplaisant ? Bien sûr, Charles avait bénéficié de clémence de la part de ce père, qui avait passé l'éponge sur cette liaison malheureuse avec la Torgnal, mais encore eût-il fallu qu'il n'y revienne pas, ou du moins qu'il aille mener la vie qu'il souhaitait ailleurs, sous d'autres cieux.

Louise arriva encore une fois au bon moment, lorsqu'elle déposa son plateau de rafraîchissements sur la grande table, tandis que Charles traduisait le regard de son père qui sous-entendait un « Tu ne perds rien pour attendre, mon fils ».

Le maire prenait à présent la déclaration de Charles pour une dérision parisienne à une époque où les cocottes et les danseuses étaient de mode, Pierre Mars ne se posait même plus la question. Charles pouvait bien mener la vie qu'il voulait dès l'instant où il ne faisait pas ombrage à son père au bourg. Il reconnaissait cependant qu'il était heureux d'avoir eu un garçon aussi studieux et droit que l'avait été Gabriel.

Méline mourait d'envie de partager avec son frère une vraie conversation comme ils le faisaient à l'époque de leur adolescence. Elle rêvait de gratter le vernis qu'elle percevait sur le Charles qui se donnait une contenance. Secrètement, elle engagea les paris avec Gabriel.

— À ton avis, est-ce vrai ou faux, cette histoire de Marie-Juliette ?

— C'est ton frère. Tu le connais mieux que moi !

— Justement !

— Justement quoi ? fit-il de cet air agacé qu'elle lui connaissait.

Elle dut attendre le lendemain matin que Gabriel soit parti visiter ses patients pour converser avec Charles, venu admirer de plus près les grands cèdres du Liban délimitant la propriété du mas du Roule.

— Te souviens-tu, lorsque nous étions gosses, on se racontait nos secrets tout près de la croix en fer ? J'ai l'impression que c'était hier.

— Parle pour toi, petite sœur. Moi, j'ai le sentiment que ma vie est si remplie que cette anecdote de jeunesse est à des galaxies de moi.

— Je sais que tu travailles dur, dit Méline sans montrer son irritation, mais je crois que tu es bien récompensé.

Charles eut un rictus. Il se battait depuis toujours. Sa sœur lui faisait penser à ces jeunes filles au destin tout tracé, dont les belles idées de liberté s'effondrent aussitôt que le père a parlé. Sa sœur n'avait jamais poursuivi aucun idéal, et son mariage avec Gabriel ne faisait que confirmer la règle de la soumission à l'autorité paternelle. Travailler dur ? Elle ignorait tout de la signification de ces termes. Cependant, il ne voulut pas lui être trop désagréable.

— Je le suis. D'ailleurs, pas un instant je n'imagine ma vie ici entre papa et une probable fille de famille qu'il aurait choisie pour moi. Autant dire que cela aurait été le début de la fin.

Méline se sentit vexée. Il se moquait en tous points de son destin et de ce qui, aujourd'hui, était devenu ses idéaux : le mas du Roule et sa famille. Elle avait tôt compris qu'elle n'aurait rien eu à gagner en jouant les rebelles, d'autant plus qu'elle avait identifié sa liberté à Adrien, et Adrien ne lui était pas destiné. Méline n'allait pas mesurer son courage à celui de son frère !

Là, devant elle, on aurait dit qu'il prenait plaisir à remuer le couteau dans la plaie. Pourquoi cette distance ?

— Même si je suis la seule de la famille à te l'avouer, je suis fière de ta réussite, Charles.

— C'est un bien grand mot. J'ai juste intégré une équipe qui me permet d'innover et de gagner correctement ma vie sans avoir recours à l'aide de la famille. Bientôt, je ne devrais avoir de comptes à rendre à personne. Tu sais, Paris est une ville merveilleuse, continua-t-il en se déridant un peu. Tous les possibles y sont inscrits. L'avenir s'ouvre dans tous les domaines. Je suis certain que tu t'y amuserais follement.

— Cela m'est égal, fit-elle savoir d'un air boudeur. Est-ce vrai que tu fréquentes cette Marie-Juliette Savin ?

— Même si j'ai voulu tester la réaction de papa et que je m'en suis rapidement mordu les doigts, Marie-Juliette fait partie de ma vie depuis un an. Je l'ai choisie et j'en suis heureux.

Ce « Je l'ai choisie » résonna longtemps dans l'esprit de Méline. Elle n'avait rien choisi ; elle s'était soumise sur toute la ligne. Par peur ? Par facilité ? Parce qu'elle ne disposait pas du sang de la lutte ? La vie s'écoulait paisiblement et peut-être en serait-il ainsi de son existence entière...

Même si l'écart s'était creusé avec Charles, elle était pourtant certaine de l'aimer autant que dans leur tendre enfance, lorsqu'il lui montrait comment soigner un oiseau blessé ou quand il l'avait protégée d'une oie qui avait essayé de la mordre. Méline aurait souhaité que Charles reste encore longtemps ces soirs d'été sous les tilleuls en sa compagnie, qu'il la guide pour pêcher les écrevisses appâtées par les morceaux de tête de mouton sous les herbes hautes. Il lui criait « Reviens, ma douce ! » lorsqu'elle s'écartait trop à force de suivre les sauts du crapaud dans les jeunes fougères. Elle pensa encore à leurs ricochets, aux libellules qui voltigeaient autour des eaux, tandis que Charles tenait ses yeux rivés sur sa nasse. Soudainement, elle eut envie que l'existence revienne comme en ces jours lointains de l'enfance.

Charles sortit de son portefeuille une photo de Marie-Juliette qu'il tendit vers sa sœur. Ses cheveux tout en cran encadraient un visage aux traits réguliers dont la beauté irradiait. Des yeux clairs, rieurs, incarnaient la Parisienne qui aime la grande vie.

Méline afficha une moue séduite.

— Ça, elle est ravissante !

Charles n'était pas peu fier d'exhiber la photographie de sa petite amie à sa sœur, car il n'y avait jamais eu de tabou entre eux.

— Quelque part, je t'envie, c'est vrai, ajouta franchement sa cadette, mais Gabriel est un bon mari, je n'ai pas à me plaindre.

Ce petit air résigné n'échappa pas à Charles qui n'en fit rien voir.

— Et pourquoi ne viendriez-vous pas à Paris, toi et Gabriel ?

Devant ces mots, il semblait à Méline que tout son goût de l'aventure avait disparu. Quelques années plus tôt, elle serait partie n'importe où avec Adrien ; à présent, elle aspirait à une vie tranquille dénuée de surprises.

— Tu sais, Gabriel est sans cesse retenu par ses patients, et l'idée d'aller jusqu'à Paris en laissant Laurette au mas du Roule ne m'enchante guère.

— Mais, enfin, que crains-tu ?

— Je ne crains rien, Charles, je ne me sens pas concernée par cette vie tape-à-l'œil dont tu nous parles.

— Tu as bien changé, petite sœur. Attention de ne pas vieillir prématurément. Parfois, je ne te reconnais plus.

— J'aime ma tranquillité, un point, c'est tout.

Comme elle terminait sa phrase, elle devina sur le chemin une ombre imperceptible. On était visiblement en train de les épier.

— Chut, fit-elle à Charles en posant son index sur ses lèvres.

Il guetta un mouvement derrière les cèdres du Liban.

Un morceau d'étoffe rouge flottait au léger vent du matin, ce qui n'échappa pas à Charles.

— Ne vous fatiguez pas, on vous a vue ! fanfaronna-t-il tandis que Méline avait déjà sa petite idée sur l'identité de l'intruse qui fut bien obligée de se dévoiler.

— Encore vous ! fit Méline. Mais c'est de l'acharnement ! Que voulez-vous à la fin ?

Charles dévisagea l'espionne sans même la reconnaître. Elle, en revanche, n'avait pas oublié le visage du fils Leroux, même si son aspect physique s'était modifié.

— Charles ! s'écria-t-elle. Je n'en crois pas mes yeux.

Le frère de Méline eut un geste de recul. Cette souillon qui l'apostrophait par son prénom ne lui disait rien qui vaille.

Toute surprise, Méline porta un œil inquisiteur sur son frère avant d'observer l'intrigante.

— Lucie, mais que voulez-vous à la fin ?

— Demandez-le à Charles. Votre frère vous répondra.

— Quittez les lieux immédiatement ! Que l'on ne vous revoie pas dans les parages. Vous n'avez rien à faire ici. Je vous interdis également de vous rapprocher de ma sœur. Laissez-la en dehors de tout ça ou c'est à la justice que vous aurez affaire.

Charles était hors de lui ; sa sœur ne l'avait jamais vu ainsi. La Torgnal, bille en tête, rétorqua :

— Et ton fils ? Tu as oublié ton fils ?

La situation était embarrassante. Charles voyait son passé lui resurgir en pleine face. Bien qu'il ait toujours nié cette paternité, Lucie revenait à l'assaut et osait prétendre devant sa sœur qu'il avait un fils ! Les yeux pleins de haine, Lucie restait vissée sur le chemin de terre face à Charles qui chercha un instant ses mots.

— C'est facile à dire ! Tu mens. D'ailleurs, tu n'as rien respecté de ce qui avait été convenu avec mon père le jour où tu es venue le harceler à l'étude. Tu lui avais promis de disparaître en échange d'une coquette somme de dédommagement. Or, Lucie, tu profites des autres, mais tu es malhonnête et je ne me laisserai pas décontenancer par ton attitude. Je te répète qu'il est impossible que cet enfant soit de moi ; alors, va au diable !

— Tu me le payeras !

— Nous te l'avons déjà payé ! Maintenant, à ta place, je retournerais à Paris. C'est l'avenir. La vie y est gaie et tu t'y sentiras libre.

À bout d'arguments, Lucie se retira finalement. Méline observa l'état de ses vêtements, qui indiquaient qu'elle n'avait pas le sou. Depuis la mort du sabotier, où vivait-elle ? Où était son fils ?

Un frisson parcourut la jeune Mme Mars. Elle n'osa pas interroger Charles, mais attendit qu'il se livre de lui-même, ce qu'il ne fit pas immédiatement. Tous deux longèrent la mare aux canards et s'arrêtèrent un instant sous les catalpas. Le vent frais inonda les cheveux de Méline, tandis que Charles semblait s'être définitivement tu.

Il ramassa une brindille qu'il glissa entre ses dents. Ses yeux firent un tour d'horizon pour s'arrêter sur Louise, qui sortait du mas du Roule les bras chargés de paniers. Il allait encore faire une chaude journée.

— J'ai connu cette femme, c'est vrai, mais j'étais jeune, fraîchement débarqué à Paris, et j'ai vite compris mon erreur. Elle ne m'a pas facilité la tâche…

— Et… ?

— Et j'arrivais à Paris. Je n'avais pas besoin d'un fardeau ; il a fallu se battre. J'ai appris par notre père qu'elle était venue nous relancer jusqu'ici. Quel culot ! Papa l'a tenu secret ; il a même indemnisé cette femme en lui faisant jurer de ne plus reparaître au bourg. Tu te rends compte ? Il l'a dédommagée parce qu'elle prétextait que je suis le père de son enfant. De plus, elle n'a pas tenu parole puisqu'elle s'est installée chez le sabotier ! À présent que son protecteur est mort, elle a le culot de revenir au mas du Roule ! Bah ! Cette Lucie a de drôles d'arguments, et malhonnêtes avec ça !

Méline était estomaquée. Ce père aurait tout fait pour ne pas ternir la réputation des Leroux. Afin de tenir cette affaire sous silence, il n'avait pas hésité à employer les grands moyens. Elle revit le visage de cette arriviste et se demanda quel aurait été son discours si elle l'avait rencontrée seule à seule.

Charles semblait hors de lui. Il continuait de soutenir mordicus que cette Lucie mentait.

— Ce que je ne comprends pas, dit Méline, perplexe, c'est qu'elle ait choisi de s'éterniser à Vayres avec ce sabotier...

— C'est de l'histoire ancienne ! Arrêtons de parler d'elle. Je préfère couper court à tout ce qui se rapporte à cette aventure sans lendemain. Nous avons fait preuve de suffisamment de générosité à son égard. À présent, si je dois de nouveau la croiser sur mon chemin, les affaires se régleront chez les gendarmes.

Les éclats de voix venus des étables sortirent le frère et la sœur de leur conversation. Ils firent le tour de la maison afin de pénétrer dans les bâtiments, où Nano et Mathieu, fourches en mains, remuaient le foin qui servirait à nourrir les bêtes.

— Que se passe-t-il ? s'enquit Méline en croisant le regard de Mathieu.

— Rien de méchant. La Louise a pris peur devant le nid de couleuvres derrière le poulailler. Elle n'aime pas les serpents..., ricana le jardinier sans abandonner son travail.

Les rocailles du cimetière, où pullulaient les lézards, amenaient également les reptiles qui adoraient se prélasser sur les pierres chaudes, exposées au plein soleil, Méline les redoutait aussi.

Son frère lui dit :

— Te souviens-tu quand on était gosses ? Derrière le poulailler ! Viens...

Méline n'était pas très fière, mais elle accepta tout de même de suivre Charles. Sous les caquètements de la basse-cour, ils contournèrent l'enclos, où, au milieu des touffes sèches et hautes, se trouvait le fameux nid. Méline retint son souffle un instant devant ce paquet de reptiles enchevêtrés tournés vers le soleil. Pressentant le danger, deux grosses couleuvres se mirent sur le dos en ouvrant la gueule afin de feindre la mort. Des odeurs de putréfaction remontèrent du nid.

— Il ne faut pourtant pas les tuer ! Te souviens-tu de celles que nous avions capturées ? Elles étaient moins nombreuses que cette fois-ci.

— Que *tu* avais capturées, Charles ! lui fit remarquer sa sœur. Cette fois-ci, les poules devraient se charger du travail !

La gouvernante en sueur pointa son nez ; le *devantau*[1] plein de la cueillette de prunes qu'elle s'apprêtait à verser dans le panier. Puis, elle s'approcha des jeunes gens et s'écria :

— Je n'en veux pas, de ces raques !

Ce qui fit sourire Charles, qui reconnaissait là la spontanéité de Louise face aux choses qui la désarçonnaient.

Même si Méline n'aimait pas la présence de ces couleuvres, elle ne pouvait détacher son regard de ces lianes ondulantes verdâtres et marron. Elle en

1. Tablier (occitan).

dénombra plus d'une dizaine au bas mot, ce qui n'était guère engageant.

— Moi, je suis également d'avis de les détruire. On ne va tout de même pas faire un conseil de famille pour statuer sur leur sort, et puis, elles représentent un danger pour Laurette.

— Je m'en charge ! dit finalement Charles en retroussant ses manches d'un air décidé.

Il se rendit aux étables pour mettre des gants et récupérer un sac de jute ainsi qu'un petit bâton. En le voyant revenir, Méline eut le sentiment de retrouver le frère qu'elle avait perdu.

À cette façon de les neutraliser dans le sac de jute qu'il referma à l'aide d'une ficelle, elle reconquérait leur proximité commune des espèces et de la nature. Combien de fois avait-il attrapé couleuvres et vipères dans son enfance ? Combien de fois avaient-ils observé les palpitations des crapauds, la beauté diaphane des ailes des papillons, les mystères du hérisson ?

Charles s'achemina en dehors de la propriété d'un pas vif afin de se débarrasser des reptiles tandis que Louise le suivait des yeux d'un air rassuré.

Méline fit seule quelques pas pour observer les alentours de la mare qui se trouvait au fond du domaine. Ce point de rassemblement des grenouilles où les lentilles proliféraient était propice à la rêverie. Elle songea aux récits de tritons et salamandres qui avaient peuplé sa jeunesse, mais également à l'interdiction de s'en approcher sous peine de punition. Les plantes aquatiques, les herbes anarchiques, où les insectes aimaient se rassembler, lui renvoyèrent l'image d'une enfance déjà bien lointaine. À présent, c'était à celle de Laurette qu'il fallait songer.

À son retour, la jeune femme trouva sa fille en compagnie de sa grand-mère. C'est alors que plusieurs questions lui effleurèrent l'esprit. Célia était-elle au courant de la liaison qu'avait entretenue Charles avec cette Lucie Torgnal ? Si cela avait été le cas, Mme Leroux aurait-elle été capable de ne rien laisser transparaître de sa contrariété afin de ne laisser planer le moindre doute sur l'intégrité de son fils ? Henri-Louis avait-il voulu éviter de mêler son épouse à ce genre d'affaire peu flatteuse ? D'un autre côté, il était surprenant que Célia ne l'ait pas su au village, où les commérages allaient bon train. Elle-même aurait fini par l'apprendre de la bouche de l'intéressée si la mésaventure de la matinée n'avait entraîné les confidences de Charles.

— Comment va Laurette, maman ?

— Aussi bien que possible ! confirma Célia qui couvait son bout de chou avec tout l'amour dont une grand-mère est capable. Je déplore tout de même que Charles se désintéresse autant des affaires de son père, soupira-t-elle.

— Ce n'est une nouveauté pour personne, maman. Le fait que tu refuses d'en parler avec lui ne justifie pas que tu m'en rebattes les oreilles.

— C'était autant pour parler, Méline, mais si tu le prends sur ce ton…

— S'il te plaît, ne l'accable pas trop, sinon Charles finira par ne plus vouloir revenir au mas du Roule, et c'est tout ce que nous aurons gagné. Ce matin, nous avons passé un moment merveilleux qui m'a fait voyager sur les rives de notre jeunesse.

— La rancœur de ton père ne s'estompera pas du jour au lendemain, ma fille. Elle me chagrine. Il fait parfois peine à voir. Enfin ! Heureusement que, de temps à autre, il se change les idées à sa manière ! En ce moment, il n'a qu'une seule motivation : l'achat d'une automobile !...

— Je m'en doutais ! lui révéla Méline, dont les yeux pétillaient d'impatience à l'idée d'en savoir davantage. Alors, nous aussi, nous pourrons profiter des bains de mer ?

— Mais je compte sur ta discrétion...

— Mazette !

La perspective d'aller voir la mer combla Méline de joie. Elle avait déjà aperçu les superbes affiches des chemins de fer d'État vantant les bienfaits des bains de mer à Royan, station balnéaire maintenant desservie par le train. Les Leroux ne résisteraient pas à l'idée de partir en villégiature dans la Charente inférieure sitôt que la nouvelle voiture serait à leur disposition.

— D'ailleurs, ce n'est pas tout. Tu n'es pas au bout de tes surprises, ajouta Célia qui était incapable de garder un secret.

— Cela me concerne-t-il ?

— Oh que oui ! Tu seras aux premières loges !

— Gabriel est-il également concerné ?

— Oui.

— Ne me dis pas qu'il a commandé son automobile lui aussi ? pressentit Méline en guettant l'approbation sur le visage de sa mère.

— Tu as deviné !

— Non ! Ce sera une véritable révolution dans le bourg de Vayres, maman !

Célia se mit à rire…

9

Que n'aurait-elle pas donné pour se retrouver à la place de cette intrépide jeune fille de l'affiche, en costume de flanelle blanc garni de grosses guipures de laine ? Méline s'imaginait déjà le col marin soulevé par la brise, le bonnet retenu par un nœud de rubans en attendant Gabriel à bord de l'automobile De Dion Bouton. Ne lui avait-il pas fait la promesse d'aller voir la mer ?

Tous deux avaient calculé qu'en roulant à trente kilomètres-heure, ils devraient arriver à Royan en fin d'après-midi, où ils avaient envisagé de séjourner deux jours à l'hôtel du casino.

Pour la première fois depuis qu'ils étaient mariés, ils allaient partager la griserie du voyage lointain.

Les paysages défilèrent bientôt sous la douce sensation du vent d'été dans les cheveux. Sous la lumière nacrée de la Saintonge, les plaines calcaires dévoilèrent bientôt des vallées aux champs de vignes et de tournesols largement offerts au soleil. Puis, l'horizon laissa place à des estuaires, des marais, pour basculer vers la mer.

Sur la promenade maritime de Royan, l'étendue d'eau qui s'imposait, ôtant à Méline tout commentaire, fit siffler Gabriel d'admiration. Cette enfilade de cabines de plage posées sur le sable blanc semblait attirer la présence de nombreuses jeunes femmes parées de toilettes des plus extravagantes. Méline proposa à Gabriel de s'arrêter et de descendre afin de mieux comprendre la façon dont elles imposaient leur jeu sur la plage !

Les plus audacieuses, les « baigneuses », certainement des Parisiennes, selon l'avis de Méline, osaient s'immerger dans les vagues, sous la surveillance des garçons de bains présents pour veiller aux noyades. D'autres, plus timorées, se préservaient des rayons indiscrets du soleil derrière des paravents drapés.

— Pourquoi dis-tu que ce sont des Parisiennes ? questionna Gabriel.

— Chacun sait que le trajet par les chemins de fer depuis Paris et de son train de luxe s'est à présent réduit à sept heures. Moi, je vois bien en observant leurs ombrelles de dentelle blanche, leurs costumes et leurs rubans que ce sont des Parisiennes !

Le tableau était si élégant que Méline en restait toujours bouche bée, ce qui ne manquait pas de faire sourire Gabriel. Bien que portant un corsage plus quelconque, confectionné par la couturière de Vayres, sa femme n'était pourtant pas en reste d'élégance.

Un rien l'habillait ! Mais comment rivaliser avec les créateurs à la dernière mode de Paris ?

Devant ce panorama maritime, les Mars assistaient de loin au passage de toute la navigation des Amériques à Bordeaux, tandis que se devinaient la pointe de Graves et le phare de Cordouan.

Sous le chant des vagues, le perpétuel va-et-vient du boulevard était une véritable griserie pour l'œil. Le lieu était si charmant, avec sa débauche de végétation qui cernait les plages, que Méline ne savait plus où donner de la tête. Grisée, elle aurait aimé tout voir !

Sans l'avouer à Gabriel, elle n'avait qu'une hâte : tenter l'expérience du bain de mer ! Ils longèrent les cafés de premier ordre et les belles villas, où il régnait comme un parfum d'Orient, afin d'aller admirer la jetée fraîchement inaugurée du côté du port.

Partout, dans les jardins publics, des concerts se déroulaient, et Méline se demandait comment elle avait pu vivre jusqu'alors sans même soupçonner l'existence de lieux aussi féeriques. Elle aurait voulu faire promettre à Gabriel qu'il la ramène à Royan chaque été, mais elle connaissait l'humeur changeante de son époux, qui ne s'engagerait guère à promettre quoi que ce fût s'il n'avait été certain de pouvoir honorer sa parole.

Le soir venu, les époux se risquèrent dans le casino de Foncillon, à la pimpante façade flanquée de deux campaniles. Les motifs marins de ses sculptures ornées de coquillages, de tridents et d'hippocampes le rendaient inoubliable, très prisé par la riche clientèle qui appréciait l'éclat des lustres de ses salons, les loggias, les belvédères avec vue sur l'océan.

Son parc, jalonné d'allées sinueuses où s'y trouvaient des kiosques de musique, accueillait les promenades nocturnes tant affectionnées l'été.

Les belles portaient toutes des gants de suède clair, farine, gris sel, des nœuds flottants, des réticules perlés, tandis que rivalisaient les chapeaux les plus extravagants.

Méline passa sa soirée à observer ces créatures vêtues à la dernière mode qui évoluaient au milieu des salles de jeux. Les regards malicieux, la légèreté des démarches, la plupart des clientes faisaient figure d'héroïnes rebelles, bien éloignées de son univers limousin. Sans hésiter, Méline sortit son éventail en ce lieu qui dissipait tout repère terrestre. Gardant un ineffable souvenir de ce que lui avait conté Charles à propos de Paris et ses cabarets, elle avait non seulement le sentiment de se rapprocher de cette vie mondaine, mais, surtout, elle prenait conscience des limites dans lesquelles l'enfermait sa vie au mas du Roule. Devant ses doutes soudains, elle murmura à Gabriel :

— J'aimerais que tu te décides à jouer. Nous aurions l'air moins empruntés !

En même temps qu'elle parlait, Gabriel nota que son épouse manifestait une joie d'enfant excité. Aux yeux de son mari, la jeune femme était aussi audacieuse que toutes ces Parisiennes qui discouraient avec aisance dans leurs tenues extravagantes, puisqu'il la jugeait avec les yeux de l'amour.

— Eh bien, allons-y !

Méline retint son envie de rire. Gabriel serait parti en visite chez l'un de ses patients qu'il y aurait mis davantage d'ardeur. Il devenait attendrissant dans sa façon de satisfaire le caprice de sa femme, car c'était un caprice ! Le médecin de Vayres n'avait pas la moindre envie de s'accouder sur un tapis de jeu dans une salle envahie de fumée de cigare.

Les regards brillants convergeaient vers les joueurs, sur les mousselines rehaussées des fragrances de grands parfums qui escortaient les gestes des femmes.

Intriguée et un peu déroutée par ces attitudes modernes, elle finit par se focaliser sur la valse des dés de la table de jeu de Gabriel, jusqu'à ce qu'une voix familière dans son dos ne la tire de sa concentration. Elle se retourna.

Adrien Bélair se trouvait lui aussi au casino ! Rien d'étonnant d'y côtoyer les notables des régions avoisinantes, car Royan était devenu la station balnéaire très en vue depuis qu'Émile Zola la fréquentait.

— Ça alors ! Madame Mars ! La surprise est de taille! s'étonna Adrien en lui tendant la main.

— C'est l'irrésistible attrait des bains de mer !

— Si je m'en réfère à l'avis des sommités médicales, ils sont très bénéfiques pour la santé. Et que dire des concerts ! Je vous les conseille vivement ! Sans le grondement de l'océan, on pourrait se croire dans la capitale, tant l'opéra y est de qualité.

— Je n'ai pas eu la chance de m'y rendre, mais si vous le dites !

— Où se trouve votre époux ? questionna-t-il, désinvolte, avant de la complimenter sur son chapeau.

— Il est en train de miser !

Méline devina qu'Adrien était un habitué des casinos. Son aisance n'aurait échappé à personne.

L'élégance du costume trois-pièces lui conférait une allure d'homme du monde, un dandy auquel aucune femme n'aurait pu rester insensible. Par politesse, elle s'enquit de sa famille.

— Me voici libre comme l'air, ma chère ! Absolument célibataire, précisa-t-il plus bas, ce qui embarrassa la jeune femme. Ces quelques jours de détente me font oublier l'étude et toutes les contraintes du métier, poursuivit-il. Mes amis m'attendent pour le jeu. Je ne vous importune pas plus longtemps. Saluez votre Gabriel de ma part...

Adrien disparut aussi rapidement qu'il lui était apparu. Cette rencontre jeta dans le cœur de Méline une sorte de froid hivernal.

Ce visage ramenait encore une fois le souvenir de lettres enfiévrées qu'elle avait détruites avant son mariage. Les brumes indiennes aux parfums épicés qu'il avait dépeintes avec habileté et les effluves de ce caractère passionné venaient de lui retourner les sangs. À ses côtés, la vie ne devait pas manquer de piment !

Bien que Gabriel perdît tout ce qu'il avait misé, il ne se départit pas de son bon sens.

— De toute façon, un vrai gentleman ne joue pas ! L'argent doit être honnêtement gagné, dit-il gravement.

— Ne sois pas rabat-joie ! supplia Méline en prenant le bras de son époux.

Tandis qu'ils regagnaient leur hôtel malgré tout satisfaits de leur première soirée à Royan, Gabriel ajouta :

— J'ai des principes.

— Et surtout de la dignité...

Trop excitée par les événements de la journée, Mme Mars dormit peu. Le lendemain, elle découvrit la sensation des grains de sable sur sa peau en osant un haut corselet rouge à bretelles qui lui enserrait la taille, assorti d'une fanchon de soie coquettement roulée autour de sa tête. Pour ce premier bain, elle avait choisi de se rendre à la jolie plage du Chay et sa tour blanche et noire.

Hasardant ses orteils dans l'eau qui lui parut glacée, Méline renonça vite à s'aventurer plus loin. Elle enlaça les doigts de Gabriel dans les siens lorsque les vagues lui parvinrent aux genoux et se persuada qu'elle en resterait là, tandis qu'autour d'elle, on riait et on s'éclaboussait à tout va…

Gabriel Mars était en extase devant l'éclat presque enfantin de son épouse qui était très remarquée grâce à ce corps svelte et bien proportionné, valorisé par sa tenue de bain qu'elle avait fait confectionner sur un modèle de *Modes et Travaux.* Quand les premiers frissons la gagnèrent, il fut permis de continuer, depuis la cabine louée pour l'après-midi, à observer la mer enroulée dans une sortie de bain.

L'endroit était un délicieux *buen retiro,* capitonné de perse clair avec ses chaises de bambou, qui permettait d'admirer la plage sans subir les affres du vent qui avait tourné. L'odeur des pins et le bruit des vagues agirent comme une berceuse, et Mme Mars, en fermant à demi les paupières, songea à sa rencontre impromptue avec Adrien au casino. Cette pensée l'arrachait à la réalité et elle se demanda pourquoi le destin lui procurait en deux jours plus d'étonnement qu'il ne l'avait fait dans une vie entière…

De son côté, Gabriel, qui avait un goût pour les plaisirs simples de l'existence et s'ennuyait très vite à la plage, avait voulu pousser jusqu'au bord de l'estuaire de la Gironde, afin d'observer la pêche au carrelet du côté des falaises. À marée basse, les pêcheurs descendaient le carrelet, où crabes, crevettes et mulets se prenaient tout seuls dans les filets, et ainsi, sous le va-et-vient des marées, le docteur apprit à reconnaître les grognements du maigre, ce fameux poisson baptisé « cochon de mer », qui occupait également une bonne place dans les légendes locales contées par de vieux marins-pêcheurs.

***

Adrien Bélair avait du cœur à l'ouvrage depuis qu'il avait repris à Varaignes la succession notariale de son père, mort d'usure et de vieillesse. Les affaires se portaient bien. Le voyage aux Indes était pour lui histoire ancienne, mais il en avait gardé le souvenir des richesses des princes mogols et des fortunes établies par le commerce.

Il était arrivé là-bas trop tard, à l'époque où la gloire de la France n'était plus qu'un lointain souvenir. Vivre les volets clos en se heurtant à la misère quotidienne n'offrait guère un avenir engageant dans une contrée où les territoires étaient peu prometteurs, mais il avait accompli sa mission et ne regrettait pas de s'être enrichi de cette expérience révélatrice des réalités du monde colonial.

La vie à Varaignes lui avait semblé douce un temps aux côtés de Crista avant que sa belle Indienne ne l'épuise avec sa jalousie maladive et ses exigences excessives. Alors qu'elle espérait cette demande en mariage qu'il lui avait promise, Adrien Bélair s'était peu à peu senti pris au piège avant de finir par renoncer à sa liaison houleuse. Il ne pouvait pourtant en vouloir qu'à lui-même...

Leur amourette perdit peu à peu tout son piment. Crista songeait avec amertume à sa vie aux Indes tout en contemplant le domaine de Varaignes, où elle resterait une étrangère.

D'ailleurs, la famille d'Adrien n'avait jamais cessé de le lui faire entendre. Même si ses gestes restaient inchangés à l'égard de son amant, la distance creusa vite son sillon, et les commentaires malveillants chuchotés dans le dos d'Adrien finirent par avoir raison de cet amour.

Le notaire chercha de nouveau la compagnie de femmes érudites et séduisantes. Il ne cachait plus son désir de changement. Sa réputation d'homme volage n'avait rien d'un mythe, mais tout d'une réalité. Aux yeux d'Adrien comme de tout homme qui a cessé d'aimer, les qualités de Crista se transformèrent bientôt en défauts.

Elle retenait difficilement ses larmes de rage lorsqu'Adrien passait des soirées tardives à Brantôme depuis qu'il avait fait acquisition, lui aussi, de sa première automobile. Crista savait qu'elle redevenait par la force des choses cette jeune Indienne misérable. Lassée de cette situation à laquelle elle ne voyait pas d'issue, elle profita de l'absence du notaire pour fuir loin de Varaignes.

En dehors de sa charge notariale, Adrien était un être complexe, insaisissable, toujours en quête d'une vie aventureuse. À chacune de ses rencontres, il se persuadait d'avoir trouvé la femme idéale, puis il déchantait aussi vite en ressentant autant de dégoût pour l'intéressée qu'il avait nourri de désir à son égard.

Il déambulait dans les grandes pièces de son mas en fumant une cigarette. Sa redingote claire soulignant son teint hâlé, il constatait qu'il était plus épuisé qu'avant son départ à Royan. Il faut dire qu'il avait mené une folle vie, entre les dîners en ville et le casino, se couchant rarement avant le petit matin. Il se sentait plutôt heureux d'avoir renoué avec ce célibat. Au moins avait-il le loisir de sortir pour se rendre où bon lui semblait sans avoir de comptes à rendre à personne.

Adrien se traîna jusqu'au cabinet de toilette afin de s'humecter le visage. Un rendez-vous l'attendait en bas, dans son office. Depuis la mort de son père, il avait chamboulé l'agencement du bureau afin de se créer un espace moderne, agrémenté par des bronzes aux lignes épurées, et il avait récemment fait l'acquisition d'une toile impressionniste d'avant-garde qu'il avait placée au-dessus de sa console Directoire. L'étude ne manquait pas de chic, ce qui n'était pas sans intimider certains clients qui le considéraient de plus en plus snob.

À bientôt quarante-cinq ans, son côté vieux garçon maniaque commençait à se renforcer depuis le départ de Crista, et c'était à présent sa gouvernante Zélie qui palliait les besoins domestiques de la vie de tous les jours.

Son rendez-vous ne lui laissa guère le temps de se replonger dans le dossier. Déjà, la veuve éplorée venait régler les dernières affaires de succession.

Machinalement, Adrien s'enquit de l'affaire qu'il avait quelque peu oubliée durant ses congés. Le visage qui lui faisait face avait cette bonhomie des gens de la terre qui le conforta dans son retrait.

Il aimait travailler ainsi, lorsque tout se passait comme convenu. Ainsi put-il rapidement conclure l'entretien afin de laisser libre cours à ses rêvasseries. Adrien Bélair avait encore l'esprit à Royan…

Il aurait volontiers prolongé ce séjour si sa mère ne lui avait fait savoir qu'elle avait besoin de lui, car Édith, qui l'avait hébergée, lui menait la vie dure. Mme Victoire Bélair ne souffrait guère de se retrouver chez sa fille à Busseroles, où il se passait rarement plus de quelques heures sans que l'une cherchât à contrer l'autre. Édith était énergique, mais elle devait régner.

Or, Victoire était également une femme de caractère, qui ne pouvait s'empêcher d'imposer ses principes démodés, ce qu'Édith ne tolérait pas.

La lutte entre les deux femmes devenait âpre, et la grand-mère, épuisée, finissait toujours par capituler. Édith s'en voulait, cherchait à se déculpabiliser en se réconciliant avec sa mère afin de lui prouver qu'elle avait bon fond.

Ce sempiternel recommencement mettait les nerfs en pelote à Victoire Bélair, qui réclamait le secours d'Adrien. Son Adrien ! Elle avait couvé son fils tant qu'elle avait pu, aujourd'hui encore. Bien qu'il eût Zélie à son service, elle veillait toujours à ce qu'il ne manque de rien, et sa trop longue absence l'inquiétait.

Elle déplorait qu'il fût célibataire à son âge avancé, mais estimait que, jusqu'alors, il n'avait pas fait la bonne rencontre.

Toutes celles qui avaient traversé sa vie lui avaient semblé quantité négligeable. Selon elle, aucune de ses brus n'avait été à la hauteur de son fils.

Avec le temps et selon sa mère, Adrien se bonifiait. Cultivé, respectueux et attentif, il appartenait à une espèce rare. Aussi, étant donné que Mme Bélair n'était plus de première jeunesse et qu'elle appréciait tant la compagnie de son fils, il était fréquent qu'ils déjeunent ensemble et qu'elle lui conte ses déboires dans ses relations avec Édith...

— Ta sœur est bientôt devenue une étrangère. Je n'ai que faire de sa charité !

Encore qu'Adrien lui portât de l'intérêt et cherchât à la protéger contre les sarcasmes, il convenait qu'il était de plus en plus délicat de répondre aux exigences de sa mère.

— Je comprends ce que vous ressentez, mais Édith a toujours eu ce caractère revêche, et ce n'est pas à présent que le prestige de l'usine en a pris un méchant coup avec les grèves des ouvriers qu'elle va s'égayer...

— Ah ! Si votre père voyait cela, le pauvre homme ! Heureusement que vous êtes là. J'ai eu si peur que vous restiez aux colonies...

Adrien eut un soupir. Il songea qu'il lui avait fallu de la force pour ne pas s'abandonner à la volupté des tropiques, à l'instar de certains de ces Français qu'il avait rencontrés à Pondichéry.

Depuis son retour à Varaignes et le décès de son père, il se sentait parfois oppressé par la présence envahissante de celle qui l'avait mis au monde. Très attaché à sa mère, il se sentait malgré tout pris au piège. De toute son existence, il n'avait encore jamais rencontré quelqu'un qui fût confronté à un pareil dessein.

— Je suis là, je veillerai sur vous, ajouta-t-il d'une voix vibrante qui réconforta aussitôt Victoire.

Le raffinement de ses traits et la fraîcheur de son visage, malgré son âge avancé, lui donnaient cette allure de jeune fille qui rassurait Adrien sur son état de santé. Pour ne pas s'engluer dans l'anxiété, elle jouait au bridge et pratiquait la marche dès qu'elle en avait l'occasion, une façon de rester alerte fortement encouragée par son fils.

— Vous n'avez pas fait de rencontre intéressante à Royan ? questionna Victoire qui avait subitement retrouvé son œil pétillant.

La phrase rassura Adrien, qui voyait bien que sa mère ne perdait pas le nord.

— Des Parisiennes...

Cela voulait tout dire. La vie mondaine dans le sens fort du terme ne convenait pas tant au fils

Bélair, qui restait un dandy provincial avec un petit côté suranné faisant aussi le charme de sa personnalité.

Difficile d'influencer celui qui aimait davantage s'arrêter dans les villages avec sa nouvelle auto, flâner au bord des rivières, discuter avec les paysans plutôt que de s'éterniser dans les salons. Le calme de son Périgord était bénéfique à son équilibre et, chemin faisant, il ne l'aurait sacrifié pour rien au monde, et certainement pas en faveur de l'amour d'une femme.

Celle qui un jour peut-être partagerait sa vie devrait être capable de lui tenir tête, de jouer les maîtresses femmes tout en connaissant sa mesure, avoir du chien, cela allait sans dire, du savoir, sans pour autant manifester un tempérament rebelle à l'exemple de cette George Sand, dont sa mère avait lu tous les romans.

En fait, il restait un peu évasif, se contredisait souvent devant le portrait de la femme idéale et en déduisait qu'il devait être trop exigeant dans ses choix, ce qui le faisait passer pour un homme perfide et instable auprès de ses conquêtes. Au fond, il s'en consolait vite, car cette vie de célibataire lui convenait.

Lorsque la solitude lui pesait un peu trop, il parcourait Brantôme afin que son esprit s'évade vers le monde secret des héroïnes de Pierre de Bourdeille, dans la légèreté des vies des *Dames galantes.*

Même si la cité sensuelle du Périgord vert le ramenait aux passions qui l'avaient consumé, elle insufflait également l'espoir de l'éternel renouveau.

Les heures y défilaient toujours à un rythme ralenti, restituant le rêve à sa juste place.

Parfois, il rencontrait l'une de ses amourettes qui l'accompagnaient jusqu'à son cercle de jeu. Après quelques mots enflammés, elles affichaient ce visage de martyre lorsque l'attitude déjà lasse d'Adrien couvait l'orage. Par politesse, il se promenait encore sur le parcours troglodytique qui menait à l'abbaye, cependant qu'elles faisaient tout pour se faire aimer encore.

La beauté du site, vu du pont sur les bords de la Dronne, justifiait la profondeur du silence. Au fond, Bélair était las. Peut-être avait-il déjà trop reçu et, à présent, il ne savait plus lui-même ce qu'il cherchait…

10

En acceptant l'appui de Chauffier dans sa carrière, Charles Leroux avait le sentiment d'avoir pris la bonne décision. Cet homme, qui se manifestait en protecteur, estimait qu'il avait honoré la mission dont Leroux père l'avait chargé et qu'il pouvait dorénavant accorder un coup de pouce au jeune aspirant chercheur.

Nourrissant autant d'ambition que celle dont ses ancêtres avaient fait preuve pour constituer leur vaste domaine du mas du Roule, Charles déployait une force insoupçonnée. Seulement, le fait qu'il fût à Paris continuait de déplaire et de faire jaser.

Seul, le jeune homme avait déjà parcouru un bon bout de chemin, motivé secrètement qu'il était par la grande détermination de son mentor, Louis Pasteur. Cet homme lui donnait l'envie de se surpasser lui-même, afin de gravir avec tant de courage les échelons pour obtenir son doctorat.

Charles avait toujours été fasciné par la grande force de Louis Pasteur, qui, à l'âge de quarante-cinq ans, alors qu'il poursuivait ses recherches, avait été victime d'une hémorragie cérébrale. Il avait non seulement réussi à surmonter son handicap, mais à y puiser la vigueur nécessaire pour poursuivre son but. Entre la vie et la mort, Pasteur avait appris que l'on avait suspendu les travaux de construction de son nouvel établissement. Furieux, il avait décidé de vivre ! Bien qu'il fût resté paralysé d'un côté, il n'en fut pas moins obstiné à persister dans ses travaux.

Aidé de deux disciples, il avait instauré la collaboration de la chimie et de la médecine, cette chimiothérapie qui allait lutter contre la mort, à laquelle Charles put contribuer. Il n'avait encore jamais été aussi heureux de toute son existence que dans ces moments où il menait une expérience aux côtés de l'équipe expérimentale.

Depuis que l'Institut avait été créé, l'argent affluait de tous les coins du monde. C'était déjà de l'histoire ancienne, mais, lorsque Louis Pasteur, arrivé au bras du président de la République en 1892, avait laissé la parole à son fils, l'assemblée s'était tue, et ces paroles étaient restées gravées dans la mémoire du fils Leroux :

— *Ne vous laissez jamais atteindre par un scepticisme desséchant. Ne vous découragez pas lorsque votre pays traverse des heures sombres. Vivez dans la paix sereine des laboratoires et des bibliothèques. Dites-vous d'abord : « Qu'ai-je fait pour m'instruire ? » Et, à mesure que vous progressez : « Qu'ai-je fait pour mon pays ? »*

Charles, qui y songeait souvent, en gardait un souvenir ému…

À côté de sa ferveur pour la recherche, il n'en était pas moins porté sur la bonne chère et les plaisirs de la vie. D'ailleurs, son grain de folie le lui rappela :

— Charles ! minauda Marie-Juliette, qui cherchait de l'aide pour attacher son collier prince de Galles en velours.

Elle venait de revêtir une toilette de dîner en soie arc-en-ciel, où de minces filets satinés se détachaient sur les rayures, afin d'être des plus présentables pour se rendre au théâtre, où l'on donnait *Un mouton à l'entresol* d'Eugène Labiche.

La mode ! Elle n'avait que cette folie en tête au grand dam de Charles qui avait du mal à subvenir à tous ses besoins. Le jeune Leroux se saignait à blanc pour entretenir Marie-Juliette, et il lui arrivait de se demander quelle tournure prendrait leur relation s'il en venait à baisser son train de vie.

Cela le rendait nerveux, insomniaque, car il se sentait incapable de se passer de celle qui l'avait initié à tant de plaisirs. Pour qu'elle apparaisse devant lui dans sa guêpière de satin noir, il était prêt à céder à tous ses caprices : bas de soie, bijoux, capelines, ce qui dilapidait les maigres gains que ses nouvelles fonctions lui accordaient.

Marie-Juliette prétendait qu'elle l'aimait, mais Charles n'était pas si dupe. Tant qu'il subvenait à ses exigences, la liaison avait de l'avenir, mais un jour, si par malheur il n'avait plus les moyens, qu'adviendrait-il ?

Sur les boulevards, Juju, dont l'aisance de demi-mondaine ne se démentait pas, jeta négligemment son écharpe sur ses épaules. Elle menait la danse, et Charles suivait comme un toutou. Il était entiché…

— Et si nous allions dîner au Montparnasse ? C'est bien plus amusant !

— Ne voulais-tu pas aller voir cette pièce ?

— J'ai changé d'avis ! Je suis assommée par toutes ces nouvelles pièces et j'ai faim !

Charles avait l'habitude de ses caprices. Lorsqu'ils s'étaient rencontrés par le biais d'une connaissance commune, il s'était douté qu'elle se comporterait ainsi. Malgré tout, il n'avait pas pu s'empêcher de tomber, les deux pieds dans ses folies.

Au Montparnasse, où ils dînèrent, il ne pouvait que constater les regards concupiscents de la gent masculine sur sa Marie-Juliette. Où allait-elle le mener ? Dans ce décor en vogue, où Charles tentait de la persuader de mettre un terme à ses activités de danseuse, elle lui rit au nez.

— Tu plaisantes !

Ses yeux pleins de malice faisaient craindre le pire au pauvre Leroux. Parfois, quand il se rendait au spectacle du Moulin-Rouge où elle se produisait, il était de plus en plus troublé devant l'attitude, à l'égard de sa belle, des hommes qui, devenus rouges d'émotion, ajustaient leur monocle en direction de la danseuse. On sentait combien elle éprouvait un malin plaisir à s'exhiber sur une scène, à étaler sa frivolité sans vergogne.

Même s'il connaissait la réalité depuis le premier jour, Charles en ressentait des haut-le-cœur. Jadis, avant le début de leur liaison, il s'était montré inquiet à l'idée de ne pas savoir lui plaire et il en avait tout autant souffert, mais, à présent, il songeait que l'humiliation de passer pour un imbécile le guettait.

— Il sera bien temps d'arrêter ma carrière lorsque l'âge m'aura rattrapée ! ajouta-t-elle sans se départir de sa bonne humeur, car Marie-Juliette savait bien qu'elle ne disposait pas de l'éternité devant elle.

D'ici peu, elle serait remplacée par une plus jeune, mais, en attendant, elle n'avait pas l'intention de renoncer à danser.

— Tu ne serais pas du genre jaloux ?

À peine eut-elle fini sa phrase qu'Émile Chauffier apparut dans la célèbre brasserie. Il salua quelques amis et s'approcha de la table de Charles et de Marie-Juliette.

— Comment vont les affaires ? questionna Charles d'un air entendu.

— Ma foi, je ne me plains pas.

Charles était conscient que, sans l'aide de Chauffier, il n'aurait pas obtenu une aussi belle promotion au sein du nouvel institut, car l'homme avait prouvé combien il était efficace. Aussi, revu à la hausse, son salaire lui permettait de bénéficier d'un meilleur train de vie, ce qui, bien évidemment, avait eu des incidences positives sur sa relation avec Marie-Juliette.

Chauffier était du genre influent, et Charles avait fini par apprendre de la bouche de l'intéressé combien leur histoire familiale était anciennement liée ! Leurs grands-pères respectifs s'étaient connus à l'époque de leurs études de droit à Bordeaux. Le grand-père d'Émile Chauffier avait été provoqué en duel pour une histoire galante et avait échappé de peu à la mort grâce à l'appui de son ami Leroux. Conscient du fait qu'il lui était redevable, le grand-père d'Émile s'était engagé devant Dieu à leur témoigner sa profonde gratitude dès que l'occasion se présenterait. Elle s'était présentée en la personne d'Henri-Louis, au moment où le notaire avait sollicité Émile pour espionner les faits et gestes de Charles à Paris.

Émile avait dans un premier temps accepté d'être complice d'Henri-Louis en lui apportant un soutien qu'il croyait utile, puis, au fur et à mesure qu'il avait connu Charles, il s'était pris de sympathie pour lui et avait estimé que plaider sa cause dans ses ambitions s'avérait plus utile. Car Chauffier était ainsi fait qu'il aimait faire le bien autour de lui... C'est pourquoi il n'avait pas hésité à se ranger du côté du fils Leroux qui voyait désormais chez lui à la fois un ami et un confident.

Sous la moue de désapprobation de Marie-Juliette, Charles invita tout naturellement Chauffier à se joindre à leur table. Elle qui jugeait beaucoup sur le paraître, elle le trouvait trop effacé dans sa mise, car il ne manifestait aucun intérêt pour la mode, pas plus que pour les protocoles mondains. Ce type était apprécié pour d'autres qualités qui échappaient à Marie-Juliette Savin.

La conversation entre les deux hommes revêtait un caractère sérieux qui fit regretter à la demoiselle de ne pas avoir choisi de se rendre au théâtre. Finalement, elle s'y serait davantage amusée.

Sortir avec Charles lui paraissait de plus en plus ennuyeux. S'il n'avait pas été aussi généreux à son égard, elle l'aurait probablement déjà congédié, mais sa largesse méritait de faire un effort de bienséance. Marie-Juliette était une éternelle insatisfaite qui ne se sentait bien nulle part. D'ordinaire, elle se lassait vite, mais cette fois-ci, malgré tout, elle avait su, avec Charles, maintenir le cap de leur relation depuis plus d'un an.

— J'ai de grands projets, déclara Émile en occultant l'agacement de Marie-Juliette.

Charles était tout ouïe. Émile lui exposa qu'il se trouvait à la tête d'éminents travaux qui concerneraient la rénovation de l'établissement *Le Montparnasse,* afin d'en faire l'un des nouveaux temples de l'Art nouveau : verrières, miroirs, balustrades seraient conçus conformément à l'esprit très en vogue du quartier. Un grand défi pour Émile, dont les yeux pétillaient d'impatience.

Marie-Juliette, qui prêtait l'oreille sans en avoir l'air, commençait à trouver le projet de Chauffier intéressant. Elle ne mit pas longtemps à poser ses yeux différemment sur l'interlocuteur de Charles tout en pressentant qu'il ne l'aimait pas beaucoup.

En fait, Émile n'avait que faire du comportement de cette mijaurée. Seul son ami Charles lui importait. D'ailleurs, lui qui était entreprenant et ambitieux, il aurait peut-être une idée d'avant-garde à lui suggérer…

Pour l'instant, Leroux se contentait de contempler la brasserie sous tous ses angles en songeant qu'ils pourraient en faire une nouvelle Closerie des Lilas, le premier café qui avait fait la réputation de Montparnasse.

Sans doute que l'avenir était prometteur, mais, dans l'immédiat, la meilleure des distractions après ces longues heures de travail était encore le décolleté de la danseuse qui lui faisait face. Il essayait de lire une expression sur ce visage à l'ovale parfait, mais ses prunelles ne lui renvoyaient que confusion.

— Mademoiselle prendra du champagne ? suggéra Chauffier comme le garçon s'apprêtait à prendre la commande.

Tandis que le cristal des coupes résonnait déjà, Émile s'enquit de la famille Leroux du mas du Roule, et Charles s'évada un instant dans sa campagne limousine par la pensée. Il associa le visage d'Henri-Louis à l'improbable arrivée de Marie-Juliette sur ses terres...

Pendant ce temps, dans le salon de compagnie du mas du Roule, un échange amical se déroulait entre Pierre Mars et Henri-Louis. Pierre ne pouvait plus se détourner de sa véritable opinion au sujet de l'orientation de Charles qu'il estimait très honorable.

Même si Henri-Louis portait cette amertume propre aux êtres blessés par le choix de carrière de leur enfant, Pierre, qui n'était pas d'humeur au compliment facile, avait bien l'intention d'user de franchise.

— Tu devrais être fier de Charles, lâcha-t-il spontanément. Sors un peu de tes principes vieillots !

— Fier, c'est vite dit !

Même si, dans le fond, Henri-Louis entendait cette petite voix intérieure lui murmurer que son ami disait la vérité, l'orgueil était toujours plus fort...

— Je vois que, même toi, tu ne me comprends pas !

— Avec tout le respect que je te dois, je crois qu'un peu plus de bienveillance à l'égard de la carrière de Charles serait la bienvenue.

— Et qui te dit que je n'en ai pas, de la bienveillance ? ajouta nerveusement le notaire. Toi, tu es médecin, c'est différent..., et ton fils, c'est quelqu'un de bien !

Pierre Mars haussa les épaules. Cette considération le dérangeait, mais il savait bien que c'était peine perdue de chercher à dire à Henri-Louis ses quatre vérités. Pourtant, son fils était tout aussi brillant que Gabriel, sinon davantage. Si la définition de quelqu'un de bien selon Henri-Louis était de répondre à ses propres exigences, alors, oui, Gabriel était quelqu'un de bien, mais il arrivait qu'Henri-Louis mélangeât un peu tout, ce qui fatiguait Pierre Mars, au point de vouloir couper court à la conversation. Jamais il ne ferait admettre au notaire que le monde ne tournait pas autour de lui !

Ils entendirent du bruit dans l'entrée. Célia venait d'arriver.

— Vous êtes donc là ? interrogea-t-elle, surprise de leur présence.

— Nous avons bavardé...

Mme Leroux savait bien qu'elle n'avait pas sa place au salon dans ces moments-là...

***

Laurette était une enfant joueuse et docile, qui ressemblait à sa mère au même âge. Son abondante chevelure châtain encadrait ses yeux lilas, où miroitaient des éclats de lumière lorsque pointait sa curiosité face au monde des adultes.

Cette similitude physique entre la mère et la fille occupait d'ailleurs les conversations au moment des retrouvailles avec des parents ou des amis qu'elles n'avaient vus de longue date. Les réparties de la petite étaient aussi vives qu'agréables, et la fraîcheur de ses dix printemps ensoleillait le quotidien du mas du Roule.

Méline n'aurait pas été jusqu'à dire que sa fille était son unique raison de vivre, mais elle tenait dans son cœur une immense place. Laurette, bientôt en passe de devenir une adolescente, nécessitait une attention particulière. C'est pourquoi la mère se rendait chaque jour à l'école, afin d'y retrouver sa fille et observer son comportement avec ses camarades.

Par une sorte de sixième sens, cette maman attentionnée pressentait un bouleversement dans leur destin, dont elle n'aurait pu en définir la nature.

À la sortie des classes, Méline remarqua un petit garçon un peu plus âgé que Laurette, en âge de passer son certificat d'études.

Sa particularité venait du fait qu'il folâtrait autour de sa fille. Déterminée à en savoir plus long sur ce garçonnet, elle questionna Laurette sur son identité. Sa curiosité fut vite assouvie lorsque sa fille lui révéla son nom :

— Julien Torgnal.

Ce patronyme résonna comme une douche froide. Il fallait donc que l'histoire de cette Lucie s'imbrique à la leur ! Était-elle perverse au point de dresser son fils pour qu'il fasse sa cour à sa petite Laurette ? Le destin semblait bien décidé à la mettre face à cette intrigante.

Laurette semblait pourtant apprécier la compagnie de Julien. C'est tout au moins ce qu'en déduisit la mère en étudiant l'attitude de sa fille, qui s'amusait beaucoup en présence du garçon. En fait, cette camaraderie, qui aurait pu passer pour de simples enfantillages, prenait une étrange tournure en raison de leurs antécédents.

Au fil des jours, la pensée de cette femme commença à poursuivre Méline. Persuadée que Lucie Torgnal viendrait certainement chercher Julien lorsqu'il quittait la classe elle se mit même à la guetter parmi les mères venues attendre leur enfant à la sortie de l'école, mais en vain. Méline apprit finalement par sa fille que ce garçon vivait au village de La Guinandie avec sa mère.

— Que fait son papa ? osa Méline, dont la question resta sans réponse.

Ces fermes de La Guinandie étaient retirées. Les paysans qui y vivaient avaient une mauvaise réputation au bourg de Vayres.

Certains étaient réputés pour avoir le coup de poing facile… Méline s'étonnait que Lucie se soit installée dans ce hameau. Pourquoi avait-elle décidé de vivre à l'écart de la vie citadine qu'elle avait connue jadis ?

En ce début de siècle, un avenir meilleur était possible pour qui envisageait de partir en ville. La société était en train de changer, les grèves se multipliaient dans le monde ouvrier sous des torrents de lumière où l'on acclamait la République. Les destins se construisaient.

Au mas du Roule, ainsi que chez les privilégiés, on jouissait depuis peu de l'électricité, et Lucie aurait pu, elle aussi, partir loin pour profiter du progrès, peut-être refaire sa vie et se donner une nouvelle chance d'accéder à une existence meilleure… Pourquoi cette femme d'allure combative tendait-elle le bâton pour se faire battre ?

Fatiguée de s'adonner à la rêverie, Méline rejoignit Louise qui revenait de « cueillir » les champignons, comme elle disait. Elle connaissait les emplacements mieux que quiconque et rentrait de ces coins magiques le *devantau* plein de cèpes. La gouvernante connaissait le pays comme on se connaît soi-même, et, quand elle préparait de la doucette fraîchement cueillie qu'elle assaisonnait avec quelques feuilles de pimprenelle pour accompagner la fricassée de champignons, le miracle s'accomplissait, et sa *pita*[1] se régalait sous sa bienveillance mêlée de tendresse.

Louise versa un peu d'eau de la *couade* pour débarrasser ses mains de la terre, d'où s'élevait

1. Petite (occitan).

encore l'odeur des cèpes. C'était un rituel. Méline aimait le bruit du ruissellement de l'eau sur l'évier en pierre.

Cette sonorité sécurisante restituait chaque minute de l'enfance, car, en ce lieu, rien n'avait changé depuis des années. Dieu que ces champignons fermes et odorants feraient un succulent repas !

Louise percevait toujours de façon identique l'humeur de sa *pita,* mieux que sa propre mère, qui consacrait son temps à jouer les grenouilles de bénitier, priant pour qu'arrive enfin le second enfant de la jeune femme. Célia espérait un garçon tout en imaginant que lui, au moins, deviendrait notaire à l'exemple de son grand-père. Les années faisant, elle se montrait de plus en plus solidaire de la cause de son époux. Il fallait à tout prix un notaire dans la famille, et cela tournait à l'obsession.

Louise, en revanche, qui était animée de cette sagesse véritable, s'en référait au destin, taisant l'épineux sujet de la grossesse, afin de ménager l'humeur de Méline qu'elle savait vulnérable.

Un simple sourire de celle qui avait consacré sa vie à servir les Leroux suffisait à redonner confiance en l'avenir lorsque le moral de la jeune femme n'était pas au beau fixe. Sa voix, ses gestes incarnaient le dynamisme à l'état pur, car elle n'avait qu'un seul credo, le travail, et personne, jamais, n'aurait pu la détourner de ses objectifs. Levée dès le chant du coq, elle ne trouvait son repos qu'éreintée après avoir eu la satisfaction de jouer un rôle essentiel dans l'intendance du mas du Roule.

La comtoise égrena sept heures ; la gouvernante n'était pas en avance. Le notaire invitait des clients à dîner et, comme le service devait être irréprochable, Méline, qui connaissait ses exigences, s'avisa de ne pas la retarder dans ses nombreux préparatifs.

C'est auprès de sa mère que la jeune Mme Mars se rendit pour converser un moment. Plongée dans la lecture du récit des apparitions de Bernadette Soubirou à Lourdes, elle entendit à peine lorsque sa fille frappa à la porte de sa chambre. De son air affligé, Célia leva tout juste la tête de sa lecture.

— Eh bien, ma fille ? questionna-t-elle.

Ce qui sous-entendait : « Qu'as-tu à me dire ? »

— Je te dérange ?

— Tu es toujours la bienvenue, tu le sais, confia Célia en rassurant Méline qui avait besoin de s'épancher.

— Mes espérances tombent à l'eau encore une fois. À bientôt trente-quatre ans, l'âge limite pour être mère sera dépassé.

— J'avais pourtant espéré...

— Nous avions tous espéré ! Mais, hélas, je te confirme que ce ne sera pas encore pour cette fois-ci !

Sans tenir compte du désarroi de sa fille, Célia l'accabla du regard, tant et si bien que Méline regretta d'être venue se confier. Pourquoi sa mère se montrait-elle si peu compréhensive ?

— Tu devrais savoir qu'il y a des choses qu'une femme peut faire...

— Nous avons maintes fois abordé ensemble ce sujet ! Dois-je te rappeler que toutes mes tentatives se sont montrées infructueuses ?

— Et que dit Gabriel ?

— Que veux-tu qu'il dise, maman ? Si le destin en a décidé ainsi, nous ne pourrons rien y changer.

— Tout de même, ton époux n'est-il pas médecin ?

— Si tous les médecins engendraient des fils, tu imagines !

Même si elle manquait cruellement de diplomatie, Célia avait toujours apprécié celle de son gendre. Au fond, elle conservait de sa mère ce vieux principe qu'un médecin devait être capable de faire des miracles, ce qui exaspérait Méline au plus haut point. D'ailleurs, Célia semblait croire que sa fille détenait des solutions sans être capable de les appliquer !

Méline se consolait alors comme elle pouvait en se rassurant par des faits concrets. Tant de femmes perdaient leurs enfants en couches, tant de nourrissons s'étiolaient dès la naissance... Mieux valait n'avoir qu'une fille et qu'elle fût bien portante. Car Laurette l'était !

Vivante, rieuse, un vrai bonheur que cette petite fille, jolie comme un cœur. D'ailleurs, sa grand-mère ne retrouvait son sourire que dans ces moments privilégiés où Laurette venait se blottir contre sa poitrine. Le reste du temps, elle s'éternisait dans les lectures de l'évangile illustré.

Célia avait fini par prendre à Henri-Louis ses phrases convenues, brassant à tout va des lieux communs. Elle s'enfermait de plus en plus dans l'habitude, à force d'être ennuyée par les procédures de son mari et d'avoir entendu parler des disputes des héritiers.

Toutes ces années lui avaient fait perdre le peu de spontanéité de mouvement dont elle disposait dans sa jeunesse. Plus que jamais, elle se montrait soucieuse de ne pas froisser Henri-Louis par des comportements trop incisifs.

Célia avait vieilli. Même sa mise, hier encore soignée, s'en ressentait. Elle faisait des réflexions lorsqu'une toilette avait coûté trop cher, elle ménageait et gardait pour la saison suivante un chapeau ou une robe. Sa fille ne la reconnaissait plus dans son laisser-aller. Elle aurait pu souffrir de son attitude qui ne lui apportait plus le soutien moral qu'elle attendait en raison de son infertilité, mais c'étaient plutôt les modifications de la personnalité de sa mère qui lui faisaient éprouver de la tristesse.

Elle n'était plus celle de ses vingt ans ! Les années que Méline avait passées à s'occuper de l'éducation de Laurette l'avaient également distancée d'elle, et cet écart entre la mère et la fille s'était immiscé sournoisement.

Méline n'évoqua pas l'existence du garçon de La Guinandie, car le non-dit au sujet de l'affaire Torgnal durait depuis des années. La pensée de Julien la poursuivit néanmoins jusqu'au dîner. Bien qu'elle eût aimé se rendre compte des conditions de vie de Lucie, maintenant qu'elle vivait seule, Méline, qui avait toujours su se mettre à l'abri des ragots, n'avait pas l'intention de s'aventurer sans être accompagnée dans ces fermes où Gabriel prétendait que l'on vivait dans une unique pièce souvent insalubre. Les paysans ne sortaient au bourg que les jours de foire, afin d'y vendre un veau ou d'en acquérir un à moindre prix. Le reste du temps, on partait pour les champs dès l'aurore, la faux sur l'épaule.

Le soir, elle questionna son époux au sujet des habitants du hameau, mais n'obtint pas la réponse escomptée. Ces gens ne recevaient guère de visite ; il était évident que la méfiance à l'égard des étrangers devait être de mise. D'ailleurs, les chiens hurlaient sitôt que l'on approchait des chemins mal desservis.

Pourtant, leur mode de vie ne différait guère de celui des métayers des Leroux qui, le soir venu, écalaient les châtaignes sous une lampe à pétrole après de longues journées de labeur à porter les sacs de grains à moudre au moulin tandis que leurs femmes se rompaient le dos au champ et au lavoir pour assurer deux fois par an les grandes lessives.

La nuit suivante, Méline rêva d'Adrien. Lorsqu'elle sortit de ses songes, en sueur, assise sur son lit, elle avait le sentiment d'avoir traversé une nuit d'amour comme jamais elle n'en avait vécu avec Gabriel. Elle regarda pourtant tendrement son époux qui dormait profondément à ses côtés.

Ce rêve érotique l'avait perturbée au point de ne plus savoir où elle en était. Bientôt, même si la vie reprenait son cours, quelque chose d'étrange aurait modifié sa conception de l'amour. Cette trace d'Adrien était aussi enracinée que ne l'étaient les floraisons de la nature de son Limousin.

Méline s'était persuadée toute sa vie qu'elle devait aimer Gabriel et, contre toute attente, elle était à présent certaine d'éprouver pour lui un véritable sentiment. Pourtant, était-ce vraiment cela, l'amour ? Existait-il ? Ou était-ce une pure illusion qui le définissait comme un court tourbillon de passion pour se terminer en chagrin ? Elle avait lu des romans comme *Le Lys dans la vallée* d'Honoré de Balzac, où les passions consumaient l'âme jusqu'à son dernier souffle, et cette folie lui faisait peur.

Qu'était-ce que ce sentiment étrange qui lui faisait croire qu'une partie intime d'Adrien lui appartenait ?

Elle repensa à sa beauté énigmatique le soir où elle l'avait aperçu au casino de Royan et se demanda quelle vie il pouvait mener à Varaignes, à présent qu'il avait repris l'étude notariale de son père.

Cet homme était tout en contradictions. Il ne disposait d'aucun des attributs d'un notaire, et elle était bien placée pour le savoir, puisque son père et son grand-père avaient exercé cette profession.

Adrien était un homme joyeux, spirituel, qui devait bigrement s'ennuyer dans un métier où l'on est amené à dissimuler et répéter les mêmes paroles, à approuver les sentiments d'autrui en se perdant dans l'usage de lieux communs. Lui, Adrien Bélair, en était donc capable ?

Dès le réveil de Gabriel, elle se culpabilisa de toutes ses pensées adultères. Dieu que son époux était doux, et qu'il était bon de le reconnaître ! Il convenait pourtant d'admettre que seule la présence d'un fils eût été la voie d'un bonheur parfait.

***

À la mort du sabotier, Lucie Torgnal, que la force et le courage avaient désertée, s'était réfugiée dans une ferme, dont l'habitation principale était attenante à l'étable qui abritait le foin et le blé. Elle habillait son fils d'une veste de droguet et le chaussait depuis son plus jeune âge de sabots de bois, la dernière paire que lui avait confectionnée le sabotier avant de mourir. Tous deux subsistaient grâce au bon vouloir des voisins de La Guinandie qui, par pitié, en raison de la présence du petit garçon, offraient un peu de lard, quelques pommes de terre, des œufs de leur poulailler.

Lucie sortit le pain placé dans le séchoir au-dessus de la grosse table et se fit la réflexion qu'il était dur comme du bois, ce qui lui ôta l'envie d'en grignoter un morceau avant de se réchauffer dans le *cantou* devant les chenets. Elle saisit le soufflet afin de ranimer le feu qui avait du mal à reprendre. Elle l'activa avec vigueur en songeant que Julien valait la peine de se battre…

Son fils était sa raison de vivre, mais Lucie s'était promis que, lorsqu'elle aurait recouvré un peu de santé, elle partirait loin de ce village qui ne lui avait pas porté chance. Ce lieu ne représentait plus rien pour elle depuis que le sabotier avait trouvé la mort. Ce n'était pas pensable, pour cette femme qui avait grandi à Paris, de finir ses jours en donnant pâture aux cochons, de se contenter d'une soupe trempée de morceaux de pain, d'un épi de maïs ou de châtaignes rôties, comme le faisaient ses voisins.

Seule devant les marmites en fonte, il lui arrivait souvent de pleurer toutes les larmes de son corps. Qu'elle avait été sotte ! Avec le recul des années, elle avait bien regretté de s'être montrée si écervelée, alors que Paris lui tendait les bras. Il était bien loin le temps où elle se singularisait par ses toilettes ! Il était bien loin le temps où elle se souciait d'être une femme à la mode qui ne manquait jamais une occasion de se montrer ! À présent, la pauvreté la livrait au dédain des autres, et, afin que Julien cesse d'en pâtir, elle rêvait de s'établir au-delà de cette campagne infertile pour qui n'y a pas de racines.

Sa seule famille avait été ce sabotier généreux et peu soucieux de ne pas être le père de Julien. Il l'avait acceptée telle qu'elle s'était présentée et l'avait aimée au-delà des parjures et des ragots. La mort de cet homme vaillant la plongeait dans une lente descente aux enfers qui avait déjà commencé.

À présent que l'âge l'avait rattrapée, les règles du jeu avaient changé, sa pensée s'égarait, elle était fatiguée. Qui voudrait d'une femme abîmée par la vie, pauvre, dont les compétences se limitaient à faire la cuisine, entretenir son intérieur ? Seul l'avenir de Julien la préoccupait. Il fallait qu'elle trouve une solution pour son fils.

Le soir vint et, lorsque son petit apparut, Lucie devina à son air contrit qu'il avait encore été en butte aux railleries et aux insultes de ses camarades du même âge. Mais Julien avait pris l'habitude de tout supporter sans se plaindre.

— Encore des taches d'encre sur ta blouse ! remarqua-t-elle.

Julien introduisit une main dans sa poche tout en restant impassible devant les commentaires de sa mère. Puis, de sa voix compassée, il risqua :

— C'est pour toi, maman, que cela m'ennuie !

— Julien, ne dis pas de bêtises, s'il te plaît ! Tu n'as pas à essuyer les injures de tes camarades. Si cela continue, j'irai parler au maître. Cette situation ne peut plus durer.

Lucie savait que son fils était studieux. La preuve, jamais un carnet de punition n'avait été brandi à la maison. Ses notes le portaient toujours au tableau d'honneur.

En revanche, la dissipation de certains garnements et leur méchanceté à l'égard de Julien n'étaient un secret pour personne.

Des quolibets du genre « Torgnal va se prendre une torgnole » pleuvaient à tout va sans que le maître ait réussi à les faire taire. Devant tous ces éclats, le sang-froid du petit Torgnal laissait augurer un esprit supérieur à la moyenne. Non pas qu'il fût faible et résigné, mais il réagissait par de l'indifférence en refusant de se battre.

Comme Lucie ne voulait pas troubler l'âme sensible de son enfant, elle se contenta de l'observer ouvrir son cartable pour en sortir un cahier avant de se remettre promptement à l'étude. Bien qu'il ne fût qu'un garçonnet, il suscitait déjà une attention respectueuse, tant il était appliqué malgré son quotidien difficile.

Lucie avait donc engendré un garçon si différent ! Et c'était précisément cette différence que les gamins fustigeaient, eux qui ne pensaient qu'à suivre le chemin de l'école buissonnière. Mlle Torgnal ignorait que son fils avait trouvé refuge auprès de Laurette, car elle ne venait jamais chercher Julien à la sortie de l'école. Elle n'osait afficher sa différence de peur d'être montrée du doigt par les autres mères du village, dont certaines n'étaient pas sans connaître son parcours tumultueux…

11

Malgré la prise d'une énième cuillère de sirop des Vosges, la toux de Charles ne s'estompait toujours pas. Même si les médecins préconisaient que ce dépuratif ainsi que les pastilles Poncelet guérissaient radicalement une bronchite, rien n'y faisait.

Charles vivait intensément. Il était surmené et ne parvenait pas à récupérer ses forces perdues. Contre son gré, il avait dû mettre un frein à ses activités. Au repos dans l'appartement qu'il occupait non loin de l'Institut Pasteur, il se lissait la moustache en parcourant les grandes lignes du *Pèlerin.*

Entre l'importance des grèves ouvrières et des manifestations qui fleurissaient à chaque coin de rue, il s'arrêta sur ceci *: MM. Clemenceau et Briand se regardent en chiens de faïence. M. Briand, enchanté d'avoir laissé fonctionner la guillotine, fait des mauvais mots à ce sujet : « Clemenceau s'est appelé lui-même le premier des flics, il mérite un autre surnom : le premier déclic… »*

Au moins, Charles trouvait-il le temps de se distraire en lisant l'actualité…

Ces temps-ci, il n'avait guère la force d'accompagner Marie-Juliette, dont l'énergie débordante le déboussolait. En son for intérieur, sa santé l'inquiétait, sa fatigue surtout. Lui qui d'ordinaire aurait abattu des montagnes, n'était depuis quelques semaines que l'ombre de lui-même.

Il voulut se lever et fut pris d'une quinte de toux qui lui déclencha des vomissements. Jusqu'alors, il avait essayé l'« emplâtre des chartreux » afin de venir à bout de l'irritation des voies respiratoires, mais la toux sifflante avait persisté. De lui-même, il se lança dans une nouvelle thérapie : une liqueur à base de goudron de pin maritime, qui, selon des spécialistes, avait fait ses preuves. L'usage du goudron, pris pendant tous les repas, pouvait guérir les bronchites les plus invétérées. Selon l'avis des spécialistes, le goudron arrêtait la décomposition des tubercules du poumon en tuant les mauvais microbes. Si cela s'avérait efficace, il se jurait d'en parler avec son beau-frère Gabriel Mars afin qu'il le recommande à ses patients…

En attendant, Charles Leroux supportait mal cette oisiveté. Même si ses forces s'amenuisaient, son esprit en demandait toujours plus. Il avait sans cesse besoin d'agitation et il se disait fréquemment qu'il avait peu de gènes communs avec les Leroux, ancrés depuis des siècles sur leurs terres limousines.

Il ne reniait pas son éducation provinciale, mais, depuis qu'il avait posé un pied dans la capitale, il n'avait cessé de se réjouir de toutes les possibilités qui s'étaient offertes à lui. Il ne regrettait rien. À bientôt quarante-cinq ans, tout aurait été pour le mieux si la menace de la maladie ne s'était avisée de tourmenter son quotidien.

Il en vint à consulter son ami le spécialiste Albert Calmette, qui élevait le bacille de Koch pour diminuer sa virulence et augmenter sa capacité de produire l'immunité. Comme Charles lui décrivait ses symptômes en lui précisant que, depuis peu, il expectorait du sang, son confrère et ami en conclut qu'il était atteint de la tuberculose.

— Un séjour dans un sanatorium sera certainement efficace, lui fit-il savoir dans un langage des plus directs.

— Je ne comprends pas ! dit Charles, qui savait comme ses confrères que la tuberculose touchait plutôt les ouvriers des fabriques et des mines, confrontés à des logements insalubres, ou bien des victimes de l'alcoolisme. Je n'ai jamais utilisé de mercure, ni d'arsenic, pas plus que ses composés.

— On va te soigner, garde confiance. Je te conseille l'établissement de Lay-Saint-Christophe près de Nancy, qui est l'un des précurseurs en matière de soins. Il te faut sérieusement combattre ce fléau.

Charles se trouvait à mi-distance entre l'abattement et l'irritation. Aller s'enterrer dans un sanatorium submergé de phtisiques le mettait hors de lui.

— Tu n'es pas sans savoir que ta présence est préjudiciable à ton entourage. Que comptes-tu faire pour y remédier ? Par ta toux, c'est un air vicié que tu nous fais respirer ! Dans le sanatorium dont je te parle, tu y trouveras les meilleures conditions de guérison : cure d'air, de repos et alimentation reconnue. Songe à Marie-Juliette. Tu ne peux lui imposer tant de risques au quotidien !

Il allait de soi que Charles songeait à Marie-Juliette. D'ailleurs, il se demandait comment elle réagirait à l'annonce de sa maladie. Pour le fils Leroux, le pire était à craindre, mais il lui fallait pourtant affronter cette éventualité.

Comment ne pas se soumettre à la réalité ? La tuberculose faisait des ravages, mais il fallait rester optimiste. La médecine française était à la pointe des avancées scientifiques.

Son confrère, le Dr Laveran, bactériologiste et spécialiste du paludisme à l'Institut Pasteur n'avait-il pas reçu le prix Nobel l'année précédente en 1907 ? Les progrès permettraient sans doute de combattre ce fléau. Il fallait garder confiance et se montrer courageux. Charles l'avait toujours été ; il ne pouvait s'avouer vaincu d'avance.

Lorsque Marie-Juliette apprit la maladie de Charles, elle eut un violent froncement de sourcils.

— Vraiment ?

— Ai-je la tête à plaisanter ?

— C'est un malheur immérité, dit-elle en ôtant ses gants.

— Je suis peut-être contagieux... J'espère que vous ne m'abandonnerez pas...

Marie-Juliette avait envie de changer de sujet de conversation. Pourtant, elle resta silencieuse, absorbée par une pensée mélancolique. Comme revenue à la raison, elle murmura :

— Soignez-vous, mon ami, soignez-vous...

Une parole réconfortante l'eût adouci davantage dans un moment pareil. Ce n'était pas de l'apitoiement qu'il attendait, mais une preuve d'amour un peu plus probante. Pourtant, il fallait rester fataliste afin de ne pas sombrer…

Sa prise en charge au sanatorium de Lay-Saint-Christophe se fit rapidement. En raison de son état de santé, il trouva interminable le voyage jusqu'en Lorraine. La façade austère de l'établissement au cœur d'un environnement à flanc de colline, dans une propriété boisée, ne le réconforta guère, d'autant plus qu'il savait que le séjour risquait d'être long. Charles, qui d'ordinaire, craignait l'ennui de la campagne, le ressentait déjà plus que jamais, dans une région qui lui était étrangère.

Par chance, il sympathisa avec Frantz, un patient natif de la région, qui lui conta l'arrivée des Prussiens dans les villes voisines en 1870. Le défilé des hussards de la mort qui saisirent l'argent des caisses publiques, la viande, le pain, tandis qu'ils réquisitionnaient les voitures, avait profondément marqué les esprits de la région. Peu à peu, le silence des rues et les troupes en marche, sous le regard des Français le cœur en berne, avaient laissé une empreinte dont Frantz évoquait l'ampleur avec une grande précision.

Les maisons semblaient molles sous la férule des maîtres. Déjà quarante ans que Frantz se souvenait sans parvenir à effacer une miette de ce triste spectacle. Son visage traduisait plus fort que les mots la rancœur inscrite. L'histoire locale si bien décrite faisait, pour quelques instants, oublier la réalité de la maladie aux deux hommes.

La confession allégeait la peine, surtout dans de pareils moments !

Une galerie de cure d'air, située au rez-de-chaussée, accueillait pour les soins les patients venus des quatre coins de France, tandis que la tenue du sanatorium était confiée aux sœurs de Saint-Charles. Depuis les grandes fenêtres, le panorama s'ouvrait sur la vallée de la Meurthe, où les souvenirs de chacun vagabondaient à tout va.

Charles mélangeait les agréments de ce paysage de Lorraine avec les souvenirs du mas du Roule que Méline réanimait autrement, à travers les courriers qu'elle lui adressait assidûment depuis qu'il avait informé sa famille de sa maladie.

Méline s'exprimait avec beaucoup de douceur et de talent, ressuscitant le monde un peu oublié de sa famille limousine.

Charles, qui avait passé sa vie à se battre dans tous les domaines, gardait le mental d'un vainqueur, même si sa Marie-Juliette lui faisait faux bond. La jeune femme considérait la maladie ennuyeuse, et elle ne mit pas longtemps à se désintéresser du personnage. Les rares fois où il lui arrivait de lui écrire, elle restait évasive sur ses occupations, tant sa vie la portait déjà ailleurs.

Elle fit comprendre à Chauffier qu'elle avait déjà rompu avec Charles. L'homme, à son tour, ne mit pas longtemps à succomber à ses charmes. La voie s'était vite tracée, car Chauffier, avec sa nouvelle construction du Montparnasse, devenait riche et de plus en plus influent. Cela suffisait à illusionner Marie-Juliette.

Même si, à l'Institut Pasteur, les alliés de Charles ne l'abandonnaient pas et le tenaient régulièrement informé de l'évolution de leurs recherches, Leroux mettait une certaine distance dans leurs relations, car il était bien conscient que ses forces le lâchaient. Il sentait venir les moments douloureux malgré la bonne volonté des soignants du sanatorium.

Dans ces chambres étudiées de façon à ce que le cubage d'air soit suffisant pour les patients, Charles lut Paul Claudel avant de revenir inévitablement vers la dernière lettre de sa sœur.

Mon cher Charles,

J'espère bien que ma lettre t'apportera un peu de réconfort et de soutien. Sache que nous pensons tous à toi et que nous prions chaque jour de tout notre cœur afin que tu te remettes rapidement sur pied. Mon cher frère, mon principal souhait est de t'avoir bientôt près de moi, car, sur cette terre, je n'ai rien trouvé de plus précieux que le cocon familial.
Je suis fière de la carrière que tu as accomplie grâce à ta grande détermination. Ton courage m'a toujours impressionnée. N'en veux pas à notre père, aveuglé par le poids du passé et de la tradition. Il t'aime à sa façon, et je suis certaine que le jour viendra où, enfin, il réalisera combien son fils est brillant.
Quand tu viendras en convalescence au mas du Roule, Louise se mettra de nouveau en quatre pour te faire plaisir. C'est toujours une aussi bonne cuisinière qui te régalera de ses confits que tu aimais tant. J'espère que nous partirons de nouveau par les chemins pour écouter le chant des grillons, pêcher la truite et les écrevisses comme nous le faisions jadis.

Tu redécouvriras les joies de notre jeunesse quand nous vivions dans les fougères. Nous y trouvions plus d'intimité que dans la maison, te souviens-tu ?
Jamais je n'ai remplacé ces heures où tu taillais les sifflets, où tu obligeais les escargots à sortir leurs cornes, où nous faisions des cabanes dès que nos parents avaient le dos tourné. Tu appelais les perdrix et les ramiers, je faisais des bouquets en sentant palpiter la nature, et notre école buissonnière m'a accompagnée toute la vie.
L'autre soir, j'ai retrouvé les vieux flacons dans une grange, ceux qui t'ont servi à tes expériences clandestines. C'était hier, Charles, et rien n'a beaucoup changé. Tu as été rebelle, j'ai tenté d'emboîter ton pas, mais, comme je ne suis pas un garçon, j'ai préféré me réfugier dans nos valeurs familiales en expliquant à ma petite Laurette que le chant de l'abeille ou le passage d'une bergeronnette sont aussi les clés de la compréhension de l'univers. Tu m'avais appris à reconnaître les oiseaux, et j'y songe chaque année à la belle saison.

Méline qui t'embrasse

Les mots de Méline avaient eu le pouvoir de le faire renouer avec ses souvenirs oubliés. Elle avait ravivé l'époque de la communion avec la nature où il s'était improvisé sourcier.

Alors qu'il devait avoir une quinzaine d'années, sa baguette lui avait indiqué un puits ; il s'était aventuré à creuser, et l'eau miraculeuse avait jailli.

Dans ce paysage rescapé non loin de la Vayres, il s'était senti si fier et si fort devant sa sœur cadette qui l'avait observé comme un demi-dieu, qu'il se demandait à présent comment il avait pu reléguer tout ce temps cet événement-là aux oubliettes... Un souvenir parmi tant d'autres, droit sorti d'une boîte de pandore, dont seule sa sœur aurait détenu la clé.

L'enfance buissonnière était restée secrète, car Henri-Louis aurait été furieux d'apprendre que son fils pactisait ainsi avec la terre. Aussi, lorsque le jeune garçon, dans les jambes des métayers occupés à détacher les veaux, s'emplissait de cette odeur de bête suave en guettant les gestes des paysans au labeur, il œuvrait en cachette de son père. Qu'il lui avait été doux d'observer le veau téter sa mère !

Ce n'était pas que Charles eût souhaité revenir au temps de sa jeunesse, mais l'oisiveté laissait une place suffisante pour reconstruire, étape par étape, les événements marquants de cette époque adolescente sous l'odeur des foins ou les travaux de la moisson, où il avait suivi de loin l'attitude de ces hommes ruisselants de sueur qui dépensaient leurs forces pour le compte des Leroux...

Il avait souvent ressenti de la honte en assistant au chargement des foins, au retournement des sillons ainsi qu'à l'empilage des fagots, tandis que lui, en tant que fils du notaire, devait s'abstenir de se salir les mains.

Sous les vapeurs de pommes de terre et de choux cuits dans la marmite fumante, la maison voisine des métayers vivait à la cadence martelée des sabots se mélangeant au son de la vièle et de l'accordéon, qui accompagnaient ses rêveries clandestines.

Quelle fraternité ! La lettre de Méline avait eu le pouvoir de l'entraîner tout près de ces bons moments qui appartenaient à sa jeunesse.

Lorqu'Henri-Louis avait appris la maladie de Charles, il avait dit : « Il ne manquait plus que ça ! » Comme si son fils avait volontairement fait aux Leroux un nouvel affront. Les Mars, médecins, informés de l'épidémie de tuberculose à travers l'Hexagone, voyaient grandir ce fléau avec stupeur. À la campagne, ils étaient toutefois moins confrontés à ce drame qu'on ne pouvait l'être à Paris. À Vayres, du reste, aucun cas n'avait jusqu'alors été recensé.

Afin de combattre les rares maladies de poitrine qui s'étaient révélées sans gravité, Gabriel et son père prescrivaient des infusions de sauge de Jérusalem tout en ayant conscience que ce remède ne pourrait, hélas, guérir toutes les affections de la poitrine.

La ville suscitait d'autres tracas sanitaires, car le progrès de la technologie avait modifié de nombreux paramètres. On voyait à présent émerger des pathologies nouvelles qui dépassaient les médecins de campagne…

Gabriel avait agrandi son cabinet, situé auprès de la maison de ses parents, dans le bourg de Vayres. Il augmentait sa notoriété et, même si le fléau de la tuberculose revenait dans toutes les conversations, le jeune médecin dispensait des conseils simples, mais qui s'étaient déjà avérés efficaces afin de préserver le plus grand bien : la santé !

Il incitait à prendre soin de sa personne, à se débarbouiller chaque matin dans une large cuvette, à rester sobre, à se lever de table avec un semblant d'appétit, à mâcher les aliments de façon à les broyer le plus possible, à placer son lit du nord au sud dans la direction des grands courants magnétiques du globe... De son père, il préconisait que prendre une infusion de salsepareille prévenait de beaucoup de maladies. Ses vertus étaient d'ailleurs attestées depuis l'époque d'Ambroise Paré.

Célia en était un fervent disciple. Buvant le soir une tasse de tisane en compagnie de son époux, il lui arrivait d'être plus loquace que par le passé, et ce, depuis le début de la maladie de Charles. Sans doute était-ce une manière de relâcher les tensions impossibles à contenir dans le silence ?

— Lorsque Charles reviendra..., disait-elle de plus en plus fréquemment tout en essayant de s'en persuader.

Célia espérait et veillait pour se redonner confiance en l'avenir. Son seul témoin était Henri-Louis...

Son fils était sans doute l'être qu'elle aimait le plus au monde. Sa vie vacillait donc depuis qu'il avait été admis dans ce sanatorium de l'autre côté de la France. Comme elle se torturait pendant des nuits d'insomnie toujours trop longues, elle ne se contentait plus d'échanger quelques banalités avec son époux le soir. Célia cherchait à se griser de paroles, afin de conjurer l'horrible maladie de son fils et les terribles pensées qu'elle engendrait.

Le fait que Charles eût été stoppé dans une carrière médicale passionnante en raison de la tuberculose avait curieusement fait naître chez sa mère une volonté d'affirmer sa véritable opinion au sujet du métier de son fils ainsi que le souhait de la rendre perceptible aux yeux de son mari, ce qu'elle n'avait jamais fait jusqu'alors.

Henri-Louis ne réagissait pas plus que d'habitude. Parfois, il esquissait un sourire teinté d'ironie tout en persévérant à voir ce qui l'arrangeait et en détournant les propos qui se référaient à Charles. Alors, Célia l'examinait avec une tension nerveuse, et ils se retrouvaient encore et toujours à faire du théâtre.

Après quoi son époux courait-il ? Ce n'était pas un adorateur du veau d'or ; il aimait le travail plus que l'argent, la droiture, les principes, mais sa famille en payait le prix fort, et son épouse, pourtant indulgente, en venait à percevoir combien il se montrait mesquin et implacable. Au fond, elle aurait tant souhaité qu'il finisse par admettre que Charles était parti pour laisser quelque chose d'utile à l'humanité, mais c'était peine perdue.

Ces moments ne lui donnaient ni plus ni moins que la confirmation du tempérament d'Henri-Louis, l'homme avec lequel elle vivait en parallèle depuis toutes ces années, partageant, dans ce lit à courtines, quelques étreintes de plus en plus rares. Pourtant, Célia parlait toujours, avec davantage de naturel, consciente de l'agacement qu'elle provoquait chez le notaire, qui estimait que son épouse cherchait à briser un carcan. Quelles règles était-elle donc en train d'enfreindre ?

— Taisez-vous ! asséna-t-il un soir alors qu'elle évoquait le sacrifice de son fils pour parvenir à son but. L'éducation, la fortune, nous devons tout à nos ancêtres. Vous aussi, vous semblez l'oublier !

Pourtant, Célia lui tint enfin tête, passant outre cette éternelle culpabilité dont elle avait déjà beaucoup souffert.

— Vous semblez nier que Charles a beaucoup travaillé !

— Parbleu ! Deviendriez-vous rebelle, vous aussi ?

— J'essaye simplement de vous parler, comme j'aurais dû le faire depuis longtemps.

Mais Henri-Louis ne l'entendait pas de la sorte. Il retomba dans ses idées toutes faites, prétextant qu'il n'y avait rien d'autre à dire, avant de tomber dans un mutisme déconcertant, où la solitude de Célia se fit plus déprimante que jamais.

***

Le temps de la danse au Moulin de la Galette n'était à présent plus qu'un souvenir pour Marie-Juliette, que le départ de Charles avait fait vieillir. Peut-être par principe, elle ne lui avait pas cédé lorsqu'il lui avait demandé de mettre un terme à sa carrière.

Désormais, le Moulin de la Galette, qui avait remplacé ses têtes d'affiche par des filles plus jeunes, n'avait pas renouvelé son contrat de danseuse. Destituée de ce rôle avantageux, elle s'était résignée à vivre autrement. Tous les samedis soir, elle suivait à présent les parades militaires. Une nouvelle lubie qui unissait les foules des villes de toutes les garnisons de France.

Le succès des marches patriotiques réunissait jusqu'à vingt mille braves gens sous la férule du ministre de la Guerre, M. Millerand. *La Marseillaise* et toutes ces marches glorieuses demeuraient l'écho vibrant populaire.

La jeune femme affirmait vivement sa ferveur, une étrange euphorie animait son cœur lorsqu'elle se rendait à Vincennes pour admirer les soldats et témoigner sa sympathie aux cavaliers et artilleurs. La volonté de maintenir le prestige de l'armée nationale au son des tambours et des clairons dans un élan irrésistible démontrait un nouvel état d'esprit, encouragé par la présence du président de la République que tous ses ministres entouraient.

Telle était devenue la France ! Impressionnée par ces fêtes, Marie-Juliette tournait une page de son existence, laissant Charles à son triste dessein. Lorsqu'il avait quitté Paris, elle avait songé, l'esprit déjà ailleurs : *Tu reviendras quand tu seras guéri…*

De son côté, Charles avait pu se rendre aux fêtes de l'aviation militaire à Nancy, car son état de santé avait été jugé apte à ce petit déplacement. Aussi la ville de Nancy, sentinelle de la frontière, avait-elle décidé de faire évoluer des aéroplanes, afin de tester la valeur de ce nouvel engin de guerre. La foule considérable massée ce jour-là fit un effet particulièrement saisissant au jeune Leroux, qui n'était pas sorti du sanatorium depuis plusieurs mois. Perdu dans ce vacarme assourdissant, il s'était senti dépaysé dans cette ville inconnue. Ses yeux fébriles mais attentifs avaient néanmoins guetté le verre d'un binocle, sa peau avait accroché le peu de soleil qui filtrait timidement, il avait décomposé les mouvements, les saluts, les révérences et s'était senti en retrait. Il y avait eu une fanfare, des soldats et, curieusement, il avait pris peur, comme si la fragilité de sa maladie l'avait rendu sensible à l'imperceptible.

Ce déploiement était-il un funeste présage pour la France ? Pour lui ?

Charles ne tarda pas à apprendre la participation indirecte de son pays aux événements militaires qui se déroulaient à l'Est. Partout, dans les pays balkaniques, tandis que les parents se battaient, les enfants jouaient à la guerre.

Tout s'enchaîna. La maladie de Charles franchit un nouveau seuil d'alerte malgré l'intensité des soins. Au moment où les États balkaniques victorieux se virent refuser l'accès de la mer Adriatique par l'Autriche-Hongrie, le conflit Austro-Serbe laissait présager le pire. La lugubre série des tableaux de guerre occupa bientôt la une des journaux, que Charles commentait à travers les lettres qu'il échangeait avec Méline.

Elle lui fit part de l'inquiétude de son père vis-à-vis de la situation politique. À propos du futur empereur François-Ferdinand d'Autriche, le notaire disait que sa personnalité troublante ne leur vaudrait rien de bon.

N'était-ce pas une menace pour l'Europe ? Méline ne cachait pas non plus sa crainte. L'Autriche-Hongrie continuait de maintenir aux frontières russe et serbe une mobilisation qui coûtait quatre millions par jour, un chiffre impressionnant qui couvait d'inquiétantes raisons d'être. Où cela mènerait-il ?

Le monde changeait. Tandis que M. Poincaré était élu, une femme devenait députée aux États-Unis pour la première fois de l'histoire. Face à la précipitation de ces événements, Méline insistait sur ses craintes : tous ces conflits ne finiraient-ils pas par impliquer tôt ou tard la France ? Quel avenir pour Laurette, qui était à présent une petite demoiselle ?

***

— Monsieur Adrien ? héla Zélie en pénétrant dans le grand salon, où le notaire fumait tranquillement sa pipe. Votre mère ne se sent pas bien…

Adrien ne s'affola pas. Victoire avait la peau dure.

— Ma mère ? Que se passe-t-il donc ?

— Elle se plaint de nausées et de vomissements. Elle a refusé son dîner hier soir et ne s'est pas levée ce matin.

Adrien fronça les sourcils. Il s'inquiéta de savoir si elle avait reçu la visite du médecin.

Lorsque Zélie lui confirma que Victoire avait besoin de la présence de son fils à son chevet, il déposa aussitôt sa pipe dans le cendrier, se redressa énergiquement et se dirigea chez Victoire qui occupait une maison voisine.

— Eh bien, maman, qu'est-ce qui vous arrive ?

— Approchez-vous, mon enfant, déclara-t-elle du fond de son lit. Je ne suis pas en forme.

— Il vous faut appeler le médecin !

— Laissez le médecin là où il se trouve. Pourquoi ne vous êtes-vous jamais remarié ?

— Voyons, est-ce le moment pour cette question ?

— Il n'y a pas d'heure pour évoquer l'essentiel.

— C'est pour cette raison que vous me faites venir à votre chevet ? Mais je n'en sais rien, répondit Adrien, un peu exaspéré.

— Elle était pourtant bien, cette petite... Comment déjà ?... Mélanie ?... Non, Méline... Leroux, et issue d'une bonne famille...

Adrien la fixa sans comprendre.

— Vous parlez de Méline Leroux ? Que vous n'avez rencontrée qu'une seule fois avant mon voyage aux Indes ?

Victoire eut une hésitation.

— Oh ! Il ne me faut pas longtemps pour me faire une opinion sur les gens que je rencontre. Elle savait ce qu'elle voulait, cette petite, mais vous n'avez pas su...

— Assez !

Adrien ne pouvait prendre conscience de la préoccupation secrète qui tourmentait sa mère. Outre son naturel insouciant et sa gaieté, elle avait toujours soigneusement évité toute allusion qui eût pu blesser son fils. Que signifiait cette soudaine crise de passion pour cette Méline Leroux, qui, au demeurant, était mariée depuis longtemps ?

— Je songe à vous, mon fils. Un homme ne peut rester seul toute sa vie !

— Je vous en prie, maman, calmez-vous !

Adrien revit la svelte stature de Méline, son large sourire d'ivoire. Il aurait été capable de décrire sa tenue, donner l'heure et le jour de leurs deux dernières rencontres depuis qu'il était rentré des Indes.

— Ne me dites pas que c'est pour cette raison que vous vient votre souffrance ?

— Je suis fatiguée, mais vous me préoccupez tant, Adrien. Vous n'allez pas rester vieux garçon, mon chéri, insista-t-elle. Invitez donc cette jeune femme à prendre le thé !

— Méline est mariée, je vous le répète.

— Vous vous trompez…

Adrien n'insista pas ; sa mère confondait sans doute avec quelqu'un d'autre…

Comme enroulée dans un voile d'indifférence, Victoire fermait déjà son visage. On aurait dit que les paroles de son fils l'avaient apaisée ou qu'elle était déjà passée à autre chose. Adrien se demanda si elle n'était pas en train de perdre la tête. Il avait déjà noté quelques signes avant-coureurs dans certains de ses comportements, mais la nature de ses propos lui en apportait presque la confirmation.

Bien que cette constatation le mît face à la réalité du temps qui passe, le visage de Méline occupa de nouveau ses pensées. Ils s'étaient rencontrés à Royan, et Adrien l'aurait volontiers invitée à prendre un verre ce soir-là si elle n'avait pas été accompagnée de son mari...

Il aurait d'ailleurs aimé détecter si c'était un bon ou un mauvais mariage, mais cette part d'intimité ne se dévoile jamais en un laps de temps aussi court. En fait, Adrien se serait volontiers montré curieux des souhaits et des aspirations de Méline si la présence de Gabriel ne l'en avait dissuadé. Dans sa forêt imaginaire, il se demandait quelle femme elle était devenue et quelles satisfactions lui apportait sa vie conjugale.

La douce expression de son visage laissait supposer que le bonheur n'était pas exempt de son quotidien, mais Adrien connaissait aussi la place de l'artifice que les femmes brandissent en société lorsqu'elles fréquentent le monde, transformant la personnalité de leur visage grâce à des maquillages soigneusement élaborés.

L'apparition ayant été trop fugace pour qu'il pût pénétrer le moindre de ses états d'âme, il continuait d'imaginer...

Adrien observa de nouveau sa mère en constatant qu'elle s'était endormie.

12

Dans la nuit, il avait crié, comme si ses songes l'avaient averti du drame. Afin de trouver un peu de réconfort auprès de Lucie, il s'était instinctivement rapproché de la couche de sa mère, à tâtons. De plus près, Julien se sentit effrayé en promenant ses mains sur la froideur du corps. Le petit secoua énergiquement un bras, puis l'autre et, devant l'absence de réaction, se mit à crier.

— Maman !

Il hoqueta en reprenant son souffle.

— Maman ! hurla-t-il en espérant une dernière fois qu'elle sortirait de son sommeil.

Le silence atroce pour seule réponse, il se pencha vers ses cheveux, son visage et l'embrassa en sanglotant.

— Maman ! Je t'en supplie !

Était-ce ainsi la mort ? Le petit garçon n'en avait encore jamais vécu l'expérience. Il comprenait chaque minute qu'il ne la reverrait plus. Pourquoi cette injustice ? Julien s'allongea auprès d'elle afin de l'implorer encore une fois, mais Lucie n'entendait plus son fils.

Le petit matin glacé amena les couleurs du lever de soleil lorsque Julien se risqua à travers la campagne. Dans un état second, il parcourut les prairies, aveuglé par sa douleur, ne songeant qu'à demander de l'aide à son amie Laurette. Accablé, il parvint au mas du Roule essoufflé d'avoir traversé en courant une partie du bourg encore ensommeillé. Louise, qui revenait de nourrir ses volailles, sembla hébétée devant ce petit garçon haletant dont les larmes étaient au bord des yeux.

— Madame, madame..., je suis bien dans la maison de Laurette ?

— Assurément, mon enfant. Que se passe-t-il ?

— Oh ! madame, répéta-t-il, agenouillé devant Louise, tandis qu'il pleurait toutes les larmes de son corps. J'habite avec ma mère à La Guinandie. Un drame est arrivé.

Louise se demanda si ce garçonnet vivait vraiment dans l'une de ces fermes de La Guinandie, où les maisons étaient humides et glaciales, où il fallait sans cesse faire du feu pour ne pas mourir de froid.

À cette saison, on y pataugeait dans la boue, on s'y battait contre mauvaise fortune. À le voir ainsi mal vêtu, presque misérable, elle le prit en pitié.

— Un drame ?

— Oui, c'est ma mère...

— Comment t'appelles-tu ?

— Julien Torgnal. Je voudrais parler avec Laurette.

À cette heure-ci, Laurette était encore dans les bras de Morphée. Seul le docteur s'apprêtait pour sa journée de travail.

— Il te faut patienter, mon garçon. En attendant, j'aimerais que tu m'expliques exactement ce qui s'est passé. Tu veux bien ?

Il opina. Pourtant, sa méfiance était telle qu'il mit du temps avant d'être capable de s'exprimer avec Louise.

— Julien ! Calme-toi… Là, mon garçon…

Par ses mots de gentillesse, Louise réconforta le jeune Torgnal à sa manière douce et maternelle tout en l'incitant à entrer dans la cuisine. Une fois le garçonnet assis devant la grande table, comme elle sortait un mouchoir de son tablier afin de lui essuyer le visage, Méline apparut. Elle reconnut immédiatement Julien à son regard de jais. Stupéfaite de voir cet enfant au visage rougi par les pleurs, elle s'enquit aussitôt de la raison de sa présence au mas du Roule de si bon matin.

— C'est ma mère, précisa Julien devant les deux femmes. Elle est morte.

Louise et Méline se regardèrent, consternées.

— Que dis-tu ?

— Vous êtes la maman de Laurette, je vous reconnais. Il faut que vous veniez voir…

Devant cet appel, Méline n'hésita pas un instant. Elle se couvrit les épaules d'une pèlerine et fit savoir à Gabriel qu'il leur fallait se rendre d'urgence à La Guinandie, dans la ferme où vivaient les Torgnal. En tant que médecin, Gabriel devait les secourir. Peut-être serait-il encore temps de faire quelque chose pour la mère de Julien…

Sur place, le voisinage avait vraisemblablement été mis au courant, puisque tout le hameau se trouvait amassé devant la maison où Julien vivait avec sa mère.

L'arrivée des Mars fut particulièrement remarquée. Accompagné de son épouse, Gabriel pénétra dans l'unique pièce. Le corps inanimé de Lucie reposait sur le lit, et le médecin ne put que constater son décès.

Gabriel s'informa auprès des habitants du hameau. Il voulut savoir entre autres si cette femme avait encore de la famille. À la connaissance de tous, elle était seule depuis la mort du sabotier. La mère de Laurette, quant à elle, songea aussitôt à Julien, ce qui décupla sa peine. Si jeune, déjà orphelin, qu'allait devenir ce jeune garçon ? Sur la route de retour au mas du Roule, elle était obnubilée par le regard de l'enfant.

Louise avait pris Julien sous sa protection lorsque les Mars réapparurent. Méline s'approcha des enfants, qui se tenaient tous deux côte à côte dans le silence, sagement assis devant la grande table.

— Je dois te parler, mon petit. Il va falloir se faire une raison : ta maman nous a, hélas, quittés et nous n'avons rien pu faire.

L'enfant resta le regard vide. Sans doute se sentait-il perdu au milieu de tous ces étrangers. L'idée de ne plus jamais revoir sa mère fit soudainement son chemin, et il dissimula son visage pour pleurer en silence.

— Tu dois te reposer, Julien, ajouta Mme Mars, qui ravalait ses larmes en lui caressant les cheveux. Nous allons faire ce qu'il faut. Et puis, continua-t-elle, j'expliquerai la situation à notre instituteur. Tu resteras avec nous le temps nécessaire, n'aie crainte.

Laurette échangea un regard entendu avec sa mère.

Dans sa discrétion habituelle, Louise était prête à reprendre ses tâches ménagères, lorsque Méline lui demanda où étaient rangés les chandails que Charles portait dans sa jeunesse.

— Pour cela, il faudrait voir avec ta mère !

Fidèle à ses habitudes, Célia n'apparut que plus tard dans la matinée. Mise au courant de la situation par sa fille, elle eut un rictus de désapprobation.

— Ce garçon ici ? Tu as décidément de drôles d'idées, ma fille !

— Peut-être, mais je n'ai pas l'intention de renoncer à cette décision. Songe combien il a besoin de nous, au moins pour l'instant ! Le traumatisme de la mort de sa mère est suffisant. Veux-tu de surcroît qu'il se retrouve à l'assistance publique ?

— As-tu parlé de cela à ton père ?

— Pas encore. Quoi qu'il en soit, je m'en tiendrai à cette décision ! Si je t'écoute, j'ai le sentiment de me retrouver quinze ans en arrière, à l'époque où mon père m'a fait renoncer à fréquenter Adrien Bélair. Ce n'est pas parce que j'ai accepté d'épouser Gabriel, ce que je ne regrette pas au demeurant, que je dois toute ma vie renoncer à mon pouvoir de décision afin de me plier à tous les souhaits de la famille. Même si j'ai été votre chose, je ne le suis plus. Les années passent, mon caractère s'est affirmé. Ce n'est pas parce que nous vivons tous sous le même toit que je dois continuer de tolérer vos aigreurs, vos regrets et vos frustrations. Julien a besoin de nous. Il restera au mas du Roule. J'en prends l'entière responsabilité, je le répète.

Méline ne s'arrêta pas sur sa lancée. Elle se rendit auprès de l'instituteur de l'école de Vayres le même jour, de façon à obtenir avec lui un entretien au sujet de la situation de Julien.

Lorsque l'homme lui confirma combien le petit Torgnal avait de belles dispositions pour l'étude, elle s'en réjouit. Selon l'avis de l'instituteur, il avait toutes ses chances d'obtenir une bourse pour poursuivre ses classes au lycée.

Dans le cœur de Méline, tout était clair ; il ne restait plus qu'à convaincre Gabriel de prendre l'enfant quelque temps sous leur protection.

Après une petite hésitation, son mari n'émit pas de réticence au principe de devenir les tuteurs de Julien. Le destin ne leur avait pas donné de second enfant ; la providence leur apportait celui-ci...

Dans son lit ce soir-là, Méline n'en revenait pas. En quelques heures, elle avait pris plus de décisions qu'elle ne l'avait fait durant toute sa vie. Les événements s'étaient précipités sans qu'elle ait eu le temps de réfléchir, mais son intuition lui avait dicté qu'il fallait le faire tout de suite, sinon l'enfant leur aurait été retiré.

L'une des journées les plus importantes de sa vie venait donc de s'écouler. Seulement, elle avait totalement oublié d'en parler à son père ! Que dirait-il ?

Elle le sut le lendemain dimanche, lorsque, profitant d'un moment de solitude au salon, elle lui révéla en mettant les formes qu'une bouche supplémentaire à nourrir venait s'inscrire au mas du Roule en la personne d'un petit garçon nouvellement orphelin.

— Qui est-il ?

— Il s'appelle Julien. Il restera quelque temps avec nous avant de poursuivre ses études au lycée.

Henri-Louis demanda aussitôt à en savoir davantage sur l'identité de ce garçon, ce qui crispa sa fille. Une fois que le nom de Torgnal eut été prononcé, Henri-Louis émit une grimace avant de dire :

— C'est bien ce que je pensais.

Un long silence s'ensuivit. Méline était à court d'arguments. Elle n'était pas sans connaître l'histoire de la soi-disant paternité de Charles ; ce n'était donc pas le moment de dire une bêtise.

— Non, je refuse que cet enfant réside sous notre toit.

— Il séjournera auprès de Gabriel et moi, ne t'en déplaise. Je tiens à faciliter l'existence de ce garçon déjà trop meurtri par la vie. Mon époux est d'accord.

— Il est toujours d'accord, quoi que tu fasses !

— Je te rappelle que tu l'as choisi pour moi. Tu devrais te réjouir de ces bonnes dispositions à mon égard.

Henri-Louis soupira. Il n'était pas d'humeur à lever le ton.

— J'ai oublié de te spécifier que ce garçon est très lié avec notre petite Laurette.

— Ma petite-fille m'est aussi précieuse que la prunelle de mes yeux, mais cela ne justifie pas que j'accepte ce gamin, venu d'on ne sait où !

— Il s'appelle Julien !

— Je l'avais compris, mais baisse d'un ton, ma fille, ajouta le notaire, irrité,

Quelques années plus tôt, elle aurait sans doute insisté. À présent, elle n'en voyait plus l'utilité, sachant jusqu'à quel point il était impossible d'infléchir le point de vue de son père. La concernant, sa décision resterait pourtant inchangée.

Henri-Louis baissa les yeux vers son encyclopédie. Il n'avait visiblement aucune envie d'en entendre davantage. Devant la froideur de son père, elle resta dans la pièce les bras croisés. À plus de quarante ans, Méline savait ce qu'elle voulait ! Ce n'était pas parce qu'ils avaient fait le choix de vivre au mas de Roule, elle et son mari, qu'il fallait souffrir éternellement du diktat du père…

La salle à manger commune laissait à supposer que le notaire verrait l'enfant à sa table, mais pour un laps de temps assez court, puisqu'il partirait au lycée à la rentrée prochaine de 1913.

— J'espérais un peu d'indulgence de ta part !

— Ton frère a abusé de ma complaisance. Je n'irai pas jusqu'à dire que c'est sa vie parisienne qui l'a mené à la maladie, quoique l'air du Limousin soit sans doute moins nocif que celui de Paris, mais… à présent qu'il n'en a fait qu'à sa tête sans jamais avoir tenu compte du moindre conseil, il se bat, et cela m'accable autant que tout le monde. Je n'ai pas envie d'accueillir un étranger chez moi, tu peux le comprendre ! Et puis, et puis..., il n'y a pas que pour cette raison, Méline, que je m'y oppose.

— Je sais où tu veux en venir.

Henri-Louis fronça les sourcils. Sa fille était-elle au courant ?

— Mais j'ai la conviction que cet enfant est particulièrement doué ; l'instituteur me l'a confirmé. Comprends-tu ? Il mérite que l'on fasse abstraction de ses antécédents. Julien n'est aucunement responsable de l'attitude de sa mère, ajouta Méline.

Henri-Louis n'avait plus le regard si haut. Les années l'avaient enfermé dans son petit monde clos et empli de principes. Julien était le fils de Lucie ; il ne voulait pas en savoir davantage. L'attitude de sa fille le déroutait. Ce n'était pas qu'il voulût lui déplaire, mais elle lui en demandait trop...

— Fais cet effort, père... S'il te plaît !

— Qu'en dit ta mère ?

— Tu sais bien qu'elle approuvera ta décision, quelle qu'elle soit, comme elle le fait depuis des années.

— Cesse de m'importuner à ce sujet... En observant les progrès scientifiques, j'apprends la nouvelle conquête médicale. Le vaccin de la fièvre typhoïde a été mis au point, mais, malheureusement, rien n'est encore concluant pour soigner la tuberculose. C'est une ironie quand on a un fils qui en souffre, bien qu'il consacre sa vie à la recherche médicale.

— Je ne le sais que trop et j'en suis la première chagrinée pour Charles, mais il est question de Julien, je te le rappelle.

— Assez ! Je n'ai que faire de tes exigences. Tu es toujours aussi entêtée, ma fille !

Devant le visage aigri de son père, Méline se trouva vraiment à bout d'arguments,

Une fois seule, elle réfléchit longuement à la situation. Elle avait bien l'intention de rester sur sa position. Julien résiderait au mas du Roule durant le printemps et l'été qui s'annonçaient, et elle le traiterait comme son propre fils en attendant que cette demande de bourse lui fût accordée en vue de sa scolarité en internat au lycée.

Les obsèques de Lucie furent honorées par quelques villageois de La Guinandie. Les Mars s'étaient chargés de toutes les formalités d'inhumation dans le cimetière communal. Julien s'était montré très digne, une attitude remarquable pour un enfant de onze ans. Le soir, Laurette décida de lui offrir des livres afin qu'il les accueille avec bonheur comme ses nouveaux compagnons de chevet. Dans une malle, il découvrit *Vingt Mille Lieues sous les mers* ainsi que *Voyage au centre de la Terre* de Jules Verne. Les enfants prirent également l'habitude d'accompagner Louise au jardin et au poulailler. Julien ramenait les œufs. Le soir, il lui arrivait de pleurer seul en songeant au décès brutal de sa mère. Bien que discret, l'enfant ne réussissait pas à se faire accepter de Célia, qui ne lui prodiguait qu'indifférence. La grand-mère reprochait d'ailleurs à sa petite-fille de la visiter de moins en moins fréquemment depuis l'installation de Julien au mas du Roule.

— Je ne te vois plus, ma petite Laurette... Serais-tu fâchée ? interrogeait Célia.

— Non, je joue avec Julien !

Célia n'était pourtant pas décidée à accueillir les deux enfants dans son intimité, mais elle cherchait le moyen de se rapprocher de son petit trésor...

Nano et Mathieu avaient à faire en cette saison printanière, et Julien, à temps perdu, ne manquait jamais une occasion d'apporter son aide au jardin.

Nano avait même livré à Julien certains de ses secrets de jardinier, comme la façon de procéder à la semence des raves tendres, des carottes ou du seigle en fonction de la lune descendante ou nouvelle. La douceur de son caractère et l'intérêt qu'il portait aux travaux champêtres faisaient de lui un garçon apprécié de tous.

Un jour que Célia se trouvait dans l'écurie à la recherche de Nano en ce début d'automne, elle se trouva nez à nez avec le petit Torgnal. Surprise, elle s'écria :

— Vous m'avez fait peur ! Comme vous ressemblez à mon fils Charles avec cette culotte bouffante et cette chemise !

Le garçonnet resta sur ses gardes. Il est vrai qu'il avait beaucoup grandi en quelques mois et qu'il se montrait si studieux et effacé, que les jours passaient parfois sans que Célia ait noté sa présence. Face à Mme Leroux, Julien ne savait comment réagir, car il connaissait le tempérament hautain de la maîtresse de maison qu'il redoutait un peu. Au fur et à mesure qu'elle le dévisageait, l'émotion de Célia grandit pourtant au point qu'elle fondit en larmes.

— Ne pleurez pas, madame ! Cela n'en vaut certainement pas la peine.

— Qu'en sais-tu, toi ?

Célia se ressaisit aussitôt avant d'adresser un regard glacial à Julien. Elle prit un panier et tourna les talons sans autre commentaire. Comme c'était jour de foire et que son intention était de s'y rendre, elle traversa la propriété jusqu'à la place du champ de foire, où se tenaient de nombreux commerçants. Les bœufs roux s'alignaient sous l'œil aguerri des métayers en blouse longue qui topaient. On parlementait sans répit à propos des chèvres et des mules. Célia fendit la foule en adressant un regard bienveillant à Pierre ou à Paul. À peine eut-elle fait quelques pas qu'elle sentit une présence dans son dos.

— Julien, encore vous ! Mais que faites-vous derrière moi ?

La gorge nouée, les mains derrière le dos, il se dandinait en lui adressant un regard suppliant :

— Que dois-je faire pour me faire aimer de vous ?

Célia se sentait gênée. Julien avait été entendu de tous. Qu'allait-on penser ?

Afin de garder sa contenance, elle passa sa main dans la chevelure du garçon et lui sourit. Enfin, en s'accroupissant à sa hauteur, elle lui intima de rentrer immédiatement à la maison, mais le garçon ne l'écouta pas. Il préféra errer un moment parmi les bestiaux avant de s'approcher d'un sabotier installé devant son petit établi.

Creusant l'intérieur du sabot à l'aide d'un butoir et d'une cuillère, l'artisan était si concentré qu'il ne leva pas ses yeux sur l'enfant occupé à l'observer. Nombre de fois, Julien, qui avait assisté Calo, le compagnon de sa mère, s'était amusé à étudier le travail du sabotier. Il reconnaissait les gestes précis accomplis par l'artisan. Devant ce spectacle de sabots rassemblés en liasses et prêts à être vendus, le garçon crut reconnaître la voix de sa mère résonner dans ses oreilles :

— Julien... Éloigne-toi de l'établi...

— Laisse faire, répondait invariablement Calo, il ne me dérange pas.

Mais tout cela n'était qu'un leurre, et la réalité reprit le pas sur l'illusion...

Pendant ce temps, Méline et Gabriel s'étaient tous deux rendus à la rencontre de M. Poincaré en visite officielle à Saint-Junien. Des mains s'étaient tendues, brandissant chapeaux et mouchoirs, des curieux avaient attendu la voiture présidentielle, et l'enthousiasme tourna bientôt au délire. Pour l'occasion, des décorations florales avaient été dressées dans tous les villages limousins afin de mieux saluer le cortège officiel.

La plupart des femmes portaient le *barbichet* à rubans pour la circonstance. Méline était gaie et élégante. Son collier de perles rehaussait sa robe à la mode persane qui lui allait à ravir. Devant le respect que suscitait le passage de l'automobile présidentielle, elle sentit son cœur se serrer comme une enfant le jour de Noël.

Méline n'avait qu'un seul regret : qu'il ne fût pas donné au président Poincaré de venir dans son pays à la saison des ajoncs couleur de miel, au moment où les bois avaient juste mis leurs feuilles. Au printemps, les jonquilles et les violettes donnaient aux abords des chemins bossus une allure folle, qui n'offrait que plus de lumière aux verts pâturages flattés par leurs fiers troupeaux de limousines. En cette période transitoire, entre deux saisons en revanche, les prairies desséchées par le vent annonçaient déjà les prémices de l'automne.

Méline adressa un clin d'œil complice à Gabriel. La beauté mature de son époux, ses cheveux grisonnants illuminaient un regard profond, où la pureté de l'âme n'aurait trompé personne.

Mme Mars devait une partie de sa grâce à l'amour que Gabriel lui portait depuis toutes ces années. Même si leur mariage convenu s'était conclu sans amour, qu'il avait fallu de la patience et de la volonté pour apprendre à se connaître et s'apprécier dans le respect mutuel, un sentiment profond de part et d'autre était né. Gabriel et son bon cœur comprenaient les attentes de sa chère épouse à demi-mot.

Il n'avait jamais émis l'ombre d'une critique sur ce choix d'accueillir Julien dans leur maison. Méline, qui avait tellement souhaité avoir un fils, trouvait dans la présence de Julien une consolation que Gabriel n'aurait su lui ôter.

Lorsque les époux reprirent l'automobile afin de rentrer au mas du Roule, le soleil du soir apposait de doux reflets sur le paysage vallonné. Gabriel se sentit l'âme romantique ; il glissa sa main sous le jupon en calicot de sa femme. Cette cuisse ferme sous ses doigts lui communiqua une folle envie de l'embrasser, comme au premier jour de leur union.

L'automobile prit un petit chemin du côté de la Vayres et longea en amont le cours de la rivière. Pour la première fois depuis qu'ils s'étaient mariés, ils s'aimèrent en toute liberté, tels des amants guidés par le feu de la passion. Leur communion était si intense qu'ils ne songeaient à rien d'autre. En redécouvrant Gabriel, Méline avait le sentiment de donner un nouveau sens à leurs ébats. Comme des adolescents, ils furent pris d'un fou rire à ne plus savoir s'arrêter au moment où ils prirent conscience de leur douce folie. Gabriel songea au jeune homme gauche qu'il avait été le jour de sa demande en mariage. Ce jour-là, il s'était senti le plus froussard des hommes et, si cela avait été à refaire le soir même, il l'aurait fait...

Depuis vingt-cinq ans, leur amour auréolé de pureté comme unique bagage s'était poli tel un diamant. Ils assistèrent bientôt au coucher du soleil. Éblouis par ce ciel enflammé, ils laissèrent un instant encore libre cours à leur rêverie sous le murmure de la rivière. Ils avaient probablement approché le secret du bonheur. Le rire cristallin de Méline en était le merveilleux témoin.

De retour au mas du Roule, ils comprirent que Julien et Célia étaient à présent en odeur de sainteté, puisqu'ils croisèrent le petit sur le palier principal de la maison, un lieu où Julien avait longtemps été interdit.

Bientôt, la rentrée des classes conduirait les enfants loin du mas du Roule. Ils ne rentreraient qu'en fin de semaine. La pensée de leur absence assombrit la jeune femme qui réalisa que le temps de l'enfance était déjà révolu.

13

Henri-Louis restait inconsolable depuis la mort de son fils Charles. Le choc avait été si violent à l'annonce de ce drame, que le septuagénaire avait passé plusieurs jours les volets clos sans quitter la chambre. Il avait eu beau essayer de penser qu'il n'était pas seul dans sa souffrance, que Célia et Méline pleuraient tout autant que lui ce décès brutal, cela ne changeait rien. Les rapports si distants qu'il avait entretenus avec Charles durant toutes ces années lui revenaient en pleine figure. Aveuglés par l'orgueil sans doute, l'un et l'autre étaient restés sur leur position sans jamais vouloir en démordre.

Tantôt le notaire s'en voulait, tantôt il mettait ce drame sur le compte de la fatalité. Charles était bien trop jeune pour mourir. Il avait certes mené sa vie comme il l'avait entendu, mais il n'en avait pas moins été un homme droit et réfléchi qui ne méritait pas ce triste sort.

L'actualité venait de rapporter l'attentat aussi inutile qu'inexplicable qui avait fait perdre la vie à l'archiduc héritier François-Ferdinand d'Autriche et de Hongrie, et le notaire ne pouvait s'empêcher de déceler une analogie tant physique que morale entre cet homme et son fils Charles du même âge. Adversaire de la Serbie, l'archiduc avait fini par armer contre lui les assassins de Sarajevo jusqu'au verdict de l'instant tragique et irrémédiable. Les images présentées dans la presse révélaient un être animé d'une force miraculeuse, et le notaire, à présent, associait chaque événement à l'image de Charles défunt, car, même s'il n'avait jamais voulu l'admettre, son fils avait été, dans son genre, un être d'exception.

Célia avait fait face à cette disparition avec beaucoup de courage. Lorsque le corps avait été rapatrié de Lorraine, où Charles avait vécu ses derniers instants, Célia avait hurlé comme une mère dans la douleur, puis elle avait passé la totalité de cette veillée mortuaire à revivre ses souvenirs heureux aux côtés de son enfant chéri tout en accueillant la famille, les amis qui, selon les traditions, étaient venus tirer l'eau bénite au mas du Roule. Aidée de tous, elle avait fait front aux obligations des obsèques et, le lendemain, effondrée, elle avait perdu la parole. Son gendre avait alors essayé par tous les moyens de trouver remède à son mutisme, mais en vain…

À sa façon, Mme Leroux exprimait combien la vie l'avait assassinée. La vanité d'Henri-Louis, qui vivait selon des plans rigoureusement établis, n'avait rien arrangé. Outre la mort de son fils, c'était peut-être l'ordre et le cérémonial de son époux qui lui faisaient perdre la voix, mais elle était trop éplorée pour lui en vouloir.

De plus, ce mécanisme imposé par leurs origines était aussi le sien et, sans le vouloir, elle l'avait accepté et encouragé au fil de toutes ces années de vie commune.

Depuis que ce malheur était advenu, les familles Leroux et Mars étaient tombées en léthargie en l'espace de quelques jours.

Henri-Louis, pas plus que Gabriel, n'avait lu la presse, une façon de faire leur deuil, tandis que les journaux s'étaient amoncelés dans la cuisine et que Louise les empilait en attendant les jours meilleurs sans même en consulter les manchettes. La gravité accentuée des événements se proclamait pourtant de toutes parts ! La guerre austro-serbe était déjà commencée !

Gabriel Mars, le premier, se hasarda un matin à lire les nouvelles après avoir échangé quelques mots avec le facteur.

— Jaurès a été assassiné ! s'écria-t-il. Et ce n'est pas tout ! On parle de soldats en tenue de campagne qui déchargent sur les quais des caisses de fusils et des boîtes de cartouches !

Plus tard, Méline descendit au bourg accompagnée de Laurette et de Julien. Curieusement, les commerces fermaient, les visages parlaient avec les yeux. Mme Mars ne savait plus s'il s'agissait de la compassion en raison de la mort de Charles ou si les événements étaient si tragiques que Gabriel le laissait entendre. Le mas du Roule vivait en léthargie depuis si longtemps que le retour à la vie semblait s'ouvrir sur un monde obscur et incompréhensible. C'est ainsi qu'à la boulangerie, elle apprit de source sûre la dernière information nationale :

MOBILISATION GÉNÉRALE ORDONNÉE

Les enfants ne bronchaient pas, conscients eux aussi que l'heure était grave. Le cœur de Méline se mit à battre la chamade, son sang ne fit qu'un tour et l'envie de pleurer lui dévora les tripes.

Elle pensa de nouveau à Charles, qui parlait parfois de la Lorraine à travers ses lettres. Lui, au moins, ne verrait pas l'abomination qui était en train de se préparer, car, Méline en était certaine, cela grondait trop fort dans sa poitrine pour que l'instant présent ne fût qu'un simple pressentiment de malheur. Le drame était là, et elle serra très fort chacun de ses enfants contre son abdomen :

— Aïe ! Tu me fais mal ! cria Laurette, devenue nerveuse.

Pourtant, la campagne était toujours aussi lumineuse dans son ciel de juillet. Peu de temps auparavant, la messe se disait encore dans la foi et l'espérance, bien que les visages fussent déjà parcourus de tristes présomptions. À présent, les cœurs étaient bouleversés, car la nouvelle circula plus amplement et ne fit de secret pour personne : demain, la mobilisation française ! Le décret était affiché !

Sans même une déclaration de guerre, les Allemands avaient violé le territoire du Grand Duché de Luxembourg et pénétraient déjà en territoire français.

Dès potron-minet le jour suivant, les routes de campagne arpentées par les jeunes mobilisés rejoignant leurs unités s'animaient de coups de clairon et de chants stridents. Tous les convois militaires passaient à Paris, où cinq millions d'hommes transiteraient en l'espace de quelques heures.

Nul n'était censé ignorer, sous peine d'emprisonnement, le décret du président de la République instituant la mobilisation. Tandis que des centaines de jeunes gens partaient défendre la patrie, Gabriel était déjà trop âgé pour prendre la route vers l'est, là où les frontières de la France étaient violées par l'ennemi.

En revanche, Jean, le fils de la cousine Marguerite, se vit appelé sous les drapeaux. Célia considérait l'événement avec hébétude. Elle ne communiquait plus que par gestes avec Louise et sa fille, rejetant son époux, à qui elle devait en vouloir d'avoir été si peu indulgent à l'égard de Charles.

Devant ces nouvelles terribles, où il paraissait que l'objectif de l'armée allemande fût de forcer la Meuse dans l'espoir de s'épandre vers Laon et Maubeuge, les habitants du mas du Roule essayaient de se consoler comme ils pouvaient. Pourtant, Méline était particulièrement réceptive à l'actualité. Lorsqu'elle apprit que des enfants de quinze ans avaient été fusillés par les Allemands pour avoir prévenu les gendarmes de l'arrivée de l'ennemi, même si cela se déroulait à plusieurs centaines de kilomètres de chez elle, sa révolte fut telle qu'elle s'en voulut presque de ne pouvoir contribuer à l'entraide nationale.

— Que veux-tu faire contre toutes ces abominations ? déclara Gabriel, qui ignorait que sa femme avait appris l'existence d'une branche de la Croix-Rouge française, appelée « Association des dames françaises ».

Cette manière pour les femmes de porter secours aux blessés, dès les premières heures de la mobilisation, existait déjà depuis 1876 et permettait aux plus déterminées d'affirmer leur présence patriote.

Méline, qui en prit connaissance par l'intermédiaire de sa cousine Marguerite, particulièrement concernée puisque son fils avait été mobilisé, nota que des équipes volantes s'étaient constituées dans diverses régions de France, mais se garda d'en faire part à son époux. Par empathie, Méline, qui partageait de longues heures avec Marguerite, avait fini par se sentir concernée par le malheur de ces mères et de ces épouses qui vivaient dans l'attente d'une lettre.

— Je déplore cette souffrance inutile, Gabriel !

— Hélas, ma chérie, tout cela n'est qu'un début. J'ai bien peur que nous y plongions à cor et à cri. La Belgique, l'Alsace ne seront bientôt qu'un vaste champ de ruines.

Bientôt, l'actualité du front supplanta toutes les conversations. Gabriel parlait à peine de ses patients, ou bien pour relater le lien qu'il entretenait avec les familles dont les enfants étaient partis au front. Dans les villages, ses malades l'interrogeaient bien plus qu'il ne les soignait ! En tant que médecin, tout le monde pensait qu'il était censé connaître l'esprit des chirurgiens militaires. Les gens voulaient savoir si les rumeurs publiques étaient exactes au sujet de l'amputation facile pratiquée sur le front. Gabriel expliquait que les méthodes de la chirurgie de guerre étaient souvent commandées par des conditions de milieu. Tous avaient besoin d'être rassurés en ces temps difficiles, et qui mieux que leur médecin pouvait leur apporter la connaissance ?

Méline, de son côté, réconfortait Marguerite, de façon à lui redonner courage et confiance en l'avenir. En lui apprenant la mobilisation de son fils le jour où il s'était vu remettre une médaille de métal suspendue à un petit cordon noir où étaient portés ses nom et prénom ainsi que sa classe, Marguerite n'avait pu contenir des larmes d'effroi.

C'est ainsi que le jeune homme d'à peine dix-huit ans était parti et que, grâce à ce petit morceau de zinc terni, on pourrait prévenir sa famille si toutefois, par malheur, il tombait pour la patrie.

Ces champs de bataille infernaux de la Marne, où des milliers d'hommes avaient défilé, où on lisait encore des transcriptions allemandes à la craie, où des braves gens avaient assisté aux orages dans le grondement des artilleries, toutes ces réalités-là ne déploieraient jamais tout leur sens dans l'esprit de Méline et de Marguerite.

Heureusement qu'elles se trouvaient bien éloignées des convois où tonnait le canon ! Sa cousine, qui était sans nouvelles de son fils Jean, apprenait, abasourdie, la destruction de vieilles villes de France comme Soissons, Senlis ou Reims. Que d'inquiétude contenue dans le cœur d'une mère !

— On ne peut pas baisser les bras devant toutes ces injustices, préconisait Marguerite. L'hiver viendra vite. Il fera bientôt froid dans ces régions du Nord et de l'Est. Que vont devenir nos fils ? Nos époux ?

Méline tenta encore de chasser de son esprit l'idée de la mort qui rôdait. Certains n'en sortiraient pas vivants, mais elle devait faire bonne figure devant Marguerite, dont la vie de l'unique enfant était en jeu.

— Tu peux compter sur moi ! promit Méline en prenant la main de sa cousine qu'elle serra fort contre sa poitrine. Je te soutiendrai de toutes mes forces. Je suis avant tout une mère et je sais ce que tu peux ressentir dans de pareils moments.

Les semaines passaient, tandis que les combats prenaient toujours plus d'ampleur. Même si la région était éloignée de tous ces bombardements, chacun était bien conscient que le Nord et l'Est étaient pillés et incendiés, que les bombes avaient parachevé l'œuvre commencée par la mitraille allemande, donnant à ces régions un aspect effrayant.

— Tricotons des pulls, des gants. Je sais que c'est une bien piètre consolation, mais au moins aurons-nous le sentiment d'agir !

Marguerite acquiesça, mais elle avait une autre idée derrière la tête qui lui tenait à cœur. Seule, elle ne pourrait y parvenir, car elle avait la charge du domaine, où elle vivait à présent sans le soutien de son fils unique, parti au front. Grâce à l'aplomb de Méline, elle réussirait certainement à mettre son projet à exécution.

— Je t'ai déjà parlé de cette Association des dames françaises. En accord avec la Croix-Rouge, elle a ouvert des hôpitaux militaires dans les collèges des villes de France. L'organisation bénévole sanitaire est efficace ; elle prend de plus en plus d'importance.

Méline, qui l'avait écoutée avec attention, eut juste le temps de répondre qu'elle était au courant, et Marguerite poursuivit :

— Tu as bien vu : tous s'insurgent contre l'incapacité de soigner nos blessés de guerre. Ils s'entassent dans des locaux insalubres. Enfin, je lis la presse comme toi, Méline ! On dénombre bientôt huit cent mille blessés. Gabriel est médecin, nous pourrions peut-être...

— Bien sûr, je ne t'en avais pas encore parlé, mais Gabriel en est déjà informé. Il est en liaison avec l'Institut Beaupeyrat à Limoges, réquisitionné pour en faire un hôpital militaire. Il semble que de nouveaux blessés y affluent chaque jour.

— Va-t-il agir ?

— Mais oui ! Sa décision de se mobiliser est déjà prise depuis peu. J'attendais son assentiment pour que tu saches que nous irions tous deux apporter notre soutien à cet institut le temps qu'il faudra. Mes parents, aidés de Louise et de nos jardiniers, tiendront le mas du Roule. Je sais qu'ils trouveront toujours du soutien du côté de nos métayers, mais nous voulons nous rendre utiles et nous le ferons.

— J'aurais tant aimé pouvoir me joindre à vous, mais, hélas, le travail de la ferme ne se fera pas tout seul. Je n'ai que deux bras !

— Ne t'inquiète pas. Nous resterons solidaires quoi qu'il advienne !

Ce n'est qu'à la Toussaint que l'on reçut des nouvelles de Jean, qui évoquait les tranchées comme des fondrières faisant face à l'est. Il parlait de ses soirées à la lueur des bougies et certifiait que tout allait bien.

Il évoquait le son terrifiant du canon qui tonnait toujours, et c'était au cours de ses moments de répit dans un couchage qu'il pensait le plus à sa famille, à sa mère, principalement, qui devait prendre en charge le domaine…

Marguerite ne se raccrochait qu'à l'idée de le savoir sain et sauf. En sursis, certes, car tout pouvait changer d'un instant à l'autre. Devenue seule exploitante agricole de ses terres par la force des événements, elle fut donc dans l'incapacité de se joindre à Méline et à Gabriel lorsqu'ils partirent pour l'Institut Beaupeyrat à Limoges.

L'hiver s'annonçait particulièrement difficile cette année-là. Il fallait s'occuper des bêtes, se chauffer avec les moyens du bord. Certes, à Vayres, la solidarité s'opérait, et le troc allait bon train, mais la vie des propriétés agricoles nécessitait des bras qui faisaient cruellement défaut depuis que les hommes en âge d'être mobilisés avaient rejoint leurs régiments.

À l'Institut Beaupeyrat, chaque jour se déversaient des cargaisons de blessés de toutes nationalités, qui avaient voyagé depuis les champs de bataille éloignés de plusieurs centaines de kilomètres. Même s'ils avaient reçu les premiers soins avant d'être acheminés dans les hôpitaux de l'arrière, cela représentait des distances conséquentes pour des corps souvent exténués et mutilés. Gabriel prenait alors conscience de l'état de ces hommes qui livraient leur dernier combat avec la vie. La laideur du front s'inscrivait au moment où les misérables, atteints de gangrène, étaient accueillis par dizaines dans les salles de l'institution aménagées pour la circonstance.

Méline, qui avait rapidement appris les gestes élémentaires de secours permettant d'assister les infirmières et les médecins, se surprenait elle-même d'être capable d'autant de sang-froid devant la souffrance des blessés.

Dans les moments les plus délicats de l'examen des patients, où les plaies virulentes et les fièvres les faisaient hurler, elle pensait au courage dont Charles avait fait preuve toute sa vie et elle s'en abreuvait silencieusement.

En ces temps de Noël, *La Revue hebdomadaire* avait adressé un appel aux enfants de France, leur demandant de destiner aux soldats un hymne solidaire poétique. Julien et Laurette avaient contribué à cette belle œuvre avec beaucoup d'enthousiasme, ce à quoi Marguerite, venue partager une veillée hivernale au mas du Roule, fut particulièrement sensible en imaginant ce que son fils pourrait ressentir à la lecture d'un texte de compassion écrit avec le cœur par ses jeunes cousins. Un rien la bouleversait, sa vie était à fleur de peau depuis des semaines ; aussi relut-elle devant toute la famille, de sa voix tremblante, la dernière lettre qu'elle avait reçue de Jean.

Ma chère maman,

La messe de minuit vient d'être célébrée par un prêtre-soldat dans la tranchée. Je pense si fort à toi. Il faut bien se faire à l'idée que la guerre pourra durer longtemps. L'Allemagne n'est pas près de capituler. J'ai reçu tes précieux colis et, par cette nuit glaciale, les chocolats et le cognac nous aident à oublier tous ces mois stériles qui nous font tant souffrir. On n'a pas de feu ; la simple prudence nous l'interdit. La fumée risquerait d'indiquer le but aux artilleurs ou aux avions ennemis. À part ça, il faut tenir, et nous tiendrons, même si nous déplorons des pertes énormes. Nous ne tarderons pas à rejoindre la Meuse, afin de refouler les forces ennemies.
J'espère, ma chère maman, que tu réussis à venir à bout de tous les travaux et je fais de mon mieux pour revenir fort et plein d'espoir.

Joyeux Noël à toute la famille.

Jean qui t'embrasse

Rattrapée par ses émotions en cavale, Marguerite se laissa choir dans un fauteuil. Méline se souvenait de Jean comme un être doux et timide, et la simple idée qu'il soit aux armes lui paraissait toujours inconcevable.

À présent et depuis plusieurs mois déjà, c'était un hussard parmi tant d'autres, épié par les lunettes allemandes, toujours partagé entre fierté et détresse. Noël dans la tranchée, comme c'était dur à vivre !

Devant la course effrénée des événements et le désarroi de sa cousine, Henri-Louis semblait devenir un homme de plus en plus inquiet, car, dans son quotidien, les épreuves s'enchaînaient. Depuis que son épouse avait perdu la parole, le notaire soliloquait souvent devant sa cheminée pour trouver en lui-même l'écho qu'il avait perdu chez sa femme. La peine qui frappait Marguerite était identique à celle des clients qui venaient encore à l'étude pour régler leurs affaires de biens en s'épanchant plus que de raison, et le notaire cherchait toujours le mot juste qui pourrait apporter un brin de réconfort.

Louise, de son côté toujours prête à épauler son prochain, confectionnait des tricots que l'on expédiait au front, et, malgré cette maudite angine de poitrine qu'elle tentait de combattre, sa bonne humeur n'en était pas altérée. C'est avec un immense courage qu'elle soutenait le combat quotidien de Méline et celui de Marguerite.

***

Depuis le début de la guerre, les filatures de Busseroles des Trébaud recevaient plus de commandes qu'elles ne pouvaient en honorer.

Les ouvriers mobilisés au front manquaient au travail, et la pénurie de main-d'œuvre faisait craindre à Auguste de devoir mettre la clé sous la porte. Devant cette incapacité à produire, le moral était en berne, et Édith sombra dans une dépression. Elle refusait de se mêler au monde, négligeait son intérieur et son mari, qui ne savait plus à quel saint se vouer pour qu'elle recouvre un peu de santé. Aucun médecin n'avait pu lui porter secours. À chacune de ses visites chez sa sœur, Adrien endurait ses sempiternelles jérémiades.

— J'ai consulté tous les médecins ! Que veux-tu que je fasse ? vociférait Édith, dont les grosses joues rouges se gonflaient dès qu'elle levait le ton.

Adrien fit mentalement le tour de ses connaissances médicales que les Trébaud avaient déjà sollicitées dans la région et il en vint à songer à la famille des Drs Mars qui vivait au mas du Roule de Vayres. Il y avait quelque temps qu'il avait perdu le contact, mais peut-être auraient-ils un remède à leur suggérer afin de venir à bout de cette maudite dépression.

— Je me déplacerai à Vayres, fit-il savoir à Édith. On ne sait jamais ; la médecine fait beaucoup de progrès. Peut-être pourront-ils te guérir…

Fidèle à son esprit de contradiction, Édith trouva encore le moyen de redire sur la décision de son frère.

— Et que veux-tu que ce médecin prescrive de mieux que celui de Nontron ?

— Laisse-moi faire ! Cela n'engage à rien.

Adrien, sans se l'avouer, avait-il une petite idée derrière la tête ?

Dès le lendemain, il partit à Vayres afin de visiter le Dr Mars. Traversant les vallées parfois nappées de brume qui offraient un décor envoûtant sous ce paysage de rivières cristallines et de châtaigniers, il atteignit le bourg des Mars qu'il avait connu regorgeant de vie. En ces temps de guerre, il avait perdu de sa superbe. Quelques épiceries étaient encore tenues par les femmes, mais les landes hivernales désolées qui l'entouraient renforçaient les tristesses familiales. Le manque d'hommes, la dureté de la vie faisaient ressortir les incertitudes du lendemain.

— Monsieur Bélair ! Pour une surprise ! s'exclama Louise, les poings sur les hanches lorsqu'elle reconnut l'ancien soupirant de Méline, dont l'apparence physique n'avait guère changé.

Pour sa part, Adrien ne se souvenait plus de Louise, tant il n'avait eu d'yeux que pour Méline à l'époque où il lui faisait sa cour au mas du Roule. Bélair précisa aussitôt qu'il venait consulter le Dr Mars.

— Le père ou le fils ?

— Eh bien, le fils ! Voyons voir l'avis d'un jeune médecin.

— Vous m'auriez dit le père, nous aurions été bien embêtés, car il n'exerce plus ! Quant à monsieur Gabriel, il officie actuellement à l'Institut Beaupeyrat de Limoges avec son épouse Méline. Le lieu a été réquisitionné pour en faire un hôpital militaire… Vous êtes peut-être au courant ?

— Non, mais c'est tout à leur honneur, déclara Adrien en laissant échapper un léger sifflet admiratif.

— Il consulte également sur place si vous souhaitez vous y rendre…

— Eh bien, c'est ce que je compte faire !

Louise ne lui proposa pas d'entrer, car il semblait pressé d'aller droit à son but.

— Transmettez mes hommages à la famille, dit-il en s'acheminant vers son automobile.

Un instant perplexe, Louise observa Adrien s'éloigner. Le personnage lui avait toujours paru énigmatique, et cette sensation se confirma lorsque la voiture quitta le mas du Roule.

Bientôt, il traversa des campagnes peuplées de femmes de tous âges qui s'activaient à la besogne. Celles que la guerre avait esseulées faisaient de leur mieux pour survivre. Comme la cousine de Méline, elles emmenaient leur cheval à ferrer ou bien le soc d'une charrue à réparer chez le seul forgeron du bourg qui tenait encore boutique. Dans les champs, les paysannes étaient à pied d'œuvre pour planter les pommes de terre. Plus tôt, elles avaient répété les mêmes gestes que leur époux, afin de détacher les vaches pour les mener dans les prés.

Adrien ressentait tant de compassion pour toutes celles qui sacrifiaient leur vie à la tâche au nom de cette maudite guerre, qu'il en vint à se demander quel pourcentage d'entre elles reverraient un jour leur fils ou leur mari.

Quand il arriva dans le hall de l'Institut Beaupeyrat, des blessés venaient d'être acheminés sur place. Les brancards vides reprenaient déjà la direction de l'ambulance qui partirait sous peu pour la gare des Bénédictins. Adrien se demanda pourquoi il avait fait ce choix de venir jusqu'ici pour revoir celle qui se dévouait pour les autres.

Gabriel Mars le reçut sans ambages.

— Félicitations ! dit Bélair au médecin de campagne.

— Il est bien normal que je mette mes compétences à la disposition de notre hôpital militaire en ces temps de guerre, sinon à quoi cela servirait-il d'être médecin ?

— C'est louable, mais tous les médecins ne l'entendent pas de la sorte…

— Assurément !

— Sans vouloir abuser de votre temps, auriez-vous quelques instants à me consacrer ? Je viens vous consulter.

Gabriel n'avait rencontré Adrien qu'une seule fois, mais il se souvenait encore de ce regard d'acier qui ne lui avait pas fait bonne impression, peut-être parce que cet homme avait eu, vis-à-vis de son épouse, une attitude trop familière pour être honnête. Cet instant fugace lui en avait suffisamment révélé pour qu'il se méfie de lui. Ce soir-là, Gabriel avait demandé à Méline comment ils s'étaient connus, et son épouse avait évoqué un dîner entre notables au cours duquel ils s'étaient rencontrés et avaient sympathisé.

— Sympathisé ? avait répété Mars d'un air suspicieux.

Méline avait acquiescé et ils en étaient restés là.

Bélair ne s'était pas départi de son naturel conquérant et sûr de lui. À aucun moment il n'avait émis la supposition qu'il pût incommoder Mars, qui devait voir d'urgence des dizaines de blessés fraîchement rapatriés du front.

— Je vous reçois dans un instant, monsieur Bélair fit savoir Mars au moment où Méline les surprit en conversation.

Dans sa tenue d'infirmière, où ses cheveux châtains rehaussés de sa blanche cornette donnaient à son regard une expression profonde, Méline devenait une autre femme qu'Adrien n'avait pas connue.

— Ah ! Voici mon épouse ! déclara Gabriel, dont on devinait la fierté qu'il portait à celle qui s'était rapidement adaptée à faire face aux gestes élémentaires de survie. Vous vous connaissez, me semble-t-il ?

— Quelle surprise, monsieur Bélair ! dit-elle à brûle-pourpoint sans laisser à Adrien le temps de répondre à Gabriel. Qu'est-ce qui nous vaut votre visite ?

— Tout d'abord, permettez-moi de saluer votre courage, déclara Adrien en dissimulant son émoi.

— Je réponds à une vocation un peu tardive, il est vrai, mais, comme dit l'adage, il n'est jamais trop tard pour bien faire ! Il aura fallu cette maudite guerre pour que je réalise à quel point le don de soi est merveilleux, ajouta-t-elle en regardant Gabriel avec admiration.

— Je vais vous recevoir, confirma Mars en invitant Adrien à entrer dans son cabinet de consultation.

Mme Mars abandonna les deux hommes afin de se rendre dans l'une des salles où se tenaient les blessés. Elle s'apprêtait à refaire le pansement d'un homme que la forte fièvre incommodait. Si ses propos étaient presque inaudibles, ils n'étaient pas incohérents.

— En Alsace, le général Joffre disait : « Vous êtes français pour toujours. Je vous apporte le baiser de la France. »

Méline eut un frisson d'épouvante. Le gouvernement était bien résolu à poursuivre cette guerre jusqu'au bout, jusqu'à la reprise de l'Alsace-Lorraine. Combien d'hommes allaient encore devoir sacrifier leur vie pour le prix de ces régions ?

L'homme souriait. Il avait donc vu le maréchal Joffre et rapportait :

— Il avait commencé l'inspection des lignes de fantassins, l'œil attentif au moindre détail.

Dans un affectueux dévouement, Méline lui rendit son sourire. Par le biais de gestes précis, elle effectua les manipulations d'usage de la gaze, des produits mis à sa disposition et se concentra sur son devoir. En rattachant l'écharpe qui soutenait le bras blessé, elle eut une pensée à l'égard d'Adrien Bélair qu'elle chassa aussitôt. Pourquoi était-il venu jusqu'ici ?

Méline comprenait qu'elle était en train de donner un sens précis à son destin, que toutes ces années auprès de Gabriel avaient modelé sa personnalité dans la sagesse et la réflexion pour rattacher une grande cause : contribuer à sauver des vies en s'éloignant de soi pour mieux se rapprocher de la réalité du monde.

C'était la leçon qu'elle avait tirée de toutes ces années à partager l'existence d'un médecin dévoué et attentif. Elle accourait vers ceux qui se taisaient souvent, parce que l'horreur des tranchées leur avait volé les mots avant même de leur donner vie.

Pendant ce temps, Bélair exposait à Gabriel la maladie d'Édith et, plus il essayait de détailler l'enfermement dont sa sœur était victime, plus le médecin trouvait grotesque qu'une femme, qui disposait de tout pour être heureuse, se montre aussi perturbée.

— Si elle s'ennuie, qu'elle songe à tous les mutilés, à tous ceux qui ne reverront jamais leur père, leur fils, leur mari !

Contrairement à ses habitudes, Gabriel ne se montra guère indulgent, d'autant plus qu'il ne pouvait trouver remède à ce genre de maladie.

Gabriel ressentait déjà une forme de provocation dans l'attitude d'Adrien, peut-être pour le simple fait qu'il soit venu le consulter jusqu'ici au nom de sa sœur qui était souffrante. Il poursuivit avec âpreté :

— Qu'elle se lève tôt pour vaquer aux travaux champêtres ! C'est le moment où commencent les labours. On plante les topinambours. Elle devrait être utile en cette période de pénurie de bras ! Excusez-moi du peu, monsieur Bélair, mais votre attitude pourrait être jugée humiliante pour celles et ceux qui vivent l'occupation. Ne croyez-vous pas ?

— Pourquoi le prenez-vous sur ce ton ?

— J'évalue la triste réalité de notre pays. Que votre Édith songe à nos contrées heureuses, et cela devrait suffire à lui remonter le moral ! Vous me dites qu'elle n'a pas d'enfant au front ? Qu'elle n'a pas subi de séparation matrimoniale ? Vous connaissez une vie plus belle ?

Penaud, Adrien était à court d'arguments. Mars n'avait peut-être pas tort, mais il sentait une animosité dans ses propos, qui, à ses yeux, n'avait pas de raison d'être. Il quitta le bureau, gêné de constater combien le médecin avait mis le doigt sur des évidences qu'il n'avait pas voulu voir. Adrien aurait vraiment souhaité que sa sœur l'entende !

Dès qu'il eut pris congé du Dr Mars, quelque chose le retint encore à l'Institut Beaupeyrat. Il avait beau en connaître la raison, Adrien ignorait comment procéder pour revoir Méline un court instant. Il essaya de s'introduire dans l'une des salles de soins, mais, à son grand désespoir, les cornettes blanches ne révélèrent qu'anonymes visages. À défaut de revoir Mme Mars, il se retrouva de nouveau nez à nez avec Gabriel.

— Encore vous ! s'étonna Mars, entre dédain et amusement. Je vous croyais déjà loin !

Escorté par deux infirmières, le médecin s'apprêtait à visiter un patient. Bélair, pris de court, exhiba un de ses sourires dont il avait le secret avant de répliquer :

— Je tenais à saluer votre épouse !

Inévitablement, Gabriel songea que cette visite était une mise en scène orchestrée par Bélair dans l'unique but de revoir Méline. Il rétorqua qu'il s'en chargerait lui-même. En voyant s'éloigner Adrien, il se surprit de s'être montré si agacé et discourtois. À croire que cet homme représentait une réelle menace pour son couple. Adrien était sur le point de regagner son automobile lorsqu'une infirmière le héla. Une femme ravissante s'avança vers lui dans une allée de peupliers, afin de lui remettre une écharpe qu'il avait oubliée.

— À défaut de saluer Mme Mars avant votre départ, laissez-moi vous restituer votre bien, formula celle dont les yeux pétillaient de vie sous une chevelure blonde qui ondulait derrière sa cornette.

— Vous la connaissez depuis longtemps ?

— Oui, mais c'est également un grand plaisir de vous rencontrer.

C'était osé, mais Adrien était subjugué par la beauté de cet ange blanc qui lui faisait face. L'infirmière dut s'en rendre compte. Son teint rougissant lui octroya d'ailleurs un charme supplémentaire.

— À qui ai-je l'honneur ? questionna-t-il en saisissant délicatement l'écharpe qu'il enroula autour de son cou.

Zoé Servier se présenta d'une voix cristalline, qui fit momentanément oublier Méline à Adrien. Ils commencèrent à converser amicalement sans même se rendre compte de la folle course des aiguilles.

Lorsqu'ils se séparèrent, Adrien se sentit beaucoup plus optimiste. Au moment où il constatait qu'il se faisait tard, la voix de Méline retentit dans l'allée.

— Je vous croyais sur la route de Varaignes, monsieur Bélair !

— Madame Mars !

— Ne nous étions-nous pas fait la promesse, vous et moi, de continuer à nous appeler par nos prénoms ?

— Vous avez raison, Méline, répondit Adrien qui était ravi de saisir la perche. J'ai bien peur que les années ne fassent flancher la mémoire ! Cela dit, je ne voulais pas quitter les lieux sans avoir eu le plaisir de vous revoir.

Ces paroles firent sourire Méline, qui ne fut pas sans en éprouver une certaine satisfaction.

— Je constate que vous travaillez bien tard !

— Je calque mes horaires sur ceux de Gabriel, puisque, bien évidemment, nous faisons ensemble le trajet qui sépare Limoges du mas du Roule.

— Je comprends et j'en déduis que vous êtes inséparables.

— Je dois avouer que notre mariage est sans doute ma plus belle réussite, si ce n'est la naissance de ma fille Laurette. Quoi de plus beau que d'aimer et d'être aimé en retour ?

— Assurément, personne ne trouverait à contester cette évidence, répondit celui qui parut soudain étonné de cette effusion.

— J'espère que ce n'est pas un grave souci de santé qui vous amène jusqu'ici ?

— C'est ma sœur Édith… Elle souffre de dépression.

Méline se souvint de sa visite à Varaignes, le jour où elle avait fait connaissance de cette femme vigoureuse.

— Ah oui ! Je me souviens fort bien d'elle. D'ailleurs, sans ma visite à Varaignes ce jour-là, je n'aurais probablement jamais su que vous aviez une sœur.

— C'est si grave ? railla Adrien.

— Non, c'est un simple détail qui permet d'estimer combien la personne que vous fréquentez se montre honnête à votre égard ou si, au contraire, elle abuse de votre naïveté.

— Bah, tout n'est pas si simple dans l'existence. Et puis, vous êtes bien mal placée pour me parler de franchise… C'est bien vous, Méline, qui avez convolé pendant mon absence. La trahison ne vient pas de moi, je vous le rappelle.

— Vous n'êtes pas rentré seul des Indes, que je sache !

— Et tant mieux pour moi ! Mon désespoir eût été immense si j'avais espéré concrétiser notre union à mon retour des colonies.

— Vous avez donc changé d'avis parce que cette Indienne vous a fait perdre la tête ? questionna Méline qui sentait son cœur s'emballer.

— La vie est imprévisible. Vous détenez des convictions, elle se charge de vous en détourner. Je peux avouer à présent qu'à l'époque, si j'ai accepté cette mission aux Indes, c'était en grande partie afin d'évincer les malheurs d'une vie matrimoniale, où j'ai perdu ma femme en couches et l'enfant qu'elle portait. Notre rencontre m'a profondément marqué, mais j'ai eu peur de prendre une décision hâtive ; c'est pourquoi j'ai préféré partir aux Indes pour prendre du recul avant de vous demander en mariage, car c'était dans mon idée ! Je comprends néanmoins que votre père ait eu d'autres desseins pour vous. Les pères aspirent à la sécurité matérielle de leurs filles, ce qui est légitime. À ses yeux, ce départ aux Indes fut mal jugé. Là-bas, la solitude s'est refermée sur moi. Je ne me suis jamais senti à ma place dans cet univers aseptisé qui ne correspondait en rien à l'éducation que j'ai reçue en Périgord. La vie des colons était pour moi trop guindée, car je suis comme vous, Méline, d'ici et de nulle part ailleurs. J'aime ma terre, nos arbres, nos ruisseaux, notre langue et j'ai compris que je ne souhaitais pas vivre loin d'eux. Le temps a passé, j'ai rencontré Crista, qui m'a non seulement sauvé du guet-apens dans lequel ma mission aux Indes m'avait entraîné, mais qui, de surcroît, m'a aidé à rompre avec cette effroyable solitude. Là-bas, j'ai failli perdre la vie ! Un homme reste un homme, et je n'ai pas résisté à l'appel des sirènes. Crista était sans famille, et sa condition misérable l'incitait à connaître une autre vie. Je lui ai donné sa chance, et elle m'a accompagné en France.

— C'était écrit de la sorte, Adrien. Je reste une fataliste dans l'âme. Vous saluerez votre Crista et…

— Crista ne fait plus partie de ma vie depuis longtemps…

À peine eut-il terminé sa phrase, que Gabriel se rapprocha du perron, où son épouse et Adrien conversaient.

Les traits tirés du docteur accusaient les nombreuses nuits sans sommeil, dévouées à la cause humanitaire.

— Encore vous, monsieur Bélair ! Je constate que vous vous plaisez parmi nous au point de ne plus pouvoir nous quitter !

— Je ne m'attarde pas davantage, dit-il en engageant une poignée de main ferme avec Méline avant de tourner les talons.

La nuit était froide, Méline se pelotonna dans son manteau en se dirigeant vers l'automobile de Gabriel, où le couple prit place afin de rentrer à Vayres. Gabriel resta longtemps silencieux, comme préoccupé, tandis que, sur le trajet, la lune perçait les nuages noirs.

Même si Méline était encore troublée par cette conversation qu'elle avait eue avec Adrien, elle ne voulait pas attiser la jalousie de Gabriel à présent que cette aventure était de l'histoire ancienne.

Un instant, elle hésita pourtant à tout lui avouer, puis elle se convainquit que l'idée n'était pas bonne. À quoi bon revenir sur une rencontre qui datait de plus de vingt ans ? Cela risquait de faire des bleus inutiles au cœur de Gabriel qui était si bon !

— Je crois qu'un peu de repos sera salutaire, murmura-t-elle pour rompre le silence devenu pesant.

— Avec cette maudite guerre, soupira le médecin, si nous n'œuvrons pas en faveur de la solidarité, personne ne le fera à notre place...

14

Les mains tremblotantes, Marguerite lisait la lettre de Jean :

Quelques obus tombent près de nous. Cette nuit encore, c'est le bombardement intensif. Départ pour les tranchées, combat à la grenade…

1916. Le cauchemar se poursuivait.

À sa cousine Méline, Marguerite confiait :

— S'il en revient, il aura le bombardement dans sa tête tout le reste de sa vie.

Méline pensait à la chance qu'elle avait de voir Laurette et Julien poursuivre leurs études au lycée, tandis que trop de familles pleuraient leurs morts. Julien, qui était prêt à passer son bachot, n'avait pas démenti les pronostics de l'instituteur qui l'avait d'emblée considéré comme un brillant élève. Il détenait cette même vivacité d'esprit que Charles. Inévitablement, et cela tombait sous le sens, Méline se demandait si ce garçon était son neveu.

Peut-être que Lucie Torgnal n'avait pas menti… En attendant, il rêvait de devenir notaire et envisageait des études en ce sens, ce que ses tuteurs encourageaient afin qu'il puisse s'accomplir dans l'existence.

Il neigeait. La campagne engourdie avait changé de physionomie. Le ciel s'amusait à réinventer l'allégorie de la terre, à déguiser les verts pâturages en blanches étendues. Même si les espèces hibernaient, docilement tapies, les femmes continuaient de faire face à la pénurie d'hommes dans le froid, ce qui amplifiait les angoisses. Pourtant, aucune ne se soumettait aux lois de la guerre. Volontaires, elles attendaient de meilleurs auspices en se proposant de remplacer l'instituteur ou le chef de gare à Oradour-sur-Vayres. Au bourg, on déplorait plus de morts que de blessés. C'est pourquoi Méline se sentait plus que jamais impliquée auprès des soldats rapatriés à Limoges.

Le mas du Roule, jadis plein de vie, semblait bien déserté lorsque les enfants étaient partis au lycée, et les Mars, à l'Institut Beaupeyrat. Louise continuait, malgré son grand âge, à s'acquitter de ses tâches auprès de Célia et Henri-Louis Leroux, fort diminués depuis la disparition de leur fils. Sous la léthargie des froidures hivernales, la propriété n'en gardait pas moins son charme envoûtant, où les masses sombres des grands arbres dénudés délimitaient le contour des ciels brumeux dans un silence plus pénétrant que de coutume.

Méline, qui passait des nuits sans sommeil à consacrer la majeure partie de son temps aux patients de l'hôpital militaire, cumula une fatigue telle qu'elle dut prendre du repos forcé. Gabriel poursuivit seul quelque temps sa mission à l'Institut, tandis que son épouse épaulait davantage ses parents, au grand bonheur de son père, qui voyait en la présence de sa fille le dernier rayon de soleil de son existence. Il vieillissait, Henri-Louis, et les épreuves l'avaient rendu un peu plus conciliant vis-à-vis de son entourage. Il était davantage réceptif aux plaisirs simples de l'existence.

— Tu as bien fait pour Julien, avoua-t-il à sa fille après avoir passé un après-midi à lire et à faire la sieste.

Pourtant, même si Méline se réjouissait de le voir raisonner ainsi, elle avait une autre idée en tête dont elle n'osait encore lui faire part. Le moment viendrait.

En attendant, elle savait son père préoccupé par le déclin de son épouse. Depuis quelque temps guettée par la sénilité, Célia se réfugiait dans un univers qui n'appartenait qu'à elle, où Charles était encore de ce monde.

Célia, qui ne parlait plus, écrivait à sa fille pour lui demander l'heure du retour de son frère, et Méline lui mentait afin d'apaiser son esprit.

Les retours de Gabriel à Vayres se firent plus sporadiques. Il prétextait des surcharges importantes de travail et des déplacements devenus impossibles en raison des chutes de neige qui rendaient les routes impraticables. Quand il retrouvait son épouse, il restait souvent évasif sur le déroulement de ses journées, et Méline finit par avoir quelques soupçons en notant des cheveux blonds sur sa veste. Là, elle réalisa qu'il était peut-être temps de revenir à l'Institut pour reprendre sa place.

Mme Mars avait vieilli. Son visage s'était creusé et ses yeux exprimaient une mélancolie que sa bonne humeur ne pouvait évincer. Le déclin de ses parents représentait de nouveaux tourments qui jusqu'ici lui avaient été inconnus. Aussi avait-elle mis inconsciemment une distance dans sa vie intime avec Gabriel, qu'elle soupçonnait de chercher une compensation à l'extérieur.

Depuis que le docteur avait pris la responsabilité d'apporter son soutien à l'Institut Beaupeyrat, il était admiré et de plus en plus sollicité en raison de ses nombreuses compétences. Méline savait combien les jeunes infirmières de son périmètre, disponibles et expérimentées, pourraient, de leurs yeux doux et innocents, émouvoir Gabriel, car, même si elle avait toujours eu confiance en son mari, même si elle était persuadée qu'il lui était fidèle, un équilibre reste précaire.

Elle notait d'ailleurs qu'il se montrait moins avenant à son égard. Bien que mise sur le compte des préoccupations liées au métier, la réalité de cette distance entre eux persistait depuis quelques semaines.

À l'hôpital militaire trois jours plus tôt, la scène suivante s'était déroulée :

— Docteur ! Vous êtes un homme formidable, lui avait avoué Zoé Servier entre deux patients. Je crois que je n'ai jamais croisé une personne qui porterait autant de bonté dans son cœur.

Le regard translucide qui avait accompagné ces mots s'était campé dans les yeux de Gabriel pour ne plus les lâcher. Il était alors plus de trois heures du matin, et les cris des blessés rendaient l'atmosphère pesante. Ce n'était pas la première fois, mais c'était le même supplice qui revenait sans cesse.

Zoé posa sa main sur l'avant-bras du docteur.

— C'est si dur, murmura-t-elle.

Gabriel aussi se sentait exténué. Il avait besoin de réconfort sans oser se l'avouer. La blessure et la mort étaient deux compagnes dont tout le monde se serait passé. Encore une nuit de stress et de fatigue, à tenter d'apporter du secours, dont les heures s'égrenaient sans trêve pour les soignants !

Lorsque le médecin ôta sa blouse au petit matin, Zoé le secondait toujours, comme elle le faisait depuis des jours. Gabriel se lava les mains avec les moyens du bord et s'assit sur un siège de fortune. Il s'assoupit aussitôt. À son réveil, Zoé lui apporta du café, du pain et, assise près de lui, elle le couvait des yeux.

— Gabriel..., murmura-t-elle. Vous aussi vous avez besoin de soutien...

Il n'eut pas la force de bouger, car il se sentait bien. Celle qui lui faisait face lui menait une cour assidue depuis l'époque où Méline était présente à l'Institut. Le médecin avait repoussé les avances de Zoé à plusieurs reprises, mais cela ne l'avait pas découragée. Elle attendait patiemment de meilleurs auspices afin de prendre une place dans le cœur du médecin.

L'infirmière combinait la jeunesse et la beauté. Si Gabriel eût été libre et plus jeune, il aurait volontiers succombé à son charme. À présent, il se contentait de l'observer, émerveillé devant les qualités de patience et de douceur qui émanaient de sa personne.

Ce fut plus fort que lui. D'un geste qui le surprit lui-même, il caressa l'ovale de son visage, puis sa joue. C'était probablement l'une des plus belles femmes qu'il lui ait été donné de voir de toute son existence.

Pourtant, Zoé n'était pas pour lui et il le savait pertinemment. Il aurait pu jouer le jeu de l'amour, risquer de se brûler, mais il ne se sentait pas prêt.

Ce fut elle qui se rapprocha au point de sentir le souffle court du médecin sur son visage. Là, il eut envie de caresser les boucles mousseuses de ses cheveux et de respirer leur odeur.

— J'ai tant d'admiration pour vous, dit-il dans un soupçon de voix, et c'est justement pour cette raison qu'il ne se passera jamais rien entre nous…

Zoé sentit les larmes lui monter aux yeux. C'était plus fort qu'elle. Même si elle connaissait l'existence de Méline dans la vie de Gabriel, cela ne l'avait pas empêchée de succomber au charme mature du médecin. Sa vie aux côtés de Méline en avait fait un homme comblé, et ce bonheur émanait de sa personnalité. Son allure décidée, mais jamais exempte de douceur, le rendait attachant. Son charisme s'était également affirmé au fil du temps et de la reconnaissance qu'il suscitait chez ses patients. À Vayres, où la succession de son père lui avait enseigné combien il ne fallait pas être avare d'énergie pour secourir son prochain, il ne s'était jamais cantonné aux recettes d'un médecin de campagne, mais avait toujours eu le goût de l'innovation.

Gabriel avait été un bon disciple de son père et, à présent que le conflit le mettait à contribution dans un autre registre, il relevait le défi avec un plaisir d'autant plus grand qu'il avait su convaincre Méline de se consacrer elle aussi à sa passion.

Zoé embrassa Gabriel dans une volupté saisissante, et lui ne put repousser cet élan si désiré. Le petit matin voyait venir le service de jour ; ils risquaient d'être vus de tous, mais il était impossible de desserrer l'étreinte à la fois douce et fragile du médecin et de l'infirmière.

Gabriel, le premier, reprit ses esprits et s'écarta un instant de ce jeu dangereux.

— Où veux-tu m'emmener, toi ?

— Je vous aime, confirma celle qui n'avait pas besoin de le dire.

— Alors, ce sera notre secret !

Zoé se rembrunit. Visiblement, elle était en désaccord avec Gabriel. Pourquoi parler de secret ? Elle l'aimait ; alors, pourquoi ne pas vivre cet amour interdit ? Qu'est-ce qui empêchait Gabriel de suivre l'élan de son cœur ?

Zoé adressa à Gabriel un regard incrédule.

Bien conscient du trouble que sa phrase avait suscité, il se redressa. Ce n'était pas le moment de succomber à une aventure. Son côté rationnel lui permettait de saisir vite combien les principaux intéressés souffriraient en apprenant la vérité qui, tôt au tard, éclaterait au grand jour.

— Cet instant était délicieux, mais il restera sans suite, ajouta-t-il plus gravement afin de s'en persuader lui-même.

— Alors, si je comprends bien, vous n'accordez aucune liberté à votre cœur ?

— Je n'ai pas le droit de vous abuser. Je suis marié et je n'ai pas l'intention de modifier ma vie.

— Qui vous parle de modifier votre vie ?

— Écoutez, Zoé, restons-en là. Vous êtes assez intelligente pour le comprendre, formula-t-il sur le ton de l'agacement.

— Ne vous méprenez pas ! Je n'ai nullement envie d'être une épouse, pas plus qu'une mère. Ma vocation s'inscrit auprès des patients. À présent, avec votre autorisation, j'aurais besoin d'un peu de repos…

— Je crois que vous venez de m'ouvrir les yeux…

Gabriel n'en dit pas davantage. On le réclamait d'urgence auprès d'un pauvre bougre qui était sur le point de rendre l'âme. Le voyage depuis le front avait éprouvé ses dernières forces et, malgré les premiers soins prodigués en gare, la fièvre avait repris le dessus. Son jeune visage, vingt ans tout au plus, fit encore une fois songer à Gabriel à ce carnage insensé qui ne finirait donc jamais. Le médecin n'avait, hélas, plus grand soin à lui prodiguer.

De l'autre salle, des gémissements montèrent. Mars savait qu'une rude journée l'attendait. Par moments, il se demandait où il trouvait le courage d'affronter ces malheurs, alors qu'il aurait pu poursuivre sa vie tranquillement à Vayres en visitant ses patients dans les fermes environnantes. En même temps, Gabriel accomplissait chaque jour des gestes héroïques, et cette guerre lui avait peut-être permis de donner un sens plus profond à sa vie. Même si le harassement se faisait sentir, l'engrenage dans lequel ses fonctions l'avaient contraint ne lui permettait plus de faire machine arrière. Le simple geste de secours qu'il apportait justifiait son rôle.

De retour au mas du Roule, il évoqua avec Méline leur engagement commun dans le secours de son prochain, sans doute une façon de se prouver combien tous deux étaient unis dans leur combat pour l'entraide nationale. Sa femme s'étonna qu'il soit aussi disert et léger après cette période de rapports plus distants qu'ils venaient de traverser. Le comportement de Gabriel se modifiait, et Méline aurait été incapable d'expliquer pourquoi elle le découvrait plus séduisant qu'il ne l'avait jamais été.

Gabriel lui échappait, mais elle était intriguée par une sensation agréable qui lui pinçait l'estomac. Elle avait encore beaucoup à apprendre de lui. Au cours de leur conversation, Mme Mars réalisa combien elle serait de nouveau utile à l'Institut, ce qui l'incita, dès le lendemain, à reprendre le collier.

Ce fut sans doute son sixième sens qui l'encouragea à réintégrer ses fonctions à l'Institut Beaupeyrat. Il régnait un froid glacial et, lorsque les Mars arrivèrent à l'hôpital, il y avait tant de nouveaux blessés que Méline se mit à trembler de tout son corps.

Dans la hâte, elle se procura une cuvette d'eau chaude ainsi que des linges afin de se rendre dans l'une des salles où l'on accueillait les soldats. À son arrivée, trois infirmières interrompirent leur conversation comme si Méline avait représenté une menace pour leur intimité.

Un malheureux à qui l'on avait amputé le bras ouvrit les yeux. Afin de le réconforter, Méline lui apporta quelques soins d'hygiène, tandis qu'elle sentait le regard insistant de Zoé Servier dans son dos, à qui elle évitait de donner de l'importance.

— Pardonnez-moi, madame Mars. Votre absence m'avait fait craindre que vous soyez souffrante.

— Dieu merci, ce n'est pas le cas, mais les devoirs familiaux obligent parfois à réajuster certains de ses projets. Profitez de votre disponibilité tant que vous êtes célibataire ! Cela dit, je me réjouis d'être de nouveau présente afin d'encourager mon époux dans sa lourde tâche, tout comme vous, sans doute ?

Méline réalisa que la fin de sa phrase était ambiguë, mais elle se réjouit en constatant combien elle avait prodigué son petit effet sur Zoé qui se mit à rougir.

— Il est vrai qu'au milieu de tous ces blessés, nous ne serons jamais trop nombreuses pour apporter notre contribution à l'entraide nationale, soutint habilement la jeune infirmière.

Mme Mars afficha un sourire forcé en réalisant combien la douceur et le tact qui se dégageaient de cette personne pouvaient représenter un péril pour son couple. Elle devinait aisément combien Zoé devait faire succomber bien des hommes !

Des gémissements s'élevèrent du couloir, tandis que Gabriel, accompagné d'un autre médecin, suivait le brancard arrivé en urgence.

Lorsque Mars examina l'état de la jambe qui portait un garrot, il la découvrit infectée, voire gangreneuse. Le fantassin, qui avait subi un long trajet en ambulance, devait être opéré d'urgence. Ces cas étaient relativement rares, dans la mesure où les blessés atteints par des éclats d'obus étaient immédiatement pris en charge par des chirurgiens du front qui pratiquaient une amputation. À présent, se livrer à un acte chirurgical de ce type sur un blessé infecté et affaibli présentait un danger considérable.

Zoé et Méline accoururent afin de seconder les médecins. Compresses, éther, pince, il n'y avait pas un instant à perdre. Gabriel s'inspira de sa mémoire, de ses expériences devenues multiples en quelques mois, afin de réaliser sans anesthésie sa première amputation. Il sectionna le membre lésé, au-dessous du foyer afin d'utiliser les chairs qui seraient des lambeaux.

Comme le sang-froid et la dextérité étaient ses principaux alliés, il n'eut aucun mal à racler l'os, puis, avec son couteau, à suivre le contour des plaies qui existaient déjà afin de détacher les esquilles adhérentes au tissu utilisable, selon la fameuse méthode que préconisaient Pauchet et Sourdat. La présence de Méline, son souffle derrière son épaule et le sourire de sa fille Laurette étaient les éléments qui jouaient en faveur de sa réussite.

— Scalpel !

Zoé s'empressa d'exécuter l'ordre de Mars.

Les pansements souillés de sang furent ôtés, et la plaie béante apparut.

Méline gardait également son sang-froid, tandis que le visage meurtri du patient criait au supplice et que ses yeux hagards prouvaient la perte d'une quelconque notion du temps. Les gestes précis de Gabriel, dont la concentration était extrême, témoignaient déjà d'une grande habileté de chirurgien, bien que ce fût sa première amputation…

Dans le secret et la discrétion, il avait travaillé depuis longtemps pour être capable d'accomplir des actes chirurgicaux, car il y avait pénurie de compétence dans l'environnement de l'Institut. Devant cette affluence de blessés depuis fin août 1914, les médecins comme Gabriel étaient les mieux placés pour secourir la France.

Le docteur avait étudié à partir du contenu des rapports des chirurgiens du front ainsi que sur leurs techniques mises en œuvre. Dans son secteur, il avait reçu une formation chirurgicale en établissant des relations avec d'autres chirurgiens.

Dans le silence des gants ensanglantés de son époux, Méline retint un cri d'effroi. Elle se torturait en songeant qu'il ne lui avait rien dit… Il amputait devant elle un patient sans même lui avoir confié qu'il étudiait ce délicat sujet depuis longtemps. Elle ne s'était aperçue de rien ! Était-elle devenue si étrangère aux préoccupations de Gabriel ?

La scène qui se déroulait sous ses yeux éveillait une violence telle que Méline prit aussitôt conscience de la distance établie à son insu avec son époux. Outre ce choc, elle ne put faire abstraction des yeux langoureux de Zoé braqués sur Gabriel alors qu'il faisait preuve d'une concentration extrême. Étaient-ils amants ? Comment ne pas y penser au point de s'en rendre malade et de refuser de se nourrir à l'heure du déjeuner ?

— Tu ne te sens pas bien ? s'étonna Gabriel devant la mine décomposée de son épouse qui n'avait pas touché son assiette.

— Je suis désolée de te gâcher la réussite de ta première opération, mais il faut que je te dise combien je suis vexée…

— Vexée ? répéta Gabriel en se grattant la nuque. Je ne comprends pas.

— Dommage que je doive te l'expliquer !

— Tu devrais plutôt être fière ! Il n'est pas donné à tous les médecins de réussir à maîtriser la technique de l'amputation !

— Ce n'est pas ton talent que je remets en question et tu le sais bien. Tu aurais pu me parler de tes nouvelles compétences avant de me mettre devant le fait accompli.

— C'est vraiment cela qui te vexe ?

— Oui.

— N'aurais-je pas dû être pareillement vexé devant l'air enamouré de cet Adrien Bélair, le jour où il a soi-disant effectué ce déplacement pour me consulter au sujet de la dépression de sa sœur ?

Au fond, il ne songeait qu'à te rencontrer. Impossible de douter de ses réelles intentions !

— Tu mélanges tout ! Je ne suis pas responsable de la démarche d'Adrien, alors que toi, tu es à l'origine de cette cachotterie sur tes compétences.

— Écoute-moi : j'ai d'autres soucis actuellement. Ça, tu dois pouvoir le comprendre, répondit Gabriel, enfiévré par la tournure que prenait la conversation.

Méline était si décontenancée devant le comportement inhabituel de son époux qu'elle s'en tint au silence. Les frustrations relevant des dissimulations de Gabriel prenaient trop d'importance. Pourtant, même si le climat devenait délétère, le moment n'était guère venu de se replier sur soi.

Elle noua ses cheveux avant d'attacher son foulard de la Croix-Rouge autour de son cou. L'Institut comptait sur elle ce matin-là pour soutenir ceux qui étaient plus que démoralisés par leur état de santé.

Devant le pathétique visage du jeune estropié qu'elle accompagna du regard, Méline lut tant de désespoir que ses tracas personnels s'estompèrent.

— J'ai soif..., supplia-t-il afin qu'on lui apporte un verre d'eau.

Comme ses jambes et ses pieds étaient glacés, elle lui prodigua un massage.

— Pourquoi ? murmura le jeune homme qui commençait de s'affoler.

— Là... Vous serez bientôt guéri. Ne perdez pas patience, nous sommes là pour vous y aider.

Mme Mars se surprenait elle-même d'être capable de lui prouver qu'il n'était pas aussi malade qu'il le croyait. Zoé arriva peu après pour lui injecter une dose de morphine. Elle cherchait elle aussi à secourir ce visage livide à la mâchoire crispée.

— On dirait que vous avez soigné toute votre vie ! s'étonna Méline devant l'aisance de la jeune infirmière.

L'habileté et la grâce de Zoé l'amenaient à songer combien la vie était étrange. À dix-huit ans, lorsqu'elle avait été contrainte d'épouser Gabriel, elle ne l'aimait pas. Ses qualités en avaient pourtant fait un époux tout aussi attentionné qu'attachant. Sans doute l'avait-elle modelé à sa manière, et leur couple s'était construit et lié si intensément qu'elle était profondément éprise de lui.

À présent que le premier péril d'une femme belle et intelligente se révélait à eux, un sentiment d'impuissance lui donnait des haut-le-cœur. Mme Mars n'avait pas été dupe des yeux langoureux de Zoé posés sur son mari à plusieurs reprises et, quoi qu'elle en pensât, la menace planait bien au-dessus de leurs têtes, une menace sournoise qui ne serait pas sans conséquence.

À moins que Gabriel ne se contînt derrière le masque de la fonction, il semblait ne se rendre compte de rien. Malgré ses tourments et le fait qu'elle ne reconnût pas son époux, Méline n'en gardait pas moins la volonté de poursuivre son œuvre bienfaisante, afin de prouver que les soldats n'étaient pas oubliés.

N'était-ce pas dans l'abnégation que l'on parvenait à donner un sens à son destin ? Ce mélange de compréhension et d'humilité qu'elle apportait au quotidien avait une portée si profonde que son visage s'illuminait dès qu'elle recevait un regard de gratitude, à l'instar de celui de ce jeune homme, chez qui elle avait fait naître une lueur d'espoir par le biais d'une simple conversation. Méline y songeait en s'apprêtant avec la blouse de la Croix-Rouge, confectionnée par des femmes dans des ateliers de couture spécialisés.

Un courant d'air glacial traversait le couloir chaque fois que la grande porte de l'Institut s'ouvrait, et cela rappelait le climat impitoyable que devaient supporter les fantassins dans ces régions de l'Est. Gabriel, qu'elle n'avait pas entendu s'approcher, posa sa main sur son épaule. En percevant la lassitude de son regard, Méline se demanda où les événements allaient les entraîner.

— Je hais cette sale guerre, annonça-t-elle franchement. Je hais le désordre abominable qu'elle engendre dans la tête de tous ces hommes qui n'ont rien demandé et se retrouvent enrôlés dans des combats de première ligne.

— Méline, je ne suis pas si sûr que ta place soit parmi nous. Il serait sans doute mieux que tu restes au mas du Roule…

— Pardon ?

— Tu as bien entendu.

— C'est impossible ! dit-elle en braquant sur son époux un œil étrange. Je suis solide et, tout comme toi, j'ai le sens du devoir.

Venant de sa femme, cette répartie ne le surprit pas. Gabriel savait combien Méline prenait les difficultés à bras-le-corps et s'était toujours montrée solidaire de ses engagements. Elle n'avait pas fait le choix de suivre des cours d'infirmière et d'appliquer les conseils de son époux pour renoncer aussi vite à apporter son aide à l'Institut. Cependant, la présence de son épouse dans l'établissement le mettait de plus en plus mal à l'aise, et le médecin avait bien l'intention de la faire changer d'avis...

Le silence qui suivit fit songer à Méline que cette invitation à rester au mas du Roule prenait des tournures d'ordre. Elle n'était pourtant pas décidée à se laisser influencer par la suggestion de Gabriel.

— J'affirme que tes parents ont plus besoin de ta présence que cet institut.

— Il me semble être la mieux placée pour savoir ce que nécessitent mes parents ! J'ai passé ces derniers jours auprès d'eux, je te le rappelle au cas où tu aurais déjà oublié.

Même si elle avait toujours considéré son époux comme un être loyal et franc, il changeait, et son comportement ne faisait que confirmer ses doutes. Il lui vint à l'esprit qu'elle était victime d'un « limogeage », du terme récemment établi après que le maréchal Joffre eut privé de leurs fonctions certains officiers généraux afin de les neutraliser. Ainsi, elle se verrait pareillement assignée à résidence par mesure disciplinaire si elle ne réagissait pas.

***

Marguerite sursauta en entendant la porte claquer. À cette heure avancée, elle n'attendait aucune visite.

— Qui est là ? questionna-t-elle dans un filet de voix.

Voyant surgir son Jean, les larmes lui montèrent aux yeux.

— Mon Dieu, merci !

En se jetant dans ses bras le cœur chancelant devant sa présence en chair et en os, elle remercia encore une fois le ciel. Cela faisait de longs mois qu'elle ne communiquait avec son fils que par le biais de quelques lettres.

Une permission décidée à la dernière minute l'avait amené à traverser les paysages hivernaux de France, sur des lignes de chemin de fer bondées où, comme lui, d'autres privilégiés avaient pris part au voyage qui les ramenait chez eux, les délivrant momentanément du malheur.

À présent qu'il s'était endurci en servant les armes, Marguerite se demandait ce que la guerre avait fait de son garçon. Il était vivant et elle le serra plus fort encore dans ses bras pour s'en persuader.

— Tu vas bien alors..., se rassura-t-elle dans un souffle attendri devant son Jean bien amaigri par ses faims inassouvies.

— Comme un soldat !

— As-tu reçu tous mes colis ?

Jean opina. En réalité, il redoutait les questions de sa mère dont les réponses, si elles étaient honnêtes, l'amenaient à aborder la réalité de la guerre et donc à faire souffrir. Ce quotidien auquel il était confronté était si noir qu'il préférait le taire, car on ne ment pas à une mère lorsqu'elle est aussi proche que la sienne pouvait l'être de son fils unique.

Le fait que Jean ait été très tôt orphelin de père avait certainement resserré leurs liens ; aussi, lorsque Marguerite l'interrogea sur les tranchées que ses courriers laconiques n'avaient guère expliquées, Jean révéla qu'il s'y trouvait en compagnie de milliers de « poilus », la plupart originaires de la campagne, tandis que les officiers se tenaient loin à l'arrière.

— Si ce n'est pas malheureux ! formula Marguerite, outrée.

Pourtant, Jean évoquait cette position de première ligne non sans une certaine fierté, ce qui surprenait sa mère qui avait vu partir son fils non pas la fleur au fusil, mais le cœur en berne.

Même s'il n'avait pas fait partie de ceux dont l'enthousiasme était à son comble le jour de la mobilisation, il donnait à présent le sentiment de s'accommoder aux lourdes contraintes de la guerre, évitant devant sa mère de s'apitoyer sur son propre sort. Jean gardait la fierté d'un homme qui sait les fragilités d'une mère.

Lorsque Marguerite lui eut réchauffé un bon repas, loin de la survie de la « popote » à soldats, Jean, très pâle, huma longuement le fumet de la volaille. Depuis combien de temps n'avait-il pas ingurgité de la vraie nourriture ? Les paupières déjà à demi fermées par la fatigue, il termina son plat avant de gagner sa couche.

Marguerite resta seule, partagée entre un sentiment de joie et d'inquiétude.

Elle songea à toutes ces fois où elle avait empaqueté (dans une toile cousue d'une ficelle recouverte d'un carré d'étoffe blanche pour l'adresse) des passe-montagnes, des écharpes qu'elle avait réalisés. Elle y ajoutait de la graisse afin d'enduire les engelures des pieds à l'issu des longues marches, des pansements d'urgence, du papier, de l'encre. C'était sa façon à elle d'accompagner Jean et les autres, à l'instar de milliers de marraines de guerre, en espérant que leurs dons contribueraient à leur faire tenir le coup !

Peu après, Marguerite se rendit auprès de Jean qui dormait profondément.

Elle qui brûlait chaque jour un cierge à l'église se mit de nouveau à prier afin qu'on lui prête vie jusqu'au bout de cette maudite guerre. Finirait-elle un jour ? On venait de traverser la bataille de Verdun sous ses tirs écrasants ; les soldats étaient las de côtoyer leurs camarades qui tombaient sous leurs yeux. Sans doute perdaient-ils pied devant le non-sens de ce qu'on leur faisait faire. La mère observait son enfant qui repartirait bientôt au front. Reviendrait-il ?

Tant de souffrance pour satisfaire les ambitions des généraux qui, portés par leur gloire, laissaient les soldats se confronter aux pires atrocités. Cela représentait un crime qui ne serait jamais puni, et son fils Jean faisait partie des sacrifiés.

Comme il était beau ! Peu importait à Marguerite que son fils ait eu le courage d'affronter l'ennemi afin de servir la gloire de son pays, une mère attendait autre chose d'un enfant, tout simplement qu'il vive comme un homme dans la paix. Mieux valait que Marguerite ignore ce qu'étaient l'odeur des cadavres, les obus, les explosions et le désespoir qui fendait le cœur des fantassins…

Les godillots, le ceinturon, la tenue bleu horizon sentaient l'ordinaire du soldat, les nuits agitées, les relèves et la fatigue des corvées. Dans le sommeil, l'horreur s'effaçait, et elle voulut pour lui qu'il s'éternise dans son lit bateau afin qu'il reprenne un peu de la force que la guerre lui avait ôtée. En veillant Jean, Marguerite détectait dans son sommeil une agitation naissante qui se confirma au fil des heures. Outre les combats, les agonies solitaires auxquelles il avait assisté le hantaient à travers ses cauchemars. Les émotions de ces jours terribles rejaillissaient de nuit par des soubresauts. Le déluge de Verdun qui avait fait de ces soldats de la chair à canon sous le feu et les jets de grenades, causant des pertes d'hommes considérables, continuait de laminer Jean de façon sourde et muette. Marguerite découvrait combien cette peur obscure le condamnait à panser des plaies invisibles à l'œil nu.

Au petit matin, lorsque Jean s'éveilla, les odeurs familières du bonheur d'antan rejaillirent : dix-neuf mois sans le craquement du bois dans la cheminée, sans le chant du coq, sans le bruit des roues des charrettes… D'un soupir, il envia ceux qui pouvaient vivre chez eux à l'abri des canons et des champs dévastés. Le froid, les abondantes chutes de neige dans les barbelés et les ténèbres, ils ne les connaîtraient jamais. Il suffisait qu'il fût né quelques années plus tôt ou plus tard, et toutes ces atrocités lui auraient été épargnées. Jean aurait voulu crier qu'il vivait une injustice, mais personne ne pouvait le sauver. Ce sentiment de peur au ventre, qui le fouaillait dès l'instant où il ouvrait les yeux, cette condamnation à vivre en guerre était une offense à sa jeune vie…

— Et nos terres, maman ? s'enquit Jean devant une assiette de soupe bien fumante.

— Je réagis ! Qu'est-ce que tu crois ! Tant que je serai vivante, je ferai de mon mieux pour entretenir notre propriété. Je veux que, de là-haut, ton père soit fier de moi.

Elle découpa des morceaux de pain dans la miche, qu'il fit tremper dans sa soupe en se réappropriant les gestes d'avant la guerre.

— Tu ne fais plus *chabrol*[1] ? ajouta Marguerite en lui tendant la cruche de vin.

Il hésita, puis se versa une bonne rasade de vin rouge dans sa soupe et dit avec un peu de culpabilité :

— Le chabrol, on en a besoin pour vaquer aux travaux des champs, planter les pommes de terre

1. Mélange de bouillon et de vin.

ou rouler les blés... Moi, à présent, je ne fais plus rien de tout cela...

— Ne dis pas de bêtises ! s'insurgea Marguerite. Tu en as tout autant besoin !

Avec un peu de mélancolie, il songea au temps où il détachait encore les vaches pour les mener au pacage. Jean osait à peine questionner Marguerite pour savoir comment elle s'y prenait depuis qu'il était parti. Malgré son jeune âge, il avait déjà une certaine expérience du labeur de paysan, car il s'était investi dès son plus jeune âge à sarcler, biner et labourer la terre de ses ancêtres.

Marguerite dut pourtant lui apprendre que les hommes du bourg étaient de moins en moins nombreux. On déplorait la disparition d'amis d'enfance, de cousins et de voisins, et elle n'en finissait plus de passer la longue liste en revue.

— Il y a quelque chose que je ne comprends pas à propos de cette maudite guerre, dit-elle d'un seul coup. J'essaye pourtant de me mettre au courant, comme tout le monde. Pourquoi le maréchal Joffre a-t-il ordonné à ses hommes de s'avancer sur la rive droite de la Meuse alors que les Allemands avaient déjà bombardé tant de soldats ?

— La guerre est absurde. Elle répond à des stratégies dont nous ne sommes que de vulgaires pions, nous, les soldats. La bataille de Verdun restera à jamais gravée dans nos cœurs !

Puis, plus gravement, il ajouta :

— J'aimerais partir, maman, tant que Dieu me prête vie, que les blessures ne m'ont pas anéanti.

Jean s'arrêta net. Il comprenait qu'à travers ses confessions, il effleurerait des zones délicates, celles de la désertion. Ce choix le ferait vivre tel un animal traqué et il ignorait si c'était la bonne solution. Où aller ? Où prendre appui ?

Il ne disposait que de quelques heures pour prendre une décision, et inévitablement il songea au temps de sa jeunesse lorsqu'il dressait des huttes en branchage pour s'abriter dans la forêt.

15

Adrien hocha la tête vigoureusement. Son poing frappa la commode devant Zélie, qui tremblait pour le vase en porcelaine de Sèvres.

La rencontre avec l'un de ses clients avait été houleuse, les esprits s'étaient échauffés plus que de raison.

— Les énervés ne me font pas peur ! maugréa-t-il tout seul.

Le moral du notaire était en dents de scie. Des veuves éplorées venaient régler leurs successions, les jeunes se retrouvaient orphelins, les frères aînés disparaissaient, ce qui donnait lieu à un énorme surcroît de travail lui interdisant de faiblir. Il fallait s'adapter au nouveau mode de vie imposé par la guerre.

— Vous avez besoin de quelque chose ? articula Zélie.

— Surtout pas le journal ! Les mauvaises nouvelles me sapent le moral.

L'hiver lui faisait toujours cet effet-là. Il avait beau se répéter qu'il n'était pas le plus à plaindre dans sa commune du Périgord vert, les froidures lui paraissaient interminables.

Même si Zélie était capable de lui tricoter le plus moelleux des pull-overs et de lui concocter ses plats préférés, Adrien s'agaçait pour un rien. Il s'aigrissait aussi, à force de prêter une oreille complaisante à ses clients, où son étude qui ne désemplissait pas se transformait, par ces temps difficiles, en cabinet des lamentations.

Lorsqu'il reçut la visite inattendue d'Édith Trébaud, sa sœur, il esquissa une grimace contrite.

Pour une fois, elle ne manifesta aucune impatience ; au contraire, elle le salua en s'excusant de le déranger. Peu coutumier du fait, Adrien se demanda ce qu'elle cachait.

— J'attends un heureux événement, lui confia-t-elle.

Le notaire émit un petit ricanement nerveux en observant cette matrone corpulente.

— Il était temps !

Édith s'insurgea. Ce n'était pas parce qu'elle accusait la bonne quarantaine que sa vie de femme était finie. Elle avait gardé dans un coin de sa mémoire le triste souvenir d'une première fausse couche qui datait du début de son mariage ; ce n'était pas d'hier, mais le traumatisme était resté entier.

La venue de ce futur bébé représentait sa dernière chance de devenir mère. Il était certain que cette grossesse d'ultime recours allait donner un nouveau sens à son existence et peut-être la sortir de cette maudite dépression.

— Tu es cynique !

— Tu n'as pas fini de te faire montrer du doigt ! soutint Adrien à l'intéressée, qui montait déjà sur ses grands chevaux.

— En attendant, je me demande bien pourquoi je me suis déplacée pour te faire part de cette nouvelle.

— Sûrement parce que tu n'as rien d'autre à faire.

— J'ai compris, écourta Édith en levant sa grosse carcasse de la méridienne où elle s'était installée.

Sa sœur ne pouvait que lui inspirer du dégoût, et il se demandait comment son époux réussissait encore à accomplir l'acte conjugal. Son visage luisant de sueur, ses cheveux gras, son allure négligée auraient fait fuir n'importe qui, d'autant plus que son caractère ne relevait pas l'ensemble.

Adrien était à fleur de peau. S'il n'avait pas éprouvé la moindre joie à cette annonce, c'était sans doute parce qu'il estimait que sa sœur avait contribué à son échec sentimental avec Crista, et cette idée le minait.

Bref, il avait le sentiment d'avoir toute sa vie subi Édith, avec ses hauts et ses bas. À présent qu'elle attendait un enfant, il n'avait pas fini d'en entendre, lui qui n'avait pas encore de descendant.

Édith ! Pas étonnant qu'il ait dissimulé son existence à ses anciennes conquêtes. Elle faisait fuir tout le monde ; cela relevait du miracle qu'Auguste Trébaud l'ait supportée durant toutes ces années. Sans doute avait-il un secret…

***

Julien Torgnal avait entrepris ses études de droit grâce au soutien de Méline Mars, qui avait pris soin de l'inscrire en faculté en suivant le conseil de ses professeurs après qu'il eût obtenu son baccalauréat.

Il étudiait à Limoges et gardait avec sa mère adoptive d'étroits liens qui n'avaient fait que se consolider au fil du temps sous l'égide de Gabriel. Le docteur lui avait toujours manifesté de la tendresse sous-entendue, peut-être parce qu'au fond de lui, son désir d'une famille composée de deux enfants ne l'avait jamais quitté.

L'humilité de Julien lui plaisait et sans doute reconnaissait-il à travers le caractère du jeune homme sa propre gaucherie adolescente qu'il avait mis des années à combattre.

Henri-Louis avait mis longtemps avant d'admettre la démarche de sa fille, à la tolérer et même à l'encourager. Le décès de son fils l'avait tant éprouvé qu'il s'était adouci sur sa manière d'appréhender cette décision. Julien était un garçon doté d'un caractère très sociable, qui lui avait permis de surmonter l'antipathie qu'il pensait reconnaître de la part des parents de Méline envers lui.

Laurette, quant à elle, devenait une jeune fille douce, qui ne voyait que par Julien. Sitôt qu'elle le retrouvait, un sourire radieux éclairait son visage, et aucune autre amitié n'avait pu jusqu'alors rivaliser avec la leur.

Par chance, tandis que les amis des jeunes gens pleuraient des pères, des fils, des oncles, Julien avait été épargné dans cette guerre, car, à une année près, il avait échappé à la mobilisation.

À Limoges, même si des sentiments contradictoires se bousculaient, rien ne laissait soupçonner que l'on se battait sur le front à quelques centaines de kilomètres. Les rues animées de boutiques accueillaient une clientèle assidue, les bistrots regorgeaient de vie sitôt qu'un rayon de soleil adoucissait le ciel.

Cependant, pareillement à toutes les villes de France éloignées des combats, l'esprit d'entraide était fortement mobilisé. On voyait passer les charrettes chargées de paquets prêts à partir pour l'Est.

De son côté, Laurette regardait avec envie les bottines haut lacées et les calots d'uniforme que portaient les femmes à la mode, car elle aimait l'élégance et parlait toujours avec emphase de la haute couture, un milieu qui depuis sa plus tendre enfance la fascinait.

C'était finalement Méline, à travers ses fonctions d'infirmière, qui s'impliquait le plus dans des démarches de solidarité envers les soldats.

Ainsi, lorsqu'elle revenait livide au mas du Roule après avoir passé des nuits sans sommeil auprès des blessés, le père ne pouvait s'empêcher d'apposer sur sa fille sa vive critique :

— Franchement ! Tu n'as pas besoin de ça !

Comme si elle n'était pas assez grande pour savoir ce que lui réclamait sa conscience !

— Tu ne vas pas faire comme ton frère ! assénait-il.

Si son père la désarçonnait en évoquant la mémoire de Charles d'une manière qu'elle jugeait peu obligeante, elle revenait vite à la réalité et, donc, à ses exigences. Sa place était auprès de son mari, à rassurer ceux qui en avaient vraiment besoin, au milieu des voix dans la nuit qui réclamaient de l'aide.

Car elle avait tout entendu, de la part de ceux dont la douleur et le chagrin étaient devenus insurmontables. La démarche humanitaire qu'elle avait entreprise lui avait permis de répondre à un défi d'ordre personnel, puisqu'elle avait non seulement obtenu ce fameux diplôme d'infirmière, mais cela lui avait également permis d'acquérir un niveau de compétences tel qu'elle pouvait définir les besoins de sa mère et, de cette façon, mieux la soutenir dans son combat contre la maladie.

Célia, qui confondait les situations et les gens depuis le décès de Charles, ressentait les mêmes symptômes que certains traumatisés du front. Fidèle à une méthode infaillible, la patience, sa fille parvenait à l'apaiser.

Ainsi, Célia Leroux prenait-elle Julien pour Charles et, lorsque le jeune homme rentrait de ses cours de droit, elle le contemplait à la façon d'une mère.

Il sera notaire comme son père, et son grand-père, écrivait-elle sur un morceau de papier d'une pauvre écriture tremblante que Méline réussissait à peine à déchiffrer.

La jeune femme, qui percevait à quel point sa mère s'écartait de la réalité, lui parlait tout bas pour ne pas la brusquer :

— Julien… Il s'appelle Julien.

Méline lui lisait *Lecture pour tous*, où l'on évoquait les fées de l'aiguille et du fuseau, car les yeux de Célia, pas plus que son esprit, ne lui permettaient de s'adonner à cet exercice qu'elle avait tant aimé autrefois. Elle semblait néanmoins apprécier encore qu'on lui parle du temps où l'on s'empressait de se faire dentellière. Même si l'esprit de Célia s'évadait parfois, sa fille savait les bienfaits de la présence attentive aux côtés de ceux qui souffrent en silence. Hélas, la maladie aurait toujours le dernier mot.

***

En avril 1917, Gabriel prit en charge un blessé à la mâchoire arrachée lors de l'offensive du Chemin des Dames. L'homme avait été rapatrié d'urgence deux jours plus tôt à l'Institut Beaupeyrat.

En constatant que ses douleurs s'apaisaient grâce à la morphine, Méline s'asseyait à ses côtés en lui prenant la main. De sa voix claire et pénétrante, elle lui chuchotait de l'espoir, lui parlait des ruisseaux à l'eau claire sous le chant des oiseaux et, soudainement, il se mit à pleurer. Comme il devait les haïr tous, Poincaré, Joffre, Millerand, Pétain, Nivelle ! N'étaient-ils pas responsables du grand drame de sa vie ?

Elle rassembla tout son espoir afin de stimuler celui à qui la solitude et la souffrance pesaient. Bien que les larmes de l'homme lui soient allées droit au cœur, elle sut lui sourire jusqu'à ce qu'il relève la tête sans un cri. Ce rôle était celui qu'elle endossait le mieux. Sa sérénité était son arme secrète, déployée avec une grâce telle que le but était atteint.

Afin de reprendre quelques forces après cet exercice exténuant, Méline se réfugia dans une petite salle de repos, dont la fenêtre offrait un regard sur les arbres aux jeunes feuilles revigorées par une pluie printanière.

Elle n'aurait su dire si c'était la déconfiture de ce visage en larmes ou un étrange pressentiment qui l'assaillait, mais le souvenir du regard exsangue de ce blessé la ramenait à ses propres angoisses.

Sur le perron de l'Institut, des voix masculines conversaient, tandis qu'au loin dans l'allée elle vit arriver Zoé, et les voix s'interrompirent.

Elle imagina les regards masculins converger vers la belle blonde, qui portait un gilet clair sur ses épaules, un petit parapluie accroché à son bras. Son innocence, sa candeur devaient les distraire au point d'en oublier momentanément les pesanteurs de l'existence.

Quand Zoé disparut à l'intérieur du bâtiment, Méline se dirigea vers l'infirmerie. La chaleur était moite dans le bâtiment. Une voix tonitruante et chaleureuse venue du dortoir rassurait un blessé tandis que Mme Mars cherchait son époux des yeux.

Gabriel était absent. Jusqu'à un point encore jamais égalé, Méline pria le ciel pour que cette guerre cesse. Elle sentait le tunnel se resserrer, disloquant les êtres et les sentiments, son mari devenant peu à peu étranger à lui-même. Parfois, elle ne le reconnaissait plus. Lorsqu'enfin, elle l'aperçut, Gabriel traversait le couloir aux côtés de Zoé. Leur complicité lui sauta aux yeux.

Prions pour que tout redevienne comme avant..., suppliait-elle in petto, alors qu'elle se sentait ridicule et insignifiante.

Le soir venu, bien que déjà montés dans la Panhard & Levassor de Gabriel nouvellement acquise, ils ne parvenaient plus à quitter le parking de l'Institut. Dr Mars par-ci, Dr Mars par-là... Il était donc devenu si indispensable à l'Institut Beaupeyrat ! Quand la vie reprendrait-elle son cours normal ?

Devant le visage déconfit de Marguerite, qui tenait compagnie aux Leroux lorsque le couple rentra au mas du Roule, Méline crut comprendre la raison de son mauvais pressentiment.

— Jean ? interrogea-t-elle en saisissant le bras de sa cousine.

— On l'a ramené vivant... Il est blessé.

Méline voulut demander où il se trouvait, s'il était gravement blessé, mais ses mots fondaient sous l'émotion. Elle prit sa cousine dans ses bras et se mit à pleurer avec elle.

Jean avait affronté les combats du Chemin des Dames si meurtriers. Il était reparti à l'assaut avec une poignée de survivants et, à présent, il se trouvait au Val-de-Grâce à Paris.

— Au moins sera-t-il bien soigné…

Pourtant, afin de ne pas sombrer dans la morosité, Méline réfugiait sa pensée vers la réussite de Julien dans ses études. Sa mère adoptive était très enthousiaste à l'idée que son protégé puisse, un jour peut-être, reprendre les rênes de l'étude familiale. Dans le secret, elle nourrissait cette ambition depuis longtemps tout en se préparant à mener une lutte acharnée contre son père afin d'en obtenir gain de cause.

— Tu es un vrai petit soldat, ma fille ! piaffa Henri-Louis. Tu as le courage, la patience, la générosité, et je te vois toujours prête à déplacer des montagnes. Je ne dis pas que ton frère était si différent, mais, comme tu le sais, nous n'avons jamais réussi à nous comprendre. Je tiens à ce que notre étude reste familiale et, même si Julien est un bon garçon, cette démarche ne va pas dans le sens de ma volonté.

— Qui d'autre que Julien pourra donc la reprendre ? pesta Méline, un peu hypocrite, car elle savait l'amitié que portait son père à son actuel premier clerc.

— Ne profite pas de mon grand âge pour me faire céder. C'est encore moi qui commande sous mon propre toit.

Vexée, Méline en conclut que son père n'avait pas changé. Elle avait bien eu tort de penser que le décès de son fils l'avait amadoué. Son naturel bourru revenait au galop, comme à l'époque où il avait organisé ce mariage à son insu.

Mme Mars sentit la colère monter ; pourtant, elle n'avait pas dit son dernier mot.

— Fais quelque chose ! ordonna-t-elle à Gabriel qui lisait paisiblement *Le Feu* d'Henri Barbusse dans le fauteuil près de la cheminée.

— Et que veux-tu que je fasse ? Ton Julien n'est pas encore diplômé. Nous en reparlerons d'ici quelque temps. Et puis, ton père est encore le maître chez lui, que je sache ! Je ne vais pas lui donner de leçon !

— Qui te parle de donner des leçons ? Ah ! la solidarité masculine ! Je suis certaine qu'il y a quelque temps encore, tu aurais agi tel un époux sensible à la cause de sa femme, mais tu as changé, Gabriel.

— Allons bon ! Trouve-moi quelqu'un qui n'ait pas changé depuis le début de cette maudite guerre ! Voilà trois ans que nous survivons au milieu de ce supplice qui n'en finit pas.

C'était un prétexte. Son esprit était absent depuis longtemps déjà, mais Méline n'avait pas l'intention de lâcher prise. D'ailleurs, elle ne tarda pas à revenir solliciter son père afin de lui préciser le fond de sa pensée.

— Pourquoi ne pas prendre Julien comme premier clerc dès qu'il aura obtenu son diplôme ? Mets-le à l'épreuve ! Tu verras ainsi de quoi il est capable. Ce sera la meilleure façon de trancher !

L'étude avait été quelque temps fermée à la mort de Charles. Henri-Louis avait repris ses activités sans grand enthousiasme au départ, et puis les temps de guerre lui avaient amené de nouveaux clients.

Son affaire lui avait permis de se remettre le pied à l'étrier. À présent, devant les yeux suppliants de sa fille, il détournait le regard afin de ne plus avoir à songer à cette proposition. Pourtant, il savait que, même s'il n'en tenait pas compte sur l'instant, cette offre reviendrait hanter ses pensées. Il fallait néanmoins qu'il réfléchisse.

— Je te rappelle que j'ai déjà un premier clerc ! Toutefois, j'ignore ce que l'avenir nous réservera. Je ne te dis pas non, mais ne va pas pour autant t'imaginer que c'est oui, laissa-t-il entendre à sa fille qui jubilait presque.

— C'est donc sur la bonne voie, en conclut Louise qui s'était toujours montrée solidaire de sa *pita*, mais ne fais surtout pas de fausse note avec ton père, ou il risquerait de se détourner définitivement de cette idée.

— En tout cas, ce n'est pas sur Gabriel que je puis compter pour faire pencher la balance du bon côté.

— Je ne vais pas te rebattre les oreilles avec des préceptes qui affirment que les hommes sont lâches, mais tout de même ! Regarde combien la France en guerre doit à ses femmes ! J'ai beau ne plus être de première jeunesse, je suis encore en mesure de constater qu'elles font preuve d'un courage exemplaire.

— En commençant par toi, ma Louise !

— Mon pouvoir est bien limité.

— Pas de fausse modestie ! Hélas, en ce qui me concerne, la balle n'est plus dans mon camp, et, dans notre situation, j'ai bien peur que tout dépende du bon vouloir de mon père et de son clerc, ne l'oublions pas !

— Pas si vite, j'ai mon idée sur la question. Ne cherche pas à précipiter les choses. Julien a pour le moins deux années d'études devant lui, sois patiente !

D'un air amusé, Méline considéra Louise, tandis que Nano le jardinier revenait les bras chargés de choux à la senteur de frais cueilli qui embauma bientôt la cuisine.

— Pose-les dans l'évier, je m'en chargerai, avisa Louise à qui il plaisait davantage de se concentrer sur sa conversation.

Il arrivait que Méline se demande comment Louise réussissait à mener de front toutes ces occupations. Elle était levée dès l'aurore et commençait depuis toujours sa journée de travail en nourrissant les poules.

Puis, il n'était pas rare qu'elle donne un coup de main aux jardiniers avant de s'occuper à encaustiquer toutes les boiseries de la maison. Parfois, elle se rendait au lavoir afin d'y frotter les draps qui finissaient fraîchement pliés dans les grandes armoires.

— Tu crois vraiment que nous avons une chance de réussir ?

— Mais tu plaisantes !

Elles se mirent à rire, comme pour conjurer le petit doute qui les assaillait.

— Julien, c'est l'avenir du clan des notaires. Je ne comprends pas que mon père ne s'en aperçoive pas.

— Maître Leroux ne voit que ce qui l'arrange ! Avec tout le respect que je lui dois !

Louise n'osa pas ajouter qu'il regrettait sans doute de ne pas avoir eu cette oreille attentive à l'égard de Charles et qu'il était trop tard, mais c'était exactement ce qu'elle pensait. D'ailleurs, peu après, elle ajouta :

— Ce serait peut-être une occasion de réparer ses erreurs, mais il faudrait que cela vienne de lui…

Louise, qui ne restait jamais inactive plus de quelques minutes, se dirigea vers l'évier afin de nettoyer les choux.

— Je pressens une bonne *bréjaude* comme tu en as le secret ! termina Méline qui adorait la traditionnelle soupe aux choux et au lard.

Louise savait comment régaler la *pita*. Du sobriquet dont elle l'avait affublée depuis sa jeunesse, elle en gardait la saveur secrète dans l'intimité. Les boudins noirs bien faits aux châtaignes ou une bonne *flognarde*[1] de prunes ou de poires, en saison, n'auraient pu rivaliser avec aucune autre spécialité sous le palais de Méline. Il faut dire que Mme Mars ne connaissait guère d'autres plats que ceux de Louise, qui n'avait pas son pareil pour

1. Pâtisserie limousine.

cuisiner les bonnes spécialités limousines, tels les haricots blancs aux couennes de porc ou le civet, dont elle se chargeait elle-même de la saignée du lapin, une horrible besogne que personne n'aurait voulu accomplir.

— Il faut bien le faire ! disait-elle en haussant les épaules.

Méline le reconnaissait, mais, même sous la torture, elle n'aurait jamais accepté d'assister à la dépouille des lapins blancs qu'elle avait si souvent caressés.

Pour ce genre de travail, Louise faisait appel à Nano ou à Mathieu, qui l'aidaient à maintenir les pattes de la pauvre bête, tandis qu'elle tirait sur sa peau sans trop y penser.

— Ne précipitons pas les événements, ma Louise, tu as raison. Je crois que j'ai besoin de réfléchir. Une promenade du côté du moulin des Monts devrait m'éclaircir l'esprit.

Le vent qui faisait frémir les bouleaux lui fut salutaire. Il y avait bien longtemps que Méline n'avait apprécié les chemins frais de la vallée de la Vayres, aux bas-côtés couverts de millepertuis et de digitales, sous le murmure du ruisseau. Juste avant d'atteindre le moulin, Mme Mars croisa quelques paysannes la faux sur l'épaule. Cette maudite guerre, qui renversait les rôles, finirait par les tuer à la tâche !

Habituellement, on apercevait le meunier couvert de farine de la tête aux pieds, mais, à présent qu'il venait de perdre son fils à la guerre, le moulin chômait depuis plusieurs jours… Elle s'approcha de la rivière et se mit à songer à tous les hommes qui occupaient une place dans son cœur. Son père, son mari, son fils adoptif, son défunt frère…

Comme au moment de l'adoption de Julien, elle sentit qu'il lui revenait à elle seule de prendre les affaires de famille en mains. Ce n'était pas la force qui lui manquait, mais les arguments suffisamment convaincants pour en venir à ses fins. Si Julien avait été le fils légitime de Charles, tout aurait été si simple !

Méline prit conscience qu'elle nécessitait un soutien, un réconfort que seul son défunt frère aurait pu lui apporter. Même s'il était parti bien trop tôt, il continuait de vivre à travers ses prières.

D'ailleurs, il se passait rarement plus de deux jours sans qu'elle se rende au caveau familial, où se trouvait sa dépouille.

Encore une fois, elle ressentit le besoin de s'y recueillir pour lui confier la nature de ses préoccupations.

Sur le petit chemin en direction du cimetière, elle était persuadée que sa vie avait pris un nouveau tournant depuis la mort de son frère. À travers un souffle imperceptible, Charles lui avait légué un peu de sa force…

Devant le médaillon à son effigie, elle pria les yeux fermés, concentrée jusqu'à en abolir toute notion de temps. Dans ce silence absolu, où le vent avait cessé, accentuant l'effet de chaleur, on devinait un orage latent au loin, sur la colline de Montoube.

Des lézards se faufilaient sur les pierres chaudes au milieu des fleurs fanées. Méline resta longuement concentrée jusqu'à ce qu'une présence étrangère l'incite à faire volte-face. C'est alors qu'elle aperçut Julien.

Comme le jeune homme ne voulait pas la perturber dans son recueillement, il se contenta de fixer le médaillon en porcelaine, où le portrait et l'épitaphe de Charles se détachaient sur la pierre. Méline comprenait à demi-mot combien le mystère de sa naissance avait pu occuper le fond des pensées de Julien, bien qu'ils n'en aient jamais parlé ensemble.

— Il est parti bien trop tôt, chuchota celle qui eut juste le temps de finir sa phrase avant qu'un gros éclair ne se détache dans le ciel, suivi d'un second qui fracassa l'horizon.

Elle se signa.

— Rentrons vite !

Ils coururent afin de s'abriter dans une grange, où l'odeur du foin fraîchement rentré portait encore le souvenir de la Saint-Jean et de ses fêtes autour des feux. Une pluie de gros grêlons s'écrasa sur le bourg.

— Mon Dieu ! Quel déluge !

— Pourquoi avoir fait tout cela pour moi ? questionna subitement Julien qui, jusqu'alors, n'avait jamais eu l'occasion de se retrouver en tête-à-tête avec Mme Mars sans risque d'être entendu. N'est-ce pas parce que vous pensez la même chose que moi ?

— Tais-toi, malheureux, dit-elle en plaquant sa main contre sa bouche.

— Qu'y a-t-il de mal ? murmura-t-il dès qu'il eut ôté d'un geste vif la main de Méline.

— Comment le saurais-je, Julien ?

— J'y songe depuis si longtemps...

— Julien, répéta-t-elle encore, incapable de dire autre chose.

— Charles aurait pu vous faire des confidences.

Même si le jeune homme savait combien ce lien de parenté était improbable, il n'avait pu s'empêcher de poser la question.

— Non, Charles ne m'a jamais fait le moindre aveu à ton sujet. Seulement, depuis la mort de mon frère, j'ai l'étrange sentiment qu'il m'a transmis quelque chose de précieux qu'il portait en lui, peut-être cette volonté acharnée de vivre selon son propre désir, d'aller jusqu'au bout de ses convictions. Je n'ai pas grande certitude, mais celle-ci en est une, qui permet d'accéder à un petit bout de bonheur auquel nous avons droit ici-bas. Je n'ai pas eu la chance d'avoir un fils ; la vie m'a donné l'occasion de réparer ce manque ; je m'y emploie avec toi...

Méline se surprit de s'être intimement confiée à Julien. Jamais elle n'avait fait cet aveu, pas même à Gabriel.

— À la fin de mes études, je quitterai Vayres. Ici, je resterai indésirable aux yeux de vos parents. Vous avez déjà fait beaucoup pour moi. Je vous en serai toute ma vie reconnaissant.

— Partir est donc ton souhait ? questionna Méline qui espérait le contraire. Parce que, tu sais, poursuivit-elle, mon frère a souffert pour réaliser son but, et, si aujourd'hui je peux t'y aider davantage, je le ferai.

Julien eut encore une fois envie de lui demander pourquoi. Il n'était rien pour Mme Mars ; alors, comment ne pas penser qu'elle détenait un secret ?

— Tu ne m'es en rien redevable, la vie est ainsi faite. J'aurais tellement aimé avoir un garçon comme toi !

Gêné, il baissa les yeux.

— Mais vous avez Laurette !

Mathieu surgit du potager avec une brouette pleine de légumes et passa devant la grange en toute discrétion alors que Méline expliquait à Julien que cela ne remettait nullement en question l'affection qu'elle portait à sa fille unique.

— Ce n'est pas que l'envie me manque de rester auprès de vous, ne croyez pas ça... Mais j'ai encore le temps de réfléchir à mon avenir. Et d'ailleurs, si je peux me permettre, qu'en pense Gabriel ?

Elle soupira. Gabriel ne songeait qu'à son amourette et, bien qu'il le niât, la finesse et la perspicacité de Méline déjouaient tous les stratagèmes qu'il mettait en place pour tromper sa femme.

— Il n'a rien contre, mentit-elle, bien qu'incapable à l'heure actuelle de savoir ce que ressentait son époux.

Pourtant, Julien ne s'enquit pas de savoir si le principal intéressé (à savoir Me Leroux), comptait lui aussi lui faire tant de faveurs. Il se doutait de la réponse...

Le jeune Torgnal se plaisait à Vayres. Il avait été élevé comme un paysan et gardait de la sympathie pour tous ces fermiers et métayers qui avaient toujours eu un morceau de pain ou de lard à leur offrir, à lui et à sa mère, au temps de la vache maigre.

Le sabotier qui avait fréquenté Julie avait su, à la manière dont il l'aurait fait avec son propre fils, lui enseigner à faire le pain, à pêcher, à cultiver la terre. Peut-être se serait-il destiné à devenir lui-même sabotier si l'homme qui l'avait en partie élevé n'était pas mort prématurément. Le destin en avait pourtant décidé autrement.

Lorsque la pluie eut cessé, Méline traversa le parc en frissonnant. Ce sentiment étrangement fort pour Julien, qui lui faisait parfois oublier le devenir de sa propre fille, la dépassait.

Était-ce le recul de Gabriel qui l'incitait à se rapprocher autant de celui qu'elle avait adopté ou bien sa curieuse ressemblance avec Charles, qui, même si l'on refusait de l'admettre, existait ?

Naturellement, Méline en était troublée lorsqu'elle observait prudemment les gestes de Julien.

En y pensant, elle éprouvait une sorte de vertige. Alors, elle s'aventurait à examiner à la loupe les souvenirs qu'elle gardait de son frère, afin de trouver une réponse satisfaisante.

Finalement, ce passé était vague et lointain, et l'auscultation s'avérait vaine. Un nez aquilin ou une bouche étroite ne confirmait pas une filiation, d'autant moins que Julien avait les yeux de sa mère...

16

On ne précisait pas le nombre d'obus tombés sur Paris en ce mois de mars 1918, mais les nouvelles évoquaient un attentat sur une église le jour du Vendredi saint. Même si le maréchal Foch décrétait que le flot était arrêté, endigué, les moments anxieux persistaient, déroulant des champs de pierres sur la capitale, ce qui faisait froid dans le dos de Laurette.

Ce n'était pas demain la veille qu'elle se rendrait dans la Ville lumière, même si les Parisiens, malgré tout, poursuivaient leur chemin en prenant le côté de la chaussée le moins exposé aux bombardements.

Laurette parcourait avec tristesse *L'Illustration,* magazine auquel s'était abonné Henri-Louis, afin de tenter de comprendre comment se jouait le sort du monde.

On y apprenait que l'Amérique était en train de souscrire son troisième grand emprunt national pour la victoire des Alliés.

— C'est bien une guerre de géants où l'on regarde couler le flot d'or entre deux torrents de sang, répétait Henri-Louis qui déplorait le fait que l'économie locale tourne au ralenti.

Heureusement qu'il restait le secteur de la chaussure, qui marchait fort dans la région grâce aux commandes de brodequins pour l'armée. Nombre d'ouvrières s'y faisaient embaucher. En revanche, le notaire s'était toujours indigné devant le caractère révolutionnaire des organisations ouvrières.

Dans la cité gantière de Saint-Junien, les syndicats avaient franchi des seuils inadmissibles qui avaient, selon les dires d'Henri-Louis, sonné le glas de la porcelaine, un secteur d'activité à présent en nette récession.

— C'est toujours mieux que rien ! dit-il en constatant la reprise de certaines usines.

Bien qu'il ne partageât rien de ces principes socialistes qui clamaient « Vive la révolution ! » depuis que la révolution russe s'était mise en marche, il savait que seul le travail générait la richesse de ses clients et, afin que les ouvriers poursuivent leurs efforts, il fallait bien leur concéder quelques avantages sociaux.

Depuis ces dernières années, le notaire, qui avait observé de loin toutes ces grèves, se demandait forcément où mèneraient ces revendications, ces arrestations et ces barricades ; bref, la tournure générale des événements l'inquiétait, et, du fond de son étude, il ne se sentait plus le même mordant dans les affaires, sans doute parce qu'il vieillissait et que cette guerre n'était toujours pas achevée.

Sa petite-fille Laurette, bien que voyant avec tristesse s'écouler une période obscure dont sa jeunesse faisait les frais, resta d'une belle humeur, jusqu'au jour où une nouvelle tout à fait inattendue s'abattit sur le mas du Roule : Julien venait d'être mobilisé.

— Comment est-ce possible ? s'écria Méline qui le savait exempté du service militaire en raison d'une faiblesse cardiaque.

— Les normes ont, paraît-il, changé, fit savoir Laurette, consternée. On dit que l'armée est en manque d'effectifs.

— Il ne manquait plus que ça !

Méline, hébétée, ne réagissait même pas. Comment imaginer un garçon tel que Julien se battre sur un front de guerre ?

On avait beau être au printemps, la campagne revêtait une allure triste et déprimante. Certains disaient que, si les États-Unis n'étaient pas entrés en guerre, tout serait déjà fini. Pourtant, Julien fit donc ses classes dans la marine nationale, comme stipulé sur la convocation.

À l'été 1918, il fut incorporé au 2e dépôt de Brest, un lieu de transit où étaient casernés les marins attendant une affectation. Le port voyait débarquer des milliers de soldats américains qui seraient transférés vers le front. Julien avait assisté à l'arrivée du *Leviathan,* cet énorme paquebot des forces alliées qui desservait jadis la ligne Hambourg-New York.

Malgré une gêne due à l'insuffisance de la profondeur des eaux, l'arrivée du convoi déchaîna un formidable enthousiasme. L'œil rivé sur le général Pétain, commandant en chef des armées, Julien ne s'était encore jamais autant demandé si cette guerre allait se terminer.

Voilà qu'il était fasciné par ces nouveaux paquebots à grande vitesse, qui mettraient bientôt New York, à moins de cinq jours de Paris. Il reconsidérait l'importance du rôle de la marine dans ce conflit.

D'ailleurs, il suffisait de porter son attention sur une carte pour en être frappé ! Il suivait les convois arrivant de la haute mer le matin, tandis que lui et son groupe établissaient les plans de mouillage dans la partie de la rade qui était affectée aux navires rassemblés par convois pour épargner collisions et perte de temps. Ce rôle un peu passif et tout tracé convenait parfaitement à Julien, dont la témérité n'était pas la principale qualité.

En mer, pas une minute ne s'écoulait sans qu'un patrouilleur tire le canon, qu'un avion bombarde un sous-marin, tandis que des nouvelles stations de télégraphie sans fil voyaient le jour aux États-Unis.

Bientôt, l'Allemagne recula sous le coup de l'armée vaincue par la mer, et les victorieuses offensives alliées contraignirent l'ennemi à abandonner.

Depuis, les sous-marins ennemis faisaient route pour regagner leur base, et c'est le cœur gorgé de joie que Julien constata le rappel des bateaux. Encore fallait-il se méfier, car les Allemands étaient forts pour tromper leur monde.

Le pressentiment s'avéra pourtant juste, et l'heure confirma bientôt la véritable espérance, celle de l'armistice rendu enfin possible.

« Le feu a cessé ce matin sur tout le front à onze heures », déclara M. Clemenceau à la tribune.

On chanta la délivrance de l'Alsace-Lorraine et la gloire de nos soldats.

— Merci ! cria Laurette, les larmes aux yeux devant cette si bonne nouvelle.

Même si l'orgueilleuse Allemagne avait capitulé et que s'achevait une longue série de malheurs, Laurette s'assombrit un instant en songeant que son cousin Jean n'avait pas survécu à ses blessures.

Julien, lui, s'en était bien sorti. Cependant, alors que l'on parlait de la visite du maréchal Pétain à Metz, le jeune Torgnal n'était toujours pas rentré au mas du Roule.

— Il est vivant, maman ! J'en suis certaine, répétait inlassablement Laurette à sa mère qui se rongeait les sangs.

Dans les mers, la reddition de la flotte allemande entérinait la victoire conformément aux clauses de l'armistice. La plupart des navires désarmés étaient placés sous surveillance des Alliés.

La remise des cuirassés d'escadre des sous-marins, qui, selon le protocole, devait s'effectuer rapidement, se déroula le 21 novembre. Julien Torgnal marchait aux côtés de l'amiral Aube, représentant de la marine française. Cet événement grandiose fit comprendre au jeune homme qu'il vivait l'un des plus grands moments de sa vie.

Tous les navires de la division française hissaient en tête de mât le pavillon américain. Les hommes s'alignaient sur les lisses, et chaque bateau envoyait un salut de vingt et un coups de canon pour fêter l'arrivée du président Wilson. La rade fut le théâtre d'un beau spectacle avant que le cortège présidentiel soit accueilli à Paris.

Cette fois-ci, Julien pouvait disposer. Il n'avait guère envie de se mêler aux fêtes de la libération ; sa fatigue était telle qu'il n'aspirait qu'à renouer avec le calme de ses terres limousines. Bientôt pourrait s'ouvrir une nouvelle page de son existence...

***

— Dieu nous épargne le deuil de ces enfants ! s'épancha tristement Louise devant le monument aux morts nouvellement édifié en commémoration des poilus tombés à la guerre.

On en dénombrait près de quatre-vingts, une véritable hécatombe, dont les répercussions dans la vie du bourg de Vayres ne manquaient pas de se faire sentir.

Depuis peu, bien que la guerre fût terminée, Louise avait un petit moral. Une aide avait d'ailleurs été embauchée au mas du Roule en la personne de Blandine Fouchard, une jeune veuve à la langue bien pendue, qui appartenait à la famille Delavie. Elle se fit le plaisir de conter les exploits de son cousin André, qui avait inventé les postes d'écoute en 1915.

Téléphoniste pendant la guerre, le sous-lieutenant Delavie avait examiné les constructions des lignes de communication et constaté qu'il entendait les conversations des lignes voisines, ce qui lui avait donné l'idée d'en construire une parfaitement isolée des autres. Il y avait perçu des mots étrangers. André avait entrepris alors diverses expériences qui lui avaient permis d'intercepter les correspondances ennemies. Il avait constaté que ses lignes résistaient aux bombardements, ce qui l'avait incité à aller de l'avant. C'est ainsi que ces premiers postes d'écoute avaient permis d'entendre les Allemands aussi bien que dans le téléphone ordinaire…

— C'est merveilleux ! Grâce à cette ingénieuse trouvaille de votre cousin, nous avons pu déjouer l'ennemi, et des attaques importantes ont échoué, conclut Laurette.

— Ça oui, si vous saviez ! On est tous fiers de lui ! Il a souvent eu peur que les Allemands ne viennent surprendre son secret ! André a pris énormément de risques tout au long de la guerre. Ses fonctions nécessitaient une présence continuelle sur le front, puis il a fait des conférences, et son système s'est enfin généralisé.

Laurette s'intéressait aux confessions de Blandine, qu'elle retardait souvent dans son travail domestique. Mlle Mars était plutôt guillerette en ce printemps 1919, où la vie reprenait un cours normal. Les frairies commençaient de refleurir dans tous les bourgs environnants.

Elle s'y rendait en vélo avec la fille des métayers, ce qui ne plaisait guère à Méline, qui craignait toujours qu'elle fasse de mauvaises rencontres. Mais Laurette avait à présent vingt ans passés, elle aimait danser comme, au même âge, sa mère qui, étant donné qu'elle était déjà mariée, avait dû réprimer cette envie.

Laurette n'hésitait d'ailleurs pas à se joindre aux jeunes de son âge pour s'entraîner sur les parquets et danser la bourrée, ce qui, aux yeux d'Henri-Louis, ne représentait rien de valorisant pour une jeune fille. Mis à part ce penchant pour la danse, ses goûts la portaient toujours vers la mode. C'est pourquoi elle avait pris des leçons chez une costumière de Limoges qui avait dû fermer son atelier de confection en raison de la mort de son époux à la guerre. Le rêve de la jeune fille était à présent de monter à Paris.

Le notaire, malgré son âge avancé, avait maintenu les activités de l'étude grâce à l'appui de son premier clerc qui, pendant ces temps de guerre, l'avait bien épaulé. L'homme avait l'intention de reprendre la succession Leroux, car il connaissait de longue date les clients d'Henri-Louis.

Le notaire tenait en estime Maurice Clamant. Depuis le temps qu'ils collaboraient, une complicité avait fini par s'établir. Maurice partageait les mêmes avis politiques et, en défenseur du « Père la Victoire », il commentait avec son patron l'attentat de février contre l'automobile de Clemenceau. Les deux s'accordaient sur le fait qu'une sorte de miracle avait épargné l'homme politique qui s'en était sorti avec une blessure. C'était avec des anarchistes dans le genre de ce Cottin, mis au banc des accusés, que les syndicalistes faisaient leur graine !

Henri-Louis et Maurice contestaient souvent le prestige des élus socialistes, que les récentes élections législatives avaient confortés aux quatre coins du département…

— Ils veulent un nouvel équilibre social !

— Ils défilent depuis bientôt vingt-cinq ans pour obéir à la discipline syndicale, et ce n'est pas près de changer.

À peine avaient-ils fini d'échanger leur point de vue qu'ils aperçurent une Citroën Torpédo se garer sur la place de l'église.

— Mazette ! plaisanta Henri-Louis qui avait toujours eu un goût certain pour les belles automobiles. La crise de la vie chère est loin d'ébranler tout le monde !

— Celle-ci ne passe pas inaperçue ! reprit Maurice, émerveillé lui aussi, guettant, tout comme le notaire, le bienheureux qui allait en sortir…

En constatant que l'homme à la mise élégante se dirigeait vers l'étude, Henri-Louis se frotta les mains. *Un nouveau client…*, songea-t-il, prêt à faire bonne figure. Malgré ses soixante-dix ans bien sonnés, il était encore frais et fort alerte lorsqu'il s'agissait de concrétiser de nouvelles affaires. Là, il en flairait une intéressante.

L'homme se présenta comme le représentant de M. Mallat, le créateur du fameux porte-plume réservoir. Son patron souhaitant faire l'acquisition de biens sur la commune de Vayres, il était venu d'Angoulême pour rencontrer Me Leroux. Il sortit une carte de son portefeuille, où l'on pouvait lire HECTOR DUPUIS, REPRÉSENTANT, ainsi que l'adresse de l'entreprise.

Henri-Louis réfléchit. Le porte-plume réservoir qui comporte le remplissage automatique était une belle invention ! Une petite clé près de la plume se tournait comme celle d'un robinet pour régler le passage de l'encre. Ah le modernisme…

On n'arrêtait pas le progrès ! Bien que partisan des vieilles méthodes, avec sa plume Sergent-Major qui avait accompagné plusieurs générations de Leroux, le notaire n'était pas réfractaire à la nouveauté, surtout si l'affaire rapportait ! La maison Mallat était depuis longtemps connue dans le monde entier.

Hector Dupuis cherchait déjà à lui expliquer que l'avenir se jouait à travers cette invention, et Henri-Louis souriait dans sa moustache. En fin commerçant, il ne voulait pas le contredire, mais attendait qu'il en vienne au but.

— L'ensemble du village de Chez Beijard est, paraît-il, à vendre. Mon patron est intéressé…

Lorsque le notaire le lui eut confirmé, Hector fit savoir à Henri-Louis que la famille endeuillée qui vendait son bien était une parente éloignée de celle de l'inventeur du fameux porte-plume réservoir.

Aussi voulait-il régler au plus vite toutes les transactions de façon à établir une résidence de vacances qu'il comptait restaurer et aménager à son goût.

— C'est une bonne nouvelle. Nous avons besoin de vie depuis que cette maudite guerre nous a retiré tant de jeunes gens ! renchérit Leroux, qui espérait que la présence de ce Mallat entraînerait de futures transactions.

Sans tarder, ils procédèrent à l'ouverture d'un dossier, qui laissait entendre la présence prochaine de M. Mallat, indispensable à la signature.

Le client fut raccompagné, ce qui permit au notaire et à son clerc d'admirer la Torpédo.

Hector contourna l'église sous l'œil curieux des ménagères qui, sur le seuil de leur logis, contemplaient, hébétées, la luxueuse automobile et son passager.

Hector leur fit un signe de salut avant de s'engager sur l'artère principale. Il longea le champ de foire entouré de peupliers qui lui obstruaient la visibilité et ne vit pas venir la jeune fille à bicyclette sur sa gauche. Il s'arrêta in extremis pour ne pas la renverser. Elle freina avant de se retrouver à quelques centimètres du capot.

— Vous n'auriez pas pu faire attention ! J'ai failli avoir un accident par votre faute ! hurla l'effrontée dont la jupe-culotte s'était retroussée jusqu'aux cuisses.

— Par ma faute, c'est vite dit ! répliqua Hector qui constatait combien la rescapée était charmante. La responsabilité est, me semble-t-il, partagée.

— Vous, vous n'êtes pas d'ici ! décréta la jeune fille quand la peur fut estompée.

Hector Dupuis se présenta à l'inconnue avant d'apprendre qu'il avait failli estropier Laurette Mars, la petite-fille du notaire.

— Vous ne vous êtes pas fait mal ?

— Quand même ! Je pensais que vous n'alliez même pas me poser la question ! grommela Laurette.

— Je sors justement de l'étude de votre grand-père, confirma Hector, tandis que la jeune fille admirait la carrosserie basse et allongée de la belle Torpédo, où l'on pouvait s'installer près du chauffeur…

— Cela ne répond pas à ma question ! D'où êtes-vous ?

— Je viens d'Angoulême. Je suis représentant de commerce pour la firme Mallat.

— Ah ! le porte-plume, conclut-elle d'un air entendu.

— Je vois que vous vous y connaissez !

— Non, pas vraiment. Je suis simplement curieuse. Dans la vie, il faut se montrer curieux, vous ne croyez pas ? Moi, je souhaite travailler dans la mode !

— Voilà une jeune fille qui a de l'ambition.

— Ça oui, fit-elle crânement.

— Aimez-vous danser ? lui demanda Hector sans emphase. C'est bientôt la frairie à Oradour-sur-Vayres. Je vous y accompagnerais volontiers dans mon automobile !

— Je dois réfléchir… Les automobiles, ça nous connaît dans la famille. Mon père en est déjà à sa deuxième. Une De Dion Bouton et une Panhard & Levassor…

— Réfléchissez ! Je vous attendrai samedi à vingt et une heures sur la place de l'église !

Et il démarra en trombe…

La frairie d'Oradour-sur-Vayres était celle que toute la jeunesse attendait, sans doute parce que le bourg, devenu nœud de communication grâce à sa desserte du tramway, avait amplement développé ses meuneries et grossi sa population. Sa fête annuelle, qui fédérait toutes les classes sociales confondues, avait acquis une notoriété dépassant les frontières du département.

À présent que l'on ne parlait plus de la guerre, mais qu'un vent plus léger inondait les esprits, on pensait à s'amuser autour du carrousel et ses chevaux de bois, mais, surtout, à aller au bal pour danser au son des orchestres, ce qui faisait rêver Laurette.

La date était encore éloignée, mais elle y songea en rentrant au mas du Roule. Bien que Laurette ne fût plus en âge de rendre des comptes, sa mère ne manquerait pas de lui poser toutes sortes de questions sur cette nouvelle fréquentation, si toutefois elle évoquait cet Hector.

En fait, ce garçon la laissait indifférente. Seule l'idée de faire sensation à bord de cette Torpédo l'eût amusée : descendre du marchepied de cette automobile, vêtue d'une robe-chemisier et d'un chapeau cloche sous l'œil émerveillé de ses copines, aurait été drôle et galvanisant, mais probablement assujetti au risque de devoir éconduire un garçon qui deviendrait trop vite entreprenant. Malgré son jeune âge, Laurette n'était pas dupe ! Elle avait déjà noué une idylle, du temps de son apprentissage de couture à Limoges, et cela ne lui avait pas laissé de bons souvenirs, car le garçon ne s'était guère montré sérieux.

À présent, une nouvelle ère allait commencer. Elle rêvait de se faire couper les cheveux à la garçonne sans avoir encore osé franchir le pas et, surtout, il lui tardait de gagner enfin son indépendance maintenant que la guerre était finie. Inconsciemment, même si ses parents s'étaient plutôt montrés tolérants et compréhensifs à son égard, elle s'était contentée de suivre le diktat de la famille Mars. Maintenant, le temps était venu de modifier la donne.

Posant un cruel lapin à Hector, Laurette choisit de se rendre à la fête à Oradour en vélo accompagnée de Julien, à qui le diplôme de notaire fraîchement obtenu donnait des ailes.

Sur place, l'effervescence du bourg, noir de monde sous la chaleur de juillet, battait déjà son plein lorsque Julien et Laurette posèrent pied à terre.

— Ça alors ! échappa la jeune fille qui ne se souvenait pas d'avoir vu autant de monde dans un bourg.

Chapeaux plats, belles coiffes à rubans et sabots rivalisaient d'originalité sous la chaleur oppressante, où les marchands de loteries appelaient à tenter sa chance. Les auberges, prises d'assaut, regorgeaient de clients, dont certains venus pour affaires évoquaient leurs profits et leurs bêtes sous l'œil des serveuses occupées à remplir les godets.

Julien salua une jeune fille d'un mouvement de canotier, tandis que grondaient les tambours sous les préparatifs de la retraite au flambeau.

— Viens ! dit-il à Laurette en la prenant par la main afin de s'approcher de l'orchestre.

À peine eurent-ils parcouru quelques mètres, que la jeune fille aperçut la rutilante Torpédo garée près de l'une des principales auberges du bourg. Elle n'en fit aucun cas et se rendit au bal avec Julien. Parmi la cohorte des jeunes gens qui suivaient cette direction se tenaient des camelots avinés, dont l'haleine ne manquait pas de faire fuir les promeneurs.

Auprès de l'orchestre, Laurette reconnut Hector, vêtu d'une élégante redingote et accompagné de deux donzelles dont l'une d'entre elles était la fille du vétérinaire de Rochechouart qui portait le même prénom que sa mère, Méline. Dès qu'Hector eut aperçu Laurette, il joua les jolis cœurs avec plus de ferveur auprès de sa nouvelle conquête, une façon de faire comprendre à Mlle Mars qu'il n'avait cure de son dédain. On ne posait pas un lapin à Hector Dupuis, et cette péronnelle s'en souviendrait !

Au son des ritournelles jouées par les musiciens, une farandole enthousiaste enroulait les jeunes en délire. On chantait le *pélélé*[1] et autres hymnes ancestraux au son de la *chabrette*, dont les paroles étaient connues de tous les foyers. Laurette ne fut pas la dernière à entrer dans la danse aux côtés de Julien, qui, bien que plus hésitant, ne voulait pas la décevoir. Ils retrouvaient forcément l'ambiance de ces veillées, auxquelles il leur avait été donné de participer quelquefois. Laurette nota combien Hector toisait Julien, ce qui la fit sourire. À son tour, le représentant de commerce se joignit à la farandole sans pour autant faire preuve de beaucoup d'intérêt pour la danse. Il y eut beaucoup

1. Chant folklorique.

de rires et de chants, et, tandis que l'orchestre jouait une polka piquée où Julien se révéla être un bon cavalier à la surprise de Laurette, qui n'en soupçonnait pas tant, l'ambiance se réchauffa davantage.

Tout en sautillant au rythme de la vièle, elle adressa un clin d'œil à son partenaire, ce qui incita Hector à se lancer à son tour dans la danse. Nettement moins convaincant que Julien, il tint néanmoins à ne pas se laisser dépasser aux yeux de sa cavalière.

— Tu le connais ? finit par demander Julien à Laurette devant les œillades prononcées d'Hector.

— C'est vite dit ! Son patron est un client de mon grand-père.

— Ah bon, rétorqua Julien, désarçonné.

— Ne fais pas cette tête ! reprit Laurette qui avait envie de s'amuser.

Même si la frairie rendait les jeunes gens euphoriques, Julien respectait trop Laurette pour oser lui avouer ses sentiments, comme le faisaient les jeunes de leur âge qui s'embrassaient un peu en retrait de la foule. Cela faisait longtemps qu'il y songeait sans engager la moindre démarche, certainement par peur de la décevoir, si toutefois elle l'avait jugé trop entreprenant. Il craignait qu'elle le rapporte à sa mère et qu'il baisse dans son estime.

Pourtant, Julien n'était pas dupe. Laurette faisait tourner les têtes de bien des garçons, y compris celle de cet Hector, que Julien jugeait d'un sale œil, sans doute comme un rival potentiel. Il se doutait bien qu'elle finirait par fréquenter un garçon de son âge, du même rang social que les Mars.

Au fond de lui, même s'il tentait de s'y résigner depuis toujours, il lui restait cette lueur d'espoir née de leurs moments de complicité. Cet Hector n'était qu'un employé, ce qui mettait les deux garçons sur le même pied d'égalité. Cependant, lorsque Julien apprit qu'il possédait une Torpédo, une inquiétude l'envahit. De ce point de vue, il était difficile de rivaliser !

***

Une certaine fierté inonda le visage de Julien, le jour où il annonça à la famille Mars qu'il avait trouvé une place de clerc dans une étude de Saint-Junien.

— C'est bien, mon garçon, tu auras de bonnes ouvertures à la ville ! La Cité du gant t'apportera une expérience fort intéressante pour ton avenir.

Henri-Louis était bien le seul à être ravi d'apprendre que Julien avait trouvé une place à Saint-Junien. Méline se demanda si son père ne préférait pas savoir le jeune homme casé plutôt que postulant dans son étude à Vayres, car la place était déjà prise… En somme, la situation lui donnait bonne conscience tout en lui ôtant une belle épine du pied.

Méline fut également déçue en apprenant le départ de son protégé. Car, sans même oser se l'avouer, elle était attachée au jeune homme d'une façon ambiguë. Le savoir à Saint-Junien aggraverait une solitude déjà ressentie du fait de la distance qui s'était creusée avec Gabriel. Julien l'avait compris. Il n'osait croiser le regard de Méline, qu'il devinait attristée. Pourtant, il savait qu'Henri-Louis n'avait pas forcément tort : une expérience dans une ville comme Saint-Junien serait formatrice.

Laurette n'avait pas encore pris la parole, mais Julien pénétrait déjà le fond de sa pensée. Il se savait aimé comme un grand frère. Sa Laurette semblait regretter qu'il ne parte pas pour Paris, auquel cas elle l'aurait volontiers accompagné pour tenter sa chance de son côté dans le domaine de la mode, car c'était la seule chose qui l'intéressait.

— Tu n'y penses pas ! s'écria Henri-Louis dès qu'il connut le souhait de sa petite-fille.

Son ingérence n'étonna personne. Le vieux notable ne comprenait pas qu'il existe des professionnels pour des choses aussi futiles que la mode.

Laurette ne voulut pas défier son grand-père, pas plus qu'elle n'interrogea sa mère du regard, car, au fond, envers et contre tous, sa décision était prise.

Les années de guerre lui avaient fait perdre assez de temps ; elle n'avait aucune envie de végéter davantage en province, alors que tout se décidait à Paris.

À présent qu'elle avait appris à reconnaître les meilleurs tissus, à confectionner des tenues en satin, en coton, à caresser les rubans avec frénésie tout autant qu'à rester des heures en admiration devant des modèles pour en observer les moindres détails, Laurette, fascinée par les dentelles de Lunéville, voulait s'inspirer de l'élan des « années folles » et réaliser ses propres créations. À Vayres, la vie avait un train de retard ; ce n'était pas en Limousin qu'elle réussirait !

Qui donc allait bien pouvoir lui tendre la main ?

Même si Mme Mars compatissait, elle aurait préféré que sa fille se marie. Le fait qu'elle fût encore célibataire n'était guère jugé d'un bon œil, mais Méline, qui avait en son temps souffert d'une union imposée, préférait laisser Laurette libre de ses choix.

17

— Malheureux ! marmonna le notaire de Varaignes dans sa moustache en apercevant ce Parisien faire sa sieste sous un noyer.

L'homme aurait mérité qu'on lui enseigne le penser périgourdin…

Outre ses vertus d'ébénisterie, le brou de noix et les vins toniques que l'on en extrayait, le noyer détenait une fâcheuse réputation. Son ombre était accusée de provoquer les pires maux, telle la poliomyélite.

Si Adrien Bélair devenait de plus en plus superstitieux avec l'âge, la raison en était qu'il craignait d'avoir été victime de mauvais sort. Non seulement il avait perdu sa femme en couches ainsi que l'enfant qu'elle portait, mais il avait essuyé de trop nombreux échecs sentimentaux, au point d'en devenir suspicieux sur la raison. Adrien, qui vivait toujours seul, était considéré tel un marginal, même si sa condition de notable renvoyait à un paradoxe.

En ville, un homme de cet acabit serait probablement passé inaperçu, mais dans ce bourg du Périgord vert, où l'on avait vite fait de tailler les réputations pour un oui ou pour un non, Bélair passait pour un être à part, peu fréquentable. Sa singularité dérangeait au point de lui valoir des inimitiés associées à des jalousies de bas étage. Ses amitiés ainsi que ses amours avaient été de courte durée, et, d'ailleurs, il reconnaissait lui-même qu'il se lassait avant même de se lier. Ainsi allait sa nature, qui n'en faisait pas pour autant un être plus mauvais qu'un autre.

Au détour de ce pays de collines verdoyantes et de châtaigniers feuillus, il parcourait en automobile une petite route pour se rendre à Brantôme en ce jour de foire de la Saint-Sicaire. Très prisé, ce rendez-vous permettrait à Adrien de rencontrer des clients et d'apprendre tout ce qui « se disait » dans la région.

Il stationna son automobile auprès des élégantes bâtisses sur les bords de la Dronne en constatant encore une fois que le lieu n'avait pas son pareil pour attirer les meilleurs commerces ambulants de toute la région.

Bien que perdu dans ses pensées, le notaire se vit presque aussitôt interpellé par un homme charpenté, aux dents jaunies et mal plantées, qui se présenta à lui comme un guérisseur. Habillé d'un pantalon à pont-levis et d'un vieux gilet, il faisait davantage l'effet d'un imposteur que d'un honnête homme.

— Le mauvais œil ! Vous portez le mauvais œil !

— Qui vous permet ? rétorqua Adrien, courroucé par ses manières.

— Faites à votre guise, brave homme, mais je vous aurai prévenu.

Piqué de curiosité, Bélair voulut savoir. Même si ce n'était pas son genre d'adhérer à toutes sortes de balivernes qui étaient légion sur les foires, il ne put s'empêcher de dresser l'oreille au dire du charlatan.

— Cela ne date pas d'hier, opina le guérisseur.

— Et après ?

— Une femme venue de loin, crut-il bon d'ajouter.

Comme, chez Bélair, la rationalité l'emportait sur le reste, il sentit monter son agacement. Les propos se contredisaient. S'il faisait référence à une femme venue de loin, qui ne pouvait être que Crista, l'affaire n'était pas si ancienne. Si, en revanche, l'événement datait de plus longtemps, ce que le guérisseur semblait laisser entendre, celle qui en était à l'origine n'était pas Crista. Les propos de l'homme voulaient à la fois tout dire et ne rien dire du tout...

— Allez, passez votre route, fit Adrien en lui accordant trois sous. J'ai autre chose à faire que d'écouter vos balivernes.

Le guérisseur évoqua alors la présence d'un nuage de fumée nocif autour d'Adrien.

— Je peux jeter le mal !

— Le mal ? Quel mal ?

Adrien était plutôt fataliste, en ce sens qu'il avait le sentiment que sa nature profonde avait agi pour lui. Difficile de croire à tous ces charlatans qui auraient toujours de beaux jours devant eux en abusant de la crédulité humaine. Comme il ne voulait pas se mettre l'homme à dos, il lui glissa une autre pièce afin de le débarrasser de ce mauvais œil. Là-dessus, il poursuivit son chemin, rencontra ses clients et termina dans une auberge réservée aux notables, où ils partagèrent un foie gras truffé, moins goûteux que celui de Zélie sa gouvernante.

Ensuite, il se régala d'un pigeon rôti à la broche, accompagné d'un bergerac plutôt corsé, qui lui fit oublier sa rencontre avec ce camelot de foire.

Sur la route du retour à Varaignes, il se dit qu'il devrait bientôt se soucier de son testament, d'autant plus que, n'ayant pas d'héritier direct, il n'avait pas l'intention que ses biens reviennent à Édith si le destin faisait qu'elle lui survive. Non seulement les Trébaud n'en avaient pas l'utilité, mais sa sœur ne s'était pas montrée très charitable à son égard au cours de toutes ces années.

Étant donné qu'il n'avait plus de véritable ami à qui se confier, car il s'était brouillé avec le dernier en date pour une ridicule histoire de maîtresse, il stationna son automobile au pied du château de Varaignes pour se rendre chez le buraliste, qui faisait également bistrot, dans l'espoir de se procurer de quoi fumer. Le cigare serait son meilleur allié pour la méditation…

Même si Adrien Bélair fut salué comme un seigneur et que sa mise toujours impeccable forçait le respect, il s'étonnait de constater combien les mentalités avaient changé depuis la Grande Guerre. Au moment où le notaire pénétra dans le bistrot, les paysans absorbés dans la lecture du *Prolétaire de la Dordogne* commentaient l'actualité tout en faisant appel à l'égalité.

La guerre avait fait naître l'élan du socialisme et, lorsqu'Adrien prêta l'oreille pour saisir les propos qui annonçaient que les riches seraient bientôt expropriés et qu'il était salutaire de suivre l'exemple bolchevique de la révolution, il eut le sentiment de revenir aux luttes qui avaient mobilisé des milliers de paysans à l'époque des croquants.

Le notaire ressortit aussitôt et alluma son cigare en rêvassant un moment dans les rues du bourg. En Périgord, quinze mille hommes avaient perdu la vie à cause de cette maudite guerre.

Les souffrances exacerbées attisaient les rancœurs, et cette fraternité des tranchées n'avait pu que contribuer à éveiller la conscience politique.

L'ère des nouveaux croquants avait donc débuté, mais le village, autour de ses remparts naturels, à cheval sur les vallées du Bandiat et de la Tardoire, gardait heureusement la douceur de ses cours d'eau et de ses étangs...

D'ici quelques semaines, la fête du dindon rassemblerait une partie du département autour de banquets mirifiques sous les glouglous de circonstance. Les places bondées se transformeraient en lieux de fête, où les jacasseries occitanes dureraient une partie de la nuit...

Au mas des Bélair, Zélie avait longtemps contemplé le joli timbre oblitéré en Haute-Vienne, qui figurait sur la lettre destinée à Adrien.

Comme elle avait laissé l'enveloppe bien en vue sur le devant de son bureau, le notaire en prit connaissance aussitôt qu'il rentra.

Cher Adrien Bélair,

Si je vous écris aujourd'hui, après toutes ces années jalonnées de nos fugaces rencontres, c'est sans doute parce que j'ai souvent rêvé de vous parler plus librement sans oser le faire. J'aurais pu ne jamais franchir le pas, mais, à bientôt cinquante ans, et tandis qu'il me reste l'énergie et le courage suffisants, je me livre enfin.
Je vous ai follement aimé, Adrien, dans le sens pur et désintéressé qu'il convient pour parler d'un sentiment aussi mystérieux que puissant. À mes dix-sept ans, j'aurais tout donné pour partir avec vous et je ne sais toujours pas pourquoi aujourd'hui l'avis de mon père a été capable de supplanter mon élan.
Mon père a toujours exercé un pouvoir secret sur moi. C'est donc lui qui a choisi celui qui partage ma vie, mais, bien qu'il se soit longtemps comporté comme un bon époux et un bon père de famille, je regrette à présent de ne pas avoir connu la folie de l'amour et l'assouvissement de la passion ! Vous avoir aimé un peu plus longtemps m'aurait peut-être déchirée, mais j'aurais eu le sentiment d'avoir joué la partition dans sa totalité. À la manière de ces femmes légères qui partent sans se soucier de ce que l'on a décidé pour elles, j'aurais vécu pleinement sans mettre de frein à mes désirs.
À l'époque où le départ de mon frère Charles pour Paris a déçu mon père, la tâche qui consistait à imposer mes propres volontés fut d'autant plus délicate que le sacrifice du mariage me parut l'unique solution possible. Mon père le considéra comme un

soulagement aux frustrations vécues avec son fils ; de mon côté, je m'en suis accommodée, je vous l'ai dit, dans la mesure où Gabriel faisait preuve de qualités essentielles dans le mariage, jusqu'au jour où j'ai remis en doute sa fidélité, ce qui m'a ouvert les yeux sur le véritable amour.

Lorsqu'au fil de ma vie, j'ai commencé à prendre des directives qui m'ont permis de réaliser des désirs qui allaient dans le sens de mes aspirations personnelles, le comportement de mon époux a changé. Ainsi, n'ayant pu avoir de second enfant, j'ai adopté Julien, puis, comme vous le savez, je me suis également investie dans des causes humanitaires, ce qui aurait pu nous rapprocher davantage, Gabriel et moi, mais il n'en fut rien ; au contraire, l'éloignement fit son œuvre.

Maintenant que l'automne de ma vie se profile à l'horizon, je sais que j'ai gardé intact cet amour pour vous qui ne s'est jamais tari, que cette passion, si platonique fut-elle, aura traversé le temps sans s'altérer, avec tout ce qu'elle représente de plus inexpliqué. C'est drôle, en vous écrivant ces mots, la sincérité qui m'anime ne m'effraye plus, mon cœur palpite tel celui d'une jeune femme de l'âge de ma fille Laurette. Je vous revois, il y a peu, devant l'Institut Beaupeyrat dans votre redingote claire, lorsque vous essayiez de m'expliquer toutes ces choses qui nous ont dépassés, Adrien…

La vie nous refera-t-elle encore une fois le cadeau de nous mettre face à face ?

J'espère sincèrement que cette confidence ne vous aura pas froissé. Rien ne fut fait dans cet esprit, croyez-le bien.

Méline Leroux-Mars

Stupéfait, le notaire lut la lettre à deux reprises. Pourquoi cette femme avait-elle décidé de s'épancher après toutes ces années ?

S'il se montrait honnête envers lui-même, il devait admettre qu'il gardait le souvenir intact des après-midi de promenade sur les bords de la Vayres, où cet amour platonique avait pris naissance.

Malgré ses nombreuses idylles, reconnaître la suprématie de celle qu'il avait connue jadis avec Méline Leroux était encore aujourd'hui une évidence, même s'il n'avait pourtant jamais voulu y succomber. Cette réciprocité des sentiments avait-elle traversé les années ?

Ce n'était pas la première fois que la présence de Méline le visitait, mais cette lettre lui fournissait la preuve concrète qu'ils se trouvaient tous les deux dans la même situation.

Adrien décida aussitôt de ne pas donner suite à ce courrier, car il ne s'en sentait pas la force. On ne devient pas l'ami d'une femme que l'on n'a pas su aimer. On ne peut éprouver que des regrets de ne pas avoir su cueillir le sentiment au moment de sa splendeur.

L'avenir ne pouvait rien bâtir pour eux, sinon s'aventurer dans un dédale de désillusions. Lui encore, Adrien Bélair, n'était pas marié ; il pouvait laisser libre cours à ses passions. En revanche, le cœur de Mme Mars, lui, était toujours pris par Gabriel, même si, à bien peser les considérations de sa lettre, elle avait dû être fort déçue par son époux, sinon, elle n'aurait jamais franchi le pas qui les séparait...

Une sorte de dégoût parcourut Adrien, qui regretta presque l'idée saugrenue qu'il avait eue de se rendre à Limoges pour la rencontrer sous ce prétexte de la maladie d'Édith. La manifestation de ses pulsions irrésistibles l'avait quelque peu dépassé.

De là, sa pensée chemina auprès de sa sœur qui venait de vivre une fausse couche pour la seconde fois. Victime de crampes au ventre, elle s'était plainte de saignements qui avaient confirmé l'expulsion précoce du fœtus.

Ses jours n'étaient à présent plus en danger, mais elle paraissait si métamorphosée qu'Adrien se demandait s'il avait affaire à la même personne. Sans doute Édith vivait-elle une souffrance telle qu'aucune parole n'eût dénoué le traumatisme...

Adrien se persuadait qu'il n'avait pas tant besoin d'être aimé, alors que Zélie et sa mère refusaient de l'admettre. Peut-être ne s'était-il pas montré assez courageux ou pas assez humble pour assumer un sentiment éprouvé.

Même s'il lui arrivait de songer que la vieillesse le guettait, qu'un jour, il pourrait estimer bon de se réchauffer contre un corps aimé, cela lui paraissait encore improbable et lointain. Résigné à son sort d'homme seul, dont l'âme serait pleine de mystères y compris pour lui-même, Adrien endurait sa situation avec sérénité.

***

Laurette arriva à Paris au moment des inondations de 1920. Le zouave du pont de l'Alma avait de l'eau jusqu'à la taille, un fait rarissime auquel elle put assister comme des centaines de Parisiens inquiets pour la plupart, mais qui réussirent à se préserver des dégâts de la crue.

Le parfum Fox Trot était en vogue, et la jeune fille ne put résister à l'idée d'entrer dans la parfumerie de la rue de la Paix pour faire l'acquisition de son premier flacon, qui, s'était-elle dit, lui porterait chance... Laurette était fascinée par le luxe de Paris : les grands magasins du Louvre, les Nouvelles Galeries qui exposaient des rubans de satin de la marquise de Pompadour, des manteaux d'une élégance incomparable.

Le jour où elle pénétra chez Burberry boulevard Malesherbes, sur la recommandation d'un ami du Dr Mars son père, Laurette se sentit minuscule, une toute petite chose au milieu de cette haute couture, où les dames, parfumées de rose et de violette, essayaient des tailleurs et manteaux de belle facture.

La bouche sèche, mais sans pour autant se départir de son aplomb habituel, Laurette s'orienta vers l'une des vendeuses et demanda à rencontrer Mme Trupier.

— Qui la demande ? interrogea sèchement la Parisienne derrière ses lunettes fumées.

— Mademoiselle Mars.

L'autre la regarda en deux fois et ajouta :

— De la famille de la comédienne ?

— Elle saura !

— Bien, dans ce cas, je vais prévenir de votre arrivée.

L'employée s'absenta en mettant en valeur une tenue irréprochable qui fit grand effet à Laurette. Le flou cranté de ses cheveux courts était de la dernière mode, et la nouvelle venue comprit vite que la mise en scène devait être parfaite pour recevoir les élégantes fortunées qui défilaient tout au long de la journée dans le magasin. Pourtant, ce n'était pas là que Laurette espérait s'introduire, mais dans le monde invisible des créations et de leurs coulisses.

— Madame Trupier n'est pas là, annonça la Parisienne sur un ton jubilatoire. Il faudrait prendre rendez-vous. D'ailleurs, elle ne reçoit que de cette façon.

— Bien entendu, répondit Laurette, qui prit soin de noter le rendez-vous donné pour le lendemain.

Cette première visite lui permit de rectifier certains détails de sa présentation qui auraient pu paraître négligés. Dans une maison de ce renom, il valait mieux soigner son apparence sans exagération.

Elle y réfléchit en remontant le boulevard Malesherbes, tandis que Paris était en liesse. La réception présidentielle à l'Hôtel de Ville venait de se dérouler et M. Paul Deschanel, le nouveau président, venait de reconduire M. Raymond Poincaré à son nouveau domicile, rue Marbeau. Le cortège se dirigeait vers l'Élysée…

Quelle effervescence dans ces hauts lieux de la capitale ! Pas de doute, c'était bien là que son avenir se jouerait !

Le lendemain matin, Laurette appliqua de cette crème qui donnait un teint de lys et s'inspira d'un modèle d'une affiche de la Belle Jardinière, le magasin de la rue du Pont-Neuf, pour se vêtir. Chapeau cloche et manteau ceinturé, elle veilla à l'aspect de son sac ainsi qu'à celui de ses chaussures et osa une note de Fox Trot. L'ensemble était sobre et de bon ton, ce qui devrait convenir au style de la maison.

Fin prête pour affronter Mme Trupier, Laurette eut le malheur de trébucher au sortir de la cage d'escalier de l'immeuble où elle occupait un petit meublé.

— À l'aide ! cria-t-elle, incapable de se relever tant sa cheville la faisait souffrir.

Affolée, la concierge apparut et vint lui porter secours avec un individu qui se trouvait de passage. En constatant combien Laurette souffrait de sa cheville, il la transporta dans la loge de la concierge avant d'appeler un médecin.

La pauvre Laurette avait les larmes aux yeux.

— Votre cheville est probablement foulée, dit l'homme qui, à cette heure-ci, aurait dû se trouver à la salle de billard.

— Ça va aller, ajouta la jeune fille qui souffrait le martyre. Je dois me rendre à un rendez-vous très important…

— Rien n'est plus important que votre cheville, mademoiselle. Ne vous agitez pas comme ça !

Quand elle vit arriver ce médecin brutal et pressé, Laurette se trouva fort dépitée.

— Je crains que vous ne deviez rester immobilisée quelques jours, conclut-il après l'avoir examinée.

— Impossible !

— Vous n'avez pas le choix !

Elle dut pourtant s'y contraindre. Réveillée dès l'aurore, Laurette observait de sa fenêtre les nouvelles arroseuses-balayeuses de la ville de Paris qui, actionnées par des moteurs, aspergeaient la chaussée. Difficile de ne pas se lamenter sur son sort !

Les pas dans l'escalier résonnaient et lui donnaient envie de se joindre à l'effervescence de la capitale lorsque l'on frappa à sa porte.

Elle reconnut sur le seuil le joueur de billard qui l'avait secourue dans sa chute.

— J'ai pensé que quelques viennoiseries vous feraient plaisir, dit-il en lui tendant une pochette tiède qui sentait les croissants chauds.

— Ce n'est pas de refus !

Laurette abandonna son air bougon et, tandis qu'elle voulait se diriger vers sa cuisine pour préparer du café, son invité la pria de s'asseoir. Il s'en chargerait.

— Mais non, quelle idée ! Je ne suis pas impotente !

— J'ai ouï dire que vous êtes bien décidée à apporter votre collaboration au domaine de la mode, entama-t-il plus sérieusement.

Comment avait-il su ? Les bruits de couloir allaient-ils aussi vite à Paris qu'à Vayres ?

— Ne m'en parlez pas ! Je me rendais justement à un important rendez-vous chez Burberry le jour où cette maudite chute a bouleversé mes plans !

— Mais la vie est faite de déboires dans ce genre..., mademoiselle Mars. Du reste, je suis bien impoli de ne pas m'être plus amplement présenté. Mon nom est Renaud Gouvier. Je suis maître corsetier près de la rue Royale. Mes connaissances dans le monde de la création pourront sans doute jouer en votre faveur.

Elle n'en croyait pas ses oreilles. Renaud précisa que, le jour où elle avait chuté dans l'escalier, il avait lui-même livré une commande à une cliente qui vivait dans cet immeuble. Le hasard les avait par conséquent mis face à face.

— Ça alors ! échappa Laurette, qui connaissait la renommée mondiale de ces corsets.

Ils donnaient aux femmes une si belle ligne onduleuse.

— Rétablissez-vous tranquillement et faites un saut place de la Liberté lorsque vous serez sur pied. Nous verrons... Mais attention : je ne vous promets rien ; tout dépendra de vos capacités.

— C'est déjà bien aimable de votre part, dit-elle en songeant qu'il valait mieux bénéficier de deux recommandations plutôt qu'une seule.

Le jour où elle put marcher à peu près normalement, elle découvrit le charme du parc Monceau et sa colonnade corinthienne. Les rochers escarpés, le petit lac, la cascade lui rappelaient un peu la campagne qu'elle avait quittée, dont les verdures et les floraisons commençaient à lui manquer.

Elle réussit à obtenir rapidement un autre rendez-vous avec Mme Trupier.

La dame dévisagea tant qu'elle put la jeune provinciale avant de se lancer dans une longue diatribe que la jeune fille écouta avec beaucoup d'attention :

— Aujourd'hui, on danse, mademoiselle Mars ! C'est toujours la même fureur qui anime nos compatriotes après les sanglantes crises. On a dansé sous le Directoire après la guillotine, on danse aujourd'hui après dîner... Alors, il faut se montrer inventive ! Vous croyez-vous capable de surprendre ?

Le défi était de taille. Sur l'instant, Laurette était pétrifiée, mais elle ne le montrait pas.

— Vous m'avez été recommandée ; vous avez quitté votre univers paisible pour vous risquer à Paris, dans un milieu misogyne. C'est courageux de votre part. Cela tombe bien, nos collections s'élargissent. Où avez-vous appris ?

— À Limoges.

— Bien ! Assez bavardé ! J'aimerais que vous débutiez en intégrant l'équipe de travail le plus tôt possible. Nous sommes actuellement submergés de commandes. Bientôt se dérouleront les dîners mondains du bois de Boulogne. Les dames veulent, à cette occasion, rivaliser d'originalité. Oh ! Vous n'aurez guère de liberté les premiers temps ! Il vous faudra exécuter l'ordre de vos supérieurs, qui d'ailleurs ne sont guère faciles, mais voyons comment vous tirerez votre épingle du jeu... Rosemonde ! Garance !

Tandis que ses futures collègues s'approchaient de la nouvelle venue, la jeune fille prit connaissance du salaire misérable qui lui serait alloué.

À peine le prix d'un loyer ! Heureusement que sa famille veillait sur elle, car, bien évidemment, ce n'était pas avec ce maigre revenu qu'elle pourrait s'en sortir. Laurette était pourtant ravie de pouvoir tenter sa chance et de contribuer, même très modestement, à l'élaboration des futures collections.

***

Gabriel Mars avait rouvert son cabinet médical à Vayres depuis la fin de la Grande Guerre. La plupart de ses clients lui étaient restés non seulement fidèles, mais ils étaient fiers de sa contribution à l'aide de la nation. Le médecin avait désormais repris la succession de son père, qui coulait une retraite bien méritée.

Avant le départ à Paris de Laurette, il s'était longuement entretenu avec sa fille, lui confirmant qu'elle recevrait toujours le soutien de ses parents tant qu'elle en aurait la nécessité. Mars était très attaché aux valeurs familiales, même si sa vie conjugale traversait un cap difficile. Bien qu'il ait entretenu une liaison avec Zoé Servier, qui se prolongeait de façon décousue, il n'avait jamais envisagé de détruire son mariage. Il éprouvait malgré tout beaucoup d'affection pour son épouse, car il appartenait à cette catégorie d'hommes qui réussissent à trouver un équilibre en aimant deux femmes à la fois. Gabriel avait vite constaté cela au moment de faire un choix. Il avait tenté de rompre avec Zoé et en avait souffert au point d'en arriver à la conclusion que ces deux femmes lui étaient indispensables.

Méline, qui était au courant de l'existence de Zoé dans la vie de Gabriel et qui s'efforçait de penser que ce ne serait qu'une passade, ne jugeait bien évidemment pas les choses du même œil. Peut-être était-ce d'ailleurs pour cette raison qu'elle avait décidé de renouer avec Adrien Bélair, son premier amour. Bien que son courrier fût resté sans réponse depuis des semaines, cette idylle de jeunesse occupait de nouveau toutes ses pensées.

Souvent, elle éprouvait le sentiment d'être une femme délaissée par un mari qui se découvrait volage sur le tard. Son impuissance grandissait au fil du temps lorsqu'elle devinait combien il trouvait une sorte de confort dans le principe d'aimer ailleurs.

Elle devait se rendre à l'évidence qu'au bout de toutes ces années de vie commune, elle connaissait bien peu son époux. Souvent, il lui apparaissait transformé lorsqu'il la regardait avec lassitude. L'obstacle qui s'était dressé entre eux semblait insurmontable. Une fois, même, Mme Mars avait surpris les amants ensemble derrière la vitre d'un bistrot, où ils sirotaient un rafraîchissement. Après, elle avait marché dans la rue aussi rapidement que possible, vidée, sachant que jamais elle n'en parlerait avec Gabriel. Elle et lui se contentaient à présent d'accomplir, dans le déni, leur devoir envers l'autre.

Lorsqu'elle l'embrassait, il esquissait un sourire embarrassé ; alors, elle avait appris à se suffire de ses silences. L'amour, le vrai, reviendrait-il un jour ?

Méline regarda dans le journal officiel la liste des infirmières décorées de la Légion d'honneur pour leur service exceptionnel durant la guerre.

On pouvait y voir leurs portraits. Elle s'attarda sur celui de Mme Scott qui, comme elle, appartenait à l'Union des femmes de France. Méline en ressentit une certaine fierté à l'idée d'avoir été des leurs, même si, à présent, il arrivait que la submerge le sentiment d'inutilité.

Méline n'était plus cette infirmière bénévole qui avait donné le meilleur d'elle-même durant ces années de guerre, mais elle retrouvait parfois les instants poignants qui lui avaient permis de dépasser ses limites.

Maintenant, elle se tournait vers l'avenir de Laurette. Sa dernière lettre lui parlait de Deauville, où, lors d'une escapade de fin de semaine, elle avait assisté à un match de polo. Pour cette occasion, les femmes se ruinaient en toilettes afin de ne pas être tournées en dérision.

Elle parlait également des tarifs prohibitifs de la Plage fleurie et des manières où l'on y dansait le fox-trot. On venait là pour être vu, ajoutait Laurette, qui prétendait qu'elle y découvrait les futures tendances de la mode pour la nouvelle saison, une façon de jouer les avant-gardistes dès son retour à Paris. Elle ajoutait que tout se passait pour le mieux, ce qui sous-entendait que, bientôt, elle aurait gagné son indépendance...

Le moral de Méline en prit encore un coup. Elle se sentait bien en marge de cette société des années 1920, où sa fille avait tout à lui apprendre des nouvelles tendances grâce à ses fréquentations parisiennes.

— Madame ! Venez vite !

La voix blanche de la jeune gouvernante Blandine présageait une mauvaise nouvelle.

— C'est votre mère !

Méline se précipita dans la chambre de Célia qu'elle découvrit inanimée. Quand elle prévint Gabriel, il était déjà trop tard.

***

Le décès brutal de sa mère plongea Méline au cœur de l'effroi. Elle éprouva toutes les peines du monde à traverser cette période douloureuse, cherchant en vain le soutien auprès de Gabriel et d'Henri-Louis. Pourtant, le deuil creusa davantage sa solitude morale.

À l'issue de cette période tourmentée, Méline, qui se sentait incomprise par les siens, se décida finalement à passer quelques jours à Paris pour rendre visite à sa fille et découvrir la Ville lumière, dont ses enfants lui avaient tant parlé. Émerveillée devant la place de la Concorde et le Sacré-Cœur, elle ne mit pas longtemps à comprendre la raison de cet engouement pour la capitale, qui faisait si forte impression à la jeunesse.

— Te souviens-tu de ce représentant de commerce ? Comment s'appelle-t-il déjà ? Ah oui, Hector Dupuis. Il demande sans cesse de tes nouvelles à ton grand-père !

— Ça me fait une belle jambe ! dit Laurette, cinglante.

De toute façon, elle ne songeait qu'à son travail et s'était fait un nouvel ami en la personne de Renaud Gouvier.

— Je dis qu'il est bien trop âgé pour toi, ce Renaud ! avait commenté sa mère après avoir fait la connaissance du corsetier.

— Peut-être, mais, en attendant, il a des relations haut placées. Dans ce milieu, on n'obtient rien sans relations. Pour l'instant, il est vrai que je n'ai pas mon mot à dire sur les collections, mais j'ai bien l'intention de m'investir sous ma propre griffe dès que je le pourrai, et Renaud saura m'y aider !

Méline reconnaissait là l'ambitieuse Laurette. Ce n'était certes pas sa mère qui lui mettrait des bâtons dans les roues.

— Cet Hector a-t-il toujours sa Torpédo ?

— Aucune idée, ma chérie, répondit Méline, qui ne s'attendait pas à cette question.

Elle hésitait un peu avant d'avouer à sa fille la véritable raison de sa venue à Paris, mais elle se lança finalement :

— Vois-tu, ma fille, dit-elle d'une voix assurée, même si je ne suis plus à un âge où l'on construit un avenir, la famille s'est plus ou moins chargée de tracer le mien. Je n'en ai pas pour autant dit mon dernier mot. Je n'ai aucun regret d'avoir mené cette existence, mais j'aimerais à présent pouvoir contribuer à créer une Croix-Rouge de l'enfance dans notre région. Je ne peux m'empêcher de songer à tous les oubliés de ce monde. Paris et ses idées d'avant-garde peuvent m'aider sur ce point. J'ai l'intention de me rendre à la pouponnière de Boulogne afin d'apporter mon soutien à l'entraide des femmes françaises. Trop d'enfants ont, par la force des événements, été amenés à souffrir la perte de leur famille.

Laurette était fière d'avoir une mère ainsi disposée à aider son prochain, mais elle était d'autant plus satisfaite qu'elle la laissait mener sa barque à sa façon, avec le consentement de Gabriel, bien entendu.

— Sois tranquille, poursuivit Méline qui paraissait avoir deviné les pensées de sa fille. Tu es libre, mais ne m'empêche pas de te donner mon avis ! Quand j'étais plus jeune, tes centres d'intérêt auraient pu être les miens, mais, à présent, ce luxe et toutes ces réclames me font davantage sourire qu'elles ne retiennent mon attention. Il reste tant à faire pour que les conditions de vie des femmes s'améliorent…

Le recul du voyage à Paris donnait également à Méline la possibilité d'évaluer l'attitude de Gabriel. Elle analysa avec complaisance sa condition de femme privilégiée. Jamais son époux ne l'avait empêchée d'agir selon ses désirs, tandis que de nombreuses femmes de notables devaient se cantonner à jouer le seul rôle de maîtresse de maison. Cet examen, que le déplacement à Paris lui donnait l'occasion d'établir, justifiait à lui seul d'avoir épousé un homme comme lui.

Même si le couple traversait une période tourmentée, leurs années de bonheur parfait représentaient énormément à ses yeux. La mer n'avait pas encore englouti son territoire. La vie s'étendait sur plusieurs rives : la famille, mais également la réalisation de son but, et, sur ce plan, elle était assez satisfaite d'avoir pu nourrir son évolution pas à pas. Dans cette introspection, elle ne percevait aucune vanité, aucun égoïsme qui eût justifié un écart de la part de Gabriel. Elle aimait son époux à sa façon aujourd'hui. Peut-être au travers de Laurette... Car les plus belles années avaient sans doute été celles où elle avait déversé tout son amour sur son enfant...

Maintenant, c'était la présence des nouveau-nés qu'elle recherchait. À la pouponnière de Boulogne, où elle demanda à rencontrer le directeur afin de mieux comprendre le fonctionnement de l'organisme, un spectacle des plus attendrissants l'attendait.

En observant ces femmes dévouées auprès des nourrissons, Méline s'imprégnait de leurs gestes pour pouvoir conseiller et inciter de nouvelles initiatives dès qu'elle rentrerait en Limousin. En tant qu'épouse du Dr Mars et infirmière, elle avait des chances d'être entendue et qu'ainsi le secours et l'entraide s'amplifient.

Fatiguée des trépidations parisiennes, Méline fut finalement ravie de reprendre la direction de Vayres après avoir passé quelques jours à observer la manière dont les aides maternelles tentaient de pallier les drames engendrés par la guerre.

De nouveaux projets en tête, elle reprit le train à la gare d'Austerlitz tandis qu'elle ne pouvait se défaire d'un étrange pressentiment qui l'avait assaillie depuis le réveil. Le voyage en chemin de fer lui parut long et éreintant. Elle avait suivi les paysages des yeux avec tant de tristesse et de désespoir que même son arrivée en gare des Bénédictins ne parvint pas à venir à bout de cette étrange mélancolie.

Lorsque Blandine l'accueillit tristement sur le perron du mas du Roule, elle se douta qu'une funeste nouvelle l'attendait.

Avant même de la saluer, Blandine lui dit :

— C'est votre père...

— Eh bien...

— Il nous a quittés ce matin...

— Mon Dieu !

La tête lui tournait. Ses jambes vacillèrent. Le sang se mit à refluer de sa tête. L'idée qu'elle n'ait pu revoir son père une dernière fois lui lamina l'esprit. Il n'avait survécu que quelques semaines à la mort de son épouse.

En hâte, Méline se précipita dans la chambre du défunt sans même demander d'autres détails à

Blandine. Sur son lit de mort, Henri-Louis avait le visage déjà détaché de l'usure du grand âge.

Les larmes aux yeux, sa fille s'approcha pour lui baiser le front. Ils se trouvaient seuls tous les deux dans cette pièce et, sans doute, le notaire, à titre posthume, commanda-t-il à sa fille d'ouvrir le tiroir de son bureau, puisque ce fut le premier geste qu'elle accomplit après s'être recueillie devant la dépouille paternelle.

Une lettre à son attention s'y trouvait, où l'on pouvait lire sur l'enveloppe :

Pour Méline – À n'ouvrir qu'après ma mort.

Elle jeta un regard circulaire avant d'examiner minutieusement cette enveloppe qu'elle décacheta d'une main tremblante :

Ma chère Méline,

À l'heure où tu prendras connaissance de cette lettre, j'aurai déjà rejoint ta mère et ton frère dans l'au-delà. Je pars sereinement, car je sais que tu veilleras sur le mas du Roule de tes ancêtres que tu aimes autant que je l'ai aimé.
Il me faut néanmoins éclaircir un point important qui te permettra de mieux comprendre la raison qui m'a poussé vers certains agissements à ton égard du temps de ta jeunesse.
La probité, le respect et l'honneur de la famille ont toujours animé mes actes, peut-être au point de me rendre ennuyeux, mais on ne lutte pas contre

sa nature. Les décisions que j'ai prises au cours de mon existence, et notamment vis-à-vis de toi, t'ont forcément semblé établies au détriment de tes propres volontés. Je ne l'ai pas souhaité. Je n'ai fait qu'obéir au bon sens, et cette lettre t'en donnera l'explication.

Ce dont j'ai à te parler fait appel à toute ton attention. L'éclaircissement que je vais t'apporter sur certains faits te permettra d'analyser les conséquences qui auraient pu en découler si nous avions fait le mauvais choix.

Comme tu le sais, je suis toujours parti du principe qu'il faut savoir se protéger pour vivre heureux et je cite bien volontiers Voltaire lorsqu'il nous dit : Il n'y a point de hasard ; tout est épreuve, ou punition, ou récompense, ou prévoyance.

C'est pour des raisons bien précises et non pour exercer gratuitement mon autorité que je me suis opposé à ce que cet Adrien Bélair devienne mon gendre. Oui, tu as bien lu, j'étais réfractaire à ce mariage et tu vas savoir pourquoi. Sa réputation d'homme volage m'a tout d'abord embarrassé. Connaissant ton père, tu te doutes que je me suis immédiatement renseigné sur les antécédents de ton Adrien, et c'est précisément là où je veux en venir. J'ai appris de source sûre que la lignée des Bélair avait été depuis longtemps frappée de malédiction et que la chaîne du malheur continuait de s'acharner sur la famille.

Cette malédiction fut générée par un ancêtre, le sieur Antonin Bélair de Carecel, qui aurait, de source sûre, profité de sa profession de notaire pour influencer et manipuler à son profit des personnes

âgées du Champ de Varaignes qui n'avaient que des héritiers lointains. Ce Bélair de Carecel s'est approprié cet héritage par le biais d'un faux testament. Il a par ailleurs usé de pressions manipulatrices sur un autre de ses clients, afin d'acheter des biens sous forme de rentes viagères, sachant que lesdits clients n'avaient que peu de temps à vivre.
Ces affaires, dont je ne te cite que les principales, n'ont jamais éclaté au grand jour mais ont amorcé une malédiction sur la famille (ce qui m'a été confirmé par des courriers) qui semble perdurer de génération en génération.
La dernière preuve en date s'est opérée sur le destin d'Adrien, qui a perdu sa femme en couches. Sa sœur Édith a d'ailleurs été frappée du même mal. Trois générations de femmes, issues de la famille Bélair ou les épouses, ont perdu des enfants en bas âge ou engendré des créatures difformes.
Lorsque j'ai eu connaissance de toutes ces vilenies (tu connais la qualité des réseaux d'information de ton père), j'ai refusé, bien évidemment, que tu t'acoquines avec cet individu.
Sachant ton caractère déterminé, j'ai eu peur, il est vrai, que tu ailles outre ma volonté. C'est pourquoi j'ai fait jurer à Adrien Bélair qu'il s'écarte de toi à jamais. Lorsque j'ai appris qu'il continuait malgré tout de t'écrire, bien qu'il m'ait promis de renoncer à toi, la colère m'a submergé et j'ai décidé de tout mettre en œuvre pour accélérer ton mariage avec Gabriel.
J'aurais pu te révéler bien plus tôt la vérité à propos de la malédiction des Bélair mais, connaissant ta

fougue et ton attirance pour Adrien, tu aurais été capable, à l'époque, de chercher à conjurer le sort ! Or, il est bien rare que l'on réussisse à mettre fin à ces sortilèges sans s'en retrouver soi-même victime. Ta mère était bien évidemment au courant de cette effrayante situation. Même si ma décision rapide de te faire épouser Gabriel l'a quelque peu irritée, elle a vite compris que ce choix était le bon, car il garantissait ton avenir. Les premiers temps de ton mariage te mirent à l'épreuve, certes, mais tu as su tirer le meilleur de cette union, à l'image de la femme courageuse que tu es.

Maintenant que tu connais la vérité et que je ne suis plus, je veux que tu saches que, même si je t'ai déçue, je n'ai fait que mon devoir en jouant le rôle d'un père attentionné. J'aurai été fier d'avoir eu une fille comme toi et c'est probablement l'un des plus beaux cadeaux que j'aie reçus sur cette terre, même si je ne te l'ai jamais dit de mon vivant.

Sois tranquille, je pars en paix dans le sommeil du juste.

J'embrasserai bien ton frère et ta mère.

Henri-Louis Leroux
Ton père

Bien sûr qu'elle était troublée et chancelante. Méline relut plusieurs fois cette lettre en se projetant quelques années en arrière.

À dix-sept ans, aurait-elle accepté la réalité ou bien aurait-elle préféré conjurer le sort tel que l'avait craint son père ?

Devant le visage serein de celui qui n'avait souhaité que le bonheur de sa famille, Méline continuait de songer à cette révélation qui recelait le véritable sens des actes de toute une vie. Face à l'écho de cette sagesse, elle ne savait que penser.

L'heure était au recueillement.

Du fond de sa nature optimiste, elle ne percevait que les encouragements de son père en faveur de ses nouveaux projets.

Composition et mise en pages réalisées
par IND - 39100 Brevans

Achevé d'imprimer par la Nouvelle Imprimerie Laballery, Clamecy
en décembre 2015
pour le compte de France Loisirs,
Paris

N° d'éditeur : 83438
Dépôt légal : septembre 2015
N° d'impression : 511394

Imprimé en France